郭帅

序言

　　花袭人，《红楼梦》中荣府婢女，姓花，原名珍珠，更名袭人，先后服侍贾母、湘云和宝玉，最终离开荣府嫁给蒋玉菡。本书将花袭人作为研究对象，是因为这个又副册里的小人物性格丰富又复杂，对解读《红楼梦》有一定助益。

　　《红楼梦》作为中国古代小说创作中一座难以企及的高峰，吸引了无数读者和研究者。作者曹雪芹在《红楼梦》开篇"假作真时真亦假，无为有处有还无"的"狡猾"之笔，更是令后世研究者津津乐道于其中"真味"的解读，被作者亲赐"贤"称号的袭人形象也成了大家存疑的对象，甚至陷入"极贤"与"极伪"两极严重分化的怪圈。那么哪个才是真实的袭人，或者哪个才是最接近作者原意的袭人？显然，袭人作为《红楼梦》中争议最大的人物之一，毁誉参半，身上交织了诸多谜题，故"解惑"是本文的初衷之一。正如鲁迅所说"……《红楼梦》……单是命意，就因读者的眼光而有种种：经学家看见《易》，道学家看见淫……"①，不同研究背景的不同研究者的研究角度是不同的，加之"自有《红楼梦》出来以后，传统的思想和写法都打破""敢于如实描写，并无讳饰，和从前的小说叙好人完全是好，坏人完全是坏的，大不相同"② 之原因，对袭人形象的解读是仁者见仁、智者见智，且袭人形象也不能简单归为"贤""伪"二字，忠于文本、忠于作者本意应

---

①　鲁迅. 鲁迅文集：杂文卷（下）[M]. 北京：中国商业出版社，2016：434.
②　鲁迅. 中国小说史略 [M]. 北京：商务印书馆，2017：313.

该是我们研究的出发点与归宿，唯如此才不负作者笔下"其中所叙的人物，都是真的人物"① 之"真"。

故在做袭人研究的第一步，我选择回归文本，将小说中所有与袭人有关的章节进行拆分和分类式的研究与解读，从而清晰地呈现出一条有关袭人的人生成长线，基本探明几个重要时间节点，比如袭人何时被卖入荣府，何时被赐予宝玉，何时与宝玉发生云雨情，何时得到王夫人等高层的认可而被默许为准姨娘，何时与宝玉的关系发生裂缝，等等。据此，袭人的成长便可以划分为为女儿时、初入荣府时、初赐宝玉时、为宝玉大丫头时、为宝玉准姨娘时、被宝玉"抛弃"时、嫁给蒋玉菡②时几个阶段，同时袭人形象的解读也有了抓手。袭人在不同阶段的性格、为人处世方式等有所不同，所以对袭人形象的研究宜分段进行，如果一概而论，很容易陷入袭人至贤、袭人至伪的两极分化论，或者袭人"善变"无法客观解读的"自乱阵脚"的矛盾论中。分段研究有利于袭人

002

形象广度的展现，而袭人形象的深度挖掘离不开与其他人物的交往等情节，所以被单独拆分出来的袭人还应回归整体文本，通过与书中其他人物的对比及借其他人物的视角来达到其形象客观呈现与深入研究之目的。

俗话说既要低头走路，又要抬头看天，做研究如是。低头走路是为进行冷静思考，抬头看天是为拓展视野。如果说回归文本属于"低头走路"的范畴，那么广纳文献便可算作"抬头看天"的范畴，故袭人研究的第二步便是广纳文献。从《红楼梦》面世的那一刻起，层出不群的研究者便将目光停驻在袭人身上，区别只在停留时间之长短与"青白眼"之别，重视程度却是无异。研究袭人的文字由最初的只言片语式的评论，到后期专著和论文式的研究，可谓多且广，故我在参照《红楼梦

---

① 鲁迅. 中国小说史略 [M]. 北京：商务印书馆，2017：313.

② 蒋玉菡之"菡"有时也写为"函"，在后文的引用过程中，本着忠于原作的原则进行实录，即原文写为"函"，笔者便录为"函"，原文写为"菡"，笔者便录为"菡"。

资料汇编》《红楼梦研究稀见资料汇编》及《红学通史》等论著的基础上，将对袭人的研究资料以时间为序进行汇总和统筹。从"脂批"笔下的"袭卿"到护花主人王希廉笔下堪与宝钗比肩的"贤妻美妾"，是对袭人正面形象的至评；而始于涂瀛之笔的"柔奸"形象到将袭人称为"花贱人"的姚燮笔下的"贰臣"形象，则几乎成为袭人反面形象的定评，致使之后的很长一段时间袭人限于骂名。直到俞平伯的《红楼梦辨》用考据的方法才为袭人研究开辟了新的思路。尽管俞老先生本人对袭人好感有限，但他将当时行世的《红楼梦》分为前八十回和后四十回研究的思路诚属进步。他还通过前八十回本中所记事实对袭人进行了"探佚"式推断，既得出袭人"负心人"之结论，又忠于曹雪芹"闺阁昭传"之意，认为作者"右黛左钗"不会那样强烈，即"左袭人"也不会那样强烈。后来的一些研究者，诸如周汝昌、吴世昌、刘心武、梁归智等，多沿着"探佚"的道路研究袭人，尤其对袭人的结局有了进一步探究，反过来，袭人结局的探佚又有助于袭人整体形象的认知，袭人逐渐从"负心人"向"勇毅""知恩图报"的形象转变。还有一部分研究者汲取了俞老先生对袭人研究所坚持的"一分为二"的态度，如王昆仑笔下的花袭人就是"俊"和"阴"，与宝玉既是"关系最近"的至亲之人，又是"同房共榻"的"敌人"之共同体，王老为袭人形象开创了多重性研究思路，而他所刻画的袭人充当统治者"面貌温和的鹰犬"的奴才形象也成为这一时期袭人的定评，袭人一度成为"媚主求荣的奴才代表"。随着革命文学时代的到来，袭人又成了"封建阶级卫道士"的代表。梁归智对袭人的评价是"封建的好人"，尽管是好人，仍不脱"封建"二字。

　　欧丽娟是又一位对袭人倾注颇多笔力的研究者，其专著《大观红楼4：欧丽娟讲红楼梦》的第五章专论袭人，既有严密的逻辑推断，又有饱含深情的赞美。欧丽娟堪称将袭人置于"人"之地位考量的第一人。

她的"但若涉及有所轩轾的人生价值观""袭人才是维系世界的稳定力量"① 之辞给予袭人至高之评。

赵静娴对袭人的系列研究文章也应该予以关注。她以比较研究为法，将袭人置于《红楼梦》整体的人物关系中，呈现了一个相对客观真实的袭人形象。赵静娴从 2005 年到 2012 年八年的时间中陆续发表了六篇与袭人有关的文章，包括一篇硕士学位论文，分别为《论花袭人》（硕士学位论文）、《20 世纪袭人研究综述》《袭人与鸳鸯、平儿、晴雯人物性格之比较》《从袭人与王夫人、凤姐关系看其性格特征》《从袭人与宝玉、宝钗等人物的关系看其主要性格特征》《袭人与宝钗、紫鹃性格之对照》。《论花袭人》② 认为"花袭人是《红楼梦》塑造的一个性格鲜明而又复杂的不朽典型"，文章将袭人"放置在小说的总体描写中"及"整个人物的关系网中加以考察"，力图寻找"曹雪芹笔下那个客观的花袭人"，"拓展了袭人比较研究的面"，同时也拓展了红学研究中诸如"袭人和红楼人物的关系"这个"尚未涉足的领域"的研究。

还有的研究者从心理学、生存状态、接受文学等角度对袭人形象进行探究，为解读袭人提供了很多新思路。我作为拾级而上者，信心于斯，动力在兹。

尽管袭人在《红楼梦》中占有一席之地，但是她的出身和成长经历已然决定了她的"小"之见识、"小"之情趣等"小"之形象，故本书对袭人的研究定位于小人物研究；袭人在小说中的生命跨度约二十年，身份也有多次转变，与不同身份相对应的是不同的性格和为人处世方式，故本书分段研究；研究袭人者众多，观点各异，本书采取客观的态度，以冷静的目光，从文本出发，不以先入为主的经验为据，人云亦云。这既是袭人研究的原则所在，也是研究袭人的目的和初心所在。

---

① 欧丽娟. 大观红楼 4：欧丽娟讲红楼梦 ［M］. 北京：北京大学出版社，2018：478.
② 赵静娴. 论花袭人 ［D］. 乌鲁木齐：新疆师范大学，2005.

目 录

花袭人评赞

第一章

"脂批"下的袭人研究

最早对袭人做出评论的当属《红楼梦》中的"脂批"了。据相关研究，"脂批"约始于1754年，终于1774年，历时二十年之久。尽管对"脂批"者的身份仍有争议，但他(们)与曹雪芹的亲密关系却是不争的事实，其笔下的只言片语无疑是接近作者原意的，可为解读袭人"其中味"提供较为客观的依据。

在研究与袭人有关的"脂批"前，有必要对所引的"脂批"条目进行简要说明。本章所涉"脂批"皆出自郑红枫、郑庆山辑校的《红楼梦脂评辑校》，该书以甲戌本、靖藏本、己卯本、庚辰本、蒙府本、戚序本、列藏本、杨藏本、舒序本、梦觉本、程甲本为底本，以甲戌本、庚辰本、己卯本的批语为主，他本的异文也予以呈现①，属于相对广义的"脂批"②，即"写在《脂砚斋重评石头记》早期抄本上的批语"③，主要选录署名为脂砚斋、畸笏、棠村、松斋、梅溪几个人的批语，而对立松轩、高兰墅、孙桐生、鉴堂、绮园及列藏本、杨藏本、舒序本没署名的批语剔除不用。笔者在引用"脂批"时，首选《红楼梦脂评辑校》中的甲戌本批语，然后依次为庚辰本、己卯本、蒙府本、戚序本、列藏本。"脂批"对袭人的评价主要集中在袭人形象、袭人姓名、袭人遭遇、袭人结局、袭人创作笔法、袭人作用及由袭人引发的思考等几个方面。

第一节　"脂批"下的袭人形象研究

"脂批"对袭人形象的解读倾注颇多笔力，主要集中在袭人的品性及为人处世方面。"脂批"对袭人的态度几乎都是肯定的，采取的笔法却是

---

① 郑红枫,郑庆山.红楼梦脂评辑校:辑校体例[M].北京:北京图书馆出版社,2006:1.

② 据《红楼梦脂评辑校》,狭义的"脂批"指"曹雪芹、棠村、畸笏、脂砚斋四个人的评语"。

③ 郑红枫,郑庆山.红楼梦脂评辑校:前言[M].北京:北京图书馆出版社,2006:2.

多样的。

一、直评法

直评法即对袭人的品性、为人处世等直接予以评论。

(一)识大体、顾大局之形象

第八回,在宝玉生气摔茶杯的动静惊动贾母,袭人为避免事态扩大,用"我才倒茶来,被雪滑倒了"①之语巧妙应答,甲戌侧批②"现成之至,瞧他写袭卿为人"③,字里行间是对袭人为人处世的肯定。第十九回,袭人从家过年回来,宝玉急于献奶酪,袭人听说奶酪已被李嬷嬷吃完,便用自己上次吃了奶酪肚子疼、现在想吃栗子的善意谎言转移了宝玉的注意力,庚辰双批"与前文＜应＞失手碎钟遥对。通部袭人皆是如此,一丝不错"④。第二十回,袭人被李嬷嬷大骂且又遭晴雯排揎后,宝玉劝袭人不要生气,袭人冷笑着说出"要为这些事生气,这屋子一刻还站不得了"⑤,庚辰侧批"实言,非谬语也"⑥。及至袭人又说出不让宝玉为自己得罪人之言,庚辰侧批:"从'狐媚子'等语来,实实好语,的是袭卿。"⑦袭人怕宝玉烦恼,强忍着委屈时,庚辰眉批"一段特为怡红袭人、晴雯、茜雪三鬟之性情、见识、身分而写"⑧,同时,茜雪的夸赞之辞正面衬托袭人的顾大体,晴雯的咄咄逼人之态侧面烘托袭人的顾大体。

---

① 曹雪芹著,脂砚斋批评,大江校点.脂砚斋批评本红楼梦[M].南京:凤凰出版社,2010:73.

② "脂批"主要有眉批、侧批、双批、回前总批、回后总批五种批注形式,眉批指位于正文上端白边之批,侧批指位于正文的行右侧之批,双批指位于正文下的双行小字批语,回前总批指位于每回回首之批,回后总批指位于每回结尾后之批。

③ 郑红枫,郑庆山.红楼梦脂评辑校[M].北京:北京图书馆出版社,2006:120.

④ 郑红枫,郑庆山.红楼梦脂评辑校[M].北京:北京图书馆出版社,2006:223.

⑤ 曹雪芹著,脂砚斋批评,大江校点.脂砚斋批评本红楼梦[M].南京:凤凰出版社,2010:158.

⑥ 郑红枫,郑庆山.红楼梦脂评辑校[M].北京:北京图书馆出版社,2006:244.

⑦ 郑红枫,郑庆山.红楼梦脂评辑校[M].北京:北京图书馆出版社,2006:244.

⑧ 郑红枫,郑庆山.红楼梦脂评辑校[M].北京:北京图书馆出版社,2006:244.

（二）娇憨可爱之形象

第二十一回，袭人用生闷气的方式来娇嗔宝玉，宝玉也深为骇异，庚辰双批："醋妒妍憨假态，至矣尽矣！观者但莫认真此态为幸。""好！可知未尝见袭人之如此技艺也"①。袭人继续合了眼不理宝玉，庚辰双批："与颦儿前番姣（娇）态如何？愈觉可爱犹甚。"②尽管识大体的袭人形象令人叹服，然而比之与其年龄相适的可爱、娇俏形象，这样的形象更加真实和打动人心。

（三）坚持原则之形象

第二十一回，面对宝玉究竟为什么生气之问，袭人以反问之句"你心里还不明白，还等我说呢"作答，庚辰侧批："亦是囫囵语，却从有生以来肺腑中出，千斤重。"③袭人一向温柔隐忍，能用这样带情绪的语句与宝玉交流实属少见。究其原因，是宝玉懒怠读书的行为触碰了袭人所坚持的原则。袭人用柔情警示宝玉后，宝玉也不大出房，也不和姊妹、丫头等厮闹，只拿着书解闷，或弄笔墨，且早早就寝，庚辰双批分别为"此是袭卿第一功劳也""此是袭卿第二功劳也""所谓袭卿有三大功劳也"及"此犹是袭人余功也"。针对袭人"和衣睡在衾上"，庚辰双批："好袭人，真好！"④三大功劳外加一个"余功"，皆是袭人坚持原则之故，这样的丫头，除了用"好"形容外，确实再找不到更合适的词语了。而明明只是一介丫头，袭人却有如此的自觉性，"好"之外更是难得。

（四）"痴"于宝玉之形象

第九回，宝玉去家塾读书，针对袭人对宝玉"念书的时节，想着书……

---

① 郑红枫，郑庆山.红楼梦脂评辑校[M].北京：北京图书馆出版社,2006:257.
② 郑红枫，郑庆山.红楼梦脂评辑校[M].北京：北京图书馆出版社,2006:258.
③ 郑红枫，郑庆山.红楼梦脂评辑校[M].北京：北京图书馆出版社,2006:258.
④ 郑红枫，郑庆山.红楼梦脂评辑校[M].北京：北京图书馆出版社,2006:259 - 261.

碰见老爷不是顽的。虽说是奋志要强，那工课宁可少些，一则贪多嚼不烂，二则身子也要保重。这就是我的意思，你可要体谅"①的殷殷嘱咐语，戚序双批："书正语，细嘱一番。盖袭卿心中明知宝玉他并非真心奋志之人，袭人自别有说不出来之话。"②此处袭人是矛盾的，本来她深知宝玉秉性是怠于读书的，去了学堂对宝玉收心是有好处的，但如果在不读书、身体好的宝玉和读书、身体累垮的宝玉之间，她无疑会选择后者。她最担心的是宝玉不仅书没读好，还把身体弄垮了，此便是袭人"说不出来之话"。第二十三回，宝玉被贾政叫去说话，袭人倚在穿堂门前等候，庚辰侧批："等坏了，愁坏了。"③正是常态下感情的自然流露最是袭人待宝玉的一片"痴"忠。贾政是宝玉最畏惧之人，于袭人亦是。然父亲叫儿子问话，亦是人之常情，袭人忧宝玉之忧，却无能为力，只能痴等宝玉归来。倚门等候应是用最家常的姿态，写出了袭人最大的煎熬。袭人越是煎熬，就越是心系宝玉。

第十九回，袭人阻止母兄"白忙活"，且只用自己的坐褥、脚炉、手炉及茶杯招待宝玉，庚辰双批曰："如此至微至小中便带出〔世〕家常情，他书写不及此。""叠用四'自己'字，写得宝、袭二人素日如何亲洽，如何尊荣，此时一盘托出。盖素日身居侯府绮罗锦绣之中，其安富尊荣之宝玉，亲密浃洽勤慎委婉之袭人，是分所应当，不必写者也。今于此一补，更见二人平素之情义"④。也正因为二人"不同"之情义，故有之后袭人不同寻常之表现。

第五十七回，宝玉在紫鹃的试探下几近疯傻，袭人找紫鹃兴师问罪，庚辰双批："奇极之语！从急怒姣（娇）憨口中描出不成话之话来，方是千古奇文。五字是一口气来的。"⑤柔顺、稳重如袭人，是因为尚未遇到令她

① 曹雪芹著，脂砚斋批评，大江校点.脂砚斋批评本红楼梦[M].南京：凤凰出版社，2010：75.
② 郑红枫，郑庆山.红楼梦脂评辑校[M].北京：北京图书馆出版社，2006：123.
③ 郑红枫，郑庆山.红楼梦脂评辑校[M].北京：北京图书馆出版社，2006：285.
④ 郑红枫，郑庆山.红楼梦脂评辑校[M].北京：北京图书馆出版社，2006：219.
⑤ 郑红枫，郑庆山.红楼梦脂评辑校[M].北京：北京图书馆出版社，2006：410.

"动容"之事,宝玉的性命攸关时刻,袭人也有"孟浪"之举。此处可与第二十一回袭人因为宝玉不认真读书的"千斤重"之语相比照,袭人有两个原则,一是宝玉认真读书,二是宝玉身体健康,一旦违背这两个原则,袭人不惜"斗争到底"。

(五)争强、好胜之形象

第二十二回,结合《庄子》篇,庚辰双批:"袭人是好胜所误。皆不能跳出庄叟言外,悲亦甚矣。"①此处可算"脂批"对袭人为数不多的贬义之批,然也属客观之评。但袭人的好胜心从来只关乎宝玉,可归为"痴"忠宝玉的表现。

第十九回,袭人边笑着对殷勤招待宝玉的母兄说"既来了,没有空去之理,好歹尝一点儿,也是来我家一趟"②,边于众多果品中选中了松子穰,庚辰双批:"得意之态,是才与母兄较争以后之神理,最细。"③袭人之"得意"是自以为可以自己做主了,不必像之前被家人摆布。宝玉为袭人的两姨姐妹不在贾府而惋惜,袭人冷笑着说自己一个人是奴才命就罢了,不能连亲戚都成了奴才命,庚辰双批:"袭人连补'奴才'二字,最是劲节。怨不得作此语。"④袭人对之前被家人卖入荣府其实一直有埋怨,在穷困中的自由身强过富贵中的奴才身份。袭人对自己的身份一直有清醒的认识,也正与薛姨妈眼中的"说话见人和气里头带着刚硬要强"形成对照:既为奴才,更应自尊、自爱、自强。尽管"脂批"提及袭人"好胜",笔者认为莫如"自强"合适。

(六)细心周到之形象

第十七至十八回,针对袭人能及时发现宝玉身上佩戴物不见之行为,

---

① 郑红枫,郑庆山.红楼梦脂评辑校[M].北京:北京图书馆出版社,2006:275.
② 曹雪芹著,脂砚斋批评,大江校点.脂砚斋批评本红楼梦[M].南京:凤凰出版社,2010:148.
③ 郑红枫,郑庆山.红楼梦脂评辑校[M].北京:北京图书馆出版社,2006:220.
④ 郑红枫,郑庆山.红楼梦脂评辑校[M].北京:北京图书馆出版社,2006:224.

庚辰侧批："袭人在玉兄一身,无时不照察到。"①第十九回,回家过年的袭人乍见私自来探望她之宝玉,得知宝玉只是无事闲逛时"才放下心来"的细节,庚辰双批"精细周到"②。待袭人转至"笑"、微嗔宝玉"胡闹"及"还有谁跟来"的问话时,分别有庚辰双批"妙,神""该说,说得是"及"细"。及至明确了只有宝玉和茗烟两人时,袭人"复又惊慌",同时数落宝玉和茗烟,又有"是必有之神理,非特故作顿挫""该说,说得更是"③的庚辰双批。袭人识大体、顾大局的形象也是以"细心周到"为基础的,"细心"才能及时发现问题,"周到"才能妥善解决问题,唯有真心待宝玉,才能如此细之、周到之。

(七)有理、有节、有智之形象

第十九回,由两姨姐妹的出嫁引发了袭人的赎身之论,宝玉着急,拦着不让赎,袭人用三个理由反驳宝玉,庚辰双批"说得极是""一驳,更有理""宝玉并不提王夫人,袭人偏自补出,周密之至""再一驳,更精细,更有理""三驳,不独更有理"④;当袭人做好铺垫准备下箴规时,庚辰双批"不独解语,亦且有智"⑤。做宝玉心中、眼中第一得意之丫头,要使宝玉心服口服实实不易。原本不善言辞的袭人,能做步步为营之态,发咄咄逼人之言,只为宝玉步入正途。

(八)孝女、义女之形象

第十九回补叙袭人卖到贾府之由,庚辰侧批:"孝女,义女。"庚辰双批:"补出袭人幼时艰辛苦状,与前文之香菱、后文之晴雯大同小异,自是

008

---

① 郑红枫,郑庆山.红楼梦脂评辑校[M].北京:北京图书馆出版社,2006:198.
② 郑红枫,郑庆山.红楼梦脂评辑校[M].北京:北京图书馆出版社,2006:218.
③ 郑红枫,郑庆山.红楼梦脂评辑校[M].北京:北京图书馆出版社,2006:218.
④ 郑红枫,郑庆山.红楼梦脂评辑校[M].北京:北京图书馆出版社,2006:226-227.
⑤ 郑红枫,郑庆山.红楼梦脂评辑校[M].北京:北京图书馆出版社,2006:230.

又副十二钗中之冠，故不得不补传之。"①当袭人反对他们为自己赎身并摆出理由时，庚辰侧批又一次评论"孝女，义女"，并连用两个"可怜"②以表同情。如果不是出于对袭人的真心喜欢，断不能对袭人的悲苦感同身受。

(九)"花解语"之形象

第十九回，袭人对宝玉下箴规，提到宝玉读书时所言"你真喜读书也罢，假喜也罢"，庚辰侧批："新鲜，真新鲜!"③袭人要求宝玉在政老爷跟前或在别人跟前只做出个喜读书的样子来，以达使老爷少生些气之目的，庚辰侧批："大家听听，可是丫鬟说的话?"④袭人还提到不能毁僧谤道，庚辰双批为"妇女心意"。及至袭人要求宝玉"百事检点""不任意任情"，庚辰双批："总包括尽矣。其所谓'花解语'者大矣，不独冗冗为儿女之分也。"⑤宝玉见袭人回心转意，高兴之余用"八抬大轿"做许诺，袭人用"没有那个道理"和"没甚趣"回绝宝玉，庚辰双批："调侃不浅。然在袭人能作是语，实可爱、可敬、可服之至! 所谓'花解语'。"⑥可见"花解语"的本质是"大"，是基于为宝玉着想的识大体、顾大局。

二、对比法

对比法的使用主要集中于与袭人在地位、身份上有相似性的晴雯、麝月及平儿三个人物身上。

---

① 郑红枫,郑庆山.红楼梦脂评辑校[M].北京:北京图书馆出版社,2006:228.
② 郑红枫,郑庆山.红楼梦脂评辑校[M].北京:北京图书馆出版社,2006:228.
③ 郑红枫,郑庆山.红楼梦脂评辑校[M].北京:北京图书馆出版社,2006:231.
④ 郑红枫,郑庆山.红楼梦脂评辑校[M].北京:北京图书馆出版社,2006:231.
⑤ 郑红枫,郑庆山.红楼梦脂评辑校[M].北京:北京图书馆出版社,2006:232.
⑥ 郑红枫,郑庆山.红楼梦脂评辑校[M].北京:北京图书馆出版社,2006:232.

（一）与晴雯的对比

在为人处世的大度方面，"脂批"认为袭人强于晴雯。第八回，李嬷嬷私自将宝玉留给晴雯的豆腐皮包子给自己的孙子吃，甲戌双批："奶母之倚势亦是常情，奶母之昏愦亦是常情；然特于此处细写一回，与后文袭卿之酥酪遥遥一对，足见晴卿不及袭卿远矣。余谓晴有林风，袭乃钗副，真真不假。"①在性格方面，"脂批"认为二人各有千秋。第二十回又将袭人与宝钗归为一类，与晴雯对比，庚辰侧批："要知自古及今，愈是尤物，其猜忌〔嫉〕妒愈甚。若一味浑厚大量涵养，则有何可令人怜爱护惜哉？然后知宝钗、袭人等行为，并非一味蠢拙古版（板），以女夫子自居。当绣幕灯前，绿窗月下，亦颇有或调（醋）或妒，轻俏艳丽等说。不过一时取乐买笑耳，非切切一味妒才嫉贤也，是以高诸人百倍。不然，宝玉何甘心受屈于二女夫子哉？"②而在为人的坦荡方面，袭人不如晴雯。第七十七回，晴雯将自己的衣服与宝玉的衣服交换，列本双批："晴雯此举胜袭人多矣，真一字一哭也，又何必鱼水相得而后为情哉。"③即袭人比晴雯大度，却不比晴雯坦荡。两人为人处世有高低之分，性格千差万别，却无对错。

（二）与麝月的对比

第二十回，袭人生病，麝月独自守屋，与宝玉一问一答，庚辰侧批："全是袭人的口气……（麝月）虽不及袭人周到，亦可免微嫌小敝（弊）等患。"④本处是借对与袭人形象相似的麝月之叹来赞美袭人的周到。相比晴雯，麝月与袭人相似处众多，然即便如此，在"脂批"心中，麝月仍不及袭人。

---

① 郑红枫，郑庆山.红楼梦脂评辑校[M].北京:北京图书馆出版社,2006:119.

② 郑红枫，郑庆山.红楼梦脂评辑校[M].北京:北京图书馆出版社,2006:245-246.

③ 郑红枫，郑庆山.红楼梦脂评辑校[M].北京:北京图书馆出版社,2006:449.

④ 郑红枫，郑庆山.红楼梦脂评辑校[M].北京:北京图书馆出版社,2006:244-245.

（三）与平儿的对比

第二十一回，平儿为贾琏解围，将私物藏在袖内，庚辰双批："好极！不料平儿大有袭卿之身分，可谓何地无材，盖造（遭）际有别耳。"[1]平儿身份即袭人身份，那么平儿表现出的机变能力便也是袭人不可或缺的。在"脂批"看来，两人身份相当，才能不相上下，但所处环境有别。

三、借评法

借评法，即借作者或书中人物之想、之眼、之言、之行所进行的评价。

（一）借书中作者的评价

第三回，作者写到袭人"亦有些痴处"的性格，甲戌侧批为"只如此写又好极"[2]，对作者笔下袭人形象的认同即是对作者所述袭人性格"痴"的认同。

（二）借黛玉之言

第二十回，李嬷嬷大骂袭人，黛玉对着宝玉为袭人叫不平时，庚辰双批："袭卿能使颦卿一赞，愈见彼之为人矣，观者诸公以为如何？"[3]袭人能得到黛玉这样清高且"心较比干多一窍"之人的认可，其正面形象便不容置疑了。

（三）借宝钗之想

第二十一回，袭人因宝玉不顾分寸、礼节与姐妹们厮混，与宝钗抱怨，

---

① 郑红枫，郑庆山.红楼梦脂评辑校[M].北京：北京图书馆出版社，2006：265.

② 郑红枫，郑庆山.红楼梦脂评辑校[M].北京：北京图书馆出版社，2006：55.

③ 郑红枫，郑庆山.红楼梦脂评辑校[M].北京：北京图书馆出版社，2006：241.

宝钗深感袭人"有些识见",庚辰双批:"此是宝卿初试,已(以)下渐成知己。盖宝卿从此心察得袭人果贤女子也。"①结合宝钗待人"不疏不亲,不远不近"之态度,认为宝钗能与袭人在炕上坐着聊天是"深取袭卿矣",尤其她给出了袭人"言语志量深可敬爱"的好评,庚辰双批:"四字包罗许多文章笔墨,不似近之开口便云'非诸女子之可比'者,此句大坏。然袭人故(固)佳矣,不书此句是大手眼。"②"脂批"借宝钗所思为袭人之"贤"做定评。

(四)借宝玉之眼、之想

第十九回,以宝玉视角发现袭人"两眼微红,粉光融滑"③时,有庚辰双批"八字画出才收泪之一女儿,是好形容,且是宝玉眼中意中"④;第二十五回,宝玉想让小红近身伺候,但同时要顾及袭人,怕袭人等寒心,甲戌侧批为"是宝玉心中想,不是袭人拈酸"⑤,可见袭人在宝玉眼中的"柔媚姣俏"之容及心中的不"拈酸吃醋"之作风。

(五)借佳蕙之言

第二十六回,佳蕙夸赞袭人,庚辰侧批:"却(确)论公论,方见袭卿身分。"⑥小丫头眼中的袭人,而且是背人处的评价,往往是可信的,因为袭人作为丫头之首,在小丫头面前无作假的必要,故佳蕙人虽微,然言却不轻。

(六)借贾芸之眼

贾芸去看望宝玉时偶遇袭人,也知道袭人与别个丫头不同,庚辰侧

① 郑红枫,郑庆山.红楼梦脂评辑校[M].北京:北京图书馆出版社,2006:256.
② 郑红枫,郑庆山.红楼梦脂评辑校[M].北京:北京图书馆出版社,2006:256.
③ 曹雪芹著,脂砚斋批评,大江校点.脂砚斋批评本红楼梦[M].南京:凤凰出版社,2010:148.
④ 郑红枫,郑庆山.红楼梦脂评辑校[M].北京:北京图书馆出版社,2006:220.
⑤ 郑红枫,郑庆山.红楼梦脂评辑校[M].北京:北京图书馆出版社,2006:300.
⑥ 郑红枫,郑庆山.红楼梦脂评辑校[M].北京:北京图书馆出版社,2006:314.

批:"何如？可知前批非谬。"①此批主要突出和照应袭人在怡红院及宝玉心中"独一份"的地位。

"脂批"通过直评法、对比法及借评法对袭人的品性和为人处世进行了全方位、立体的评说，给予的几乎都是肯定及赞美之辞，可见"脂批"眼中的袭人是正面形象。不单如此，"脂批"对袭人的遭遇流露出的同情之态度，甚至想要为其打抱不平之行为，更见"脂批"者对袭人的偏爱。

第二节 "脂批"下的袭人其他研究

一、有关袭人名字之评

袭人于第三回正式出场，在安排黛玉住处时顺势引出其名，紧接着甲戌侧批:"奇名新名，必有所出。"②相比莺莺燕燕之流，袭人之名确实不俗，同时暗示了袭人之名有来历，为下文做好伏笔和铺垫。

二、有关袭人遭遇之评

对袭人的同情。第十九回，庚辰眉批:"'花解语'一段，乃袭卿满心满意将玉兄为终身得靠，千妥万当，故有是余(语)。阅至此，余为袭卿一叹。"③袭人一心为宝玉，也将宝玉当作毕生之托，然事与愿违，"脂批"因此一叹。

---

① 郑红枫,郑庆山.红楼梦脂评辑校[M].北京:北京图书馆出版社,2006:319.

② 郑红枫,郑庆山.红楼梦脂评辑校[M].北京:北京图书馆出版社,2006:55.

③ 郑红枫,郑庆山.红楼梦脂评辑校[M].北京:北京图书馆出版社,2006:233.

为袭人抱不平。第十九回插叙李嬷嬷因酥酪迁怒袭人，说袭人只是她手里调理出来的毛丫头、阿物儿，庚辰双批："虽暂委曲（屈）唐突袭卿，然亦怨不得李媪。"①第二十回，袭人被李嬷嬷大骂，从不过是几两银子买来的毛丫头的出身骂到狐媚子迷惑宝玉，再到"配小子"的侮辱，庚辰侧批直呼"吓杀了"，直为袭人叫屈，"虽写得酷肖，然唐突我袭卿，实难为情"，"在袭卿身上去（却）叫下撞天屈来"。尤其骂及"谁不是袭人拿下马来的"之时，庚辰侧批："冤枉，冤哉！"②针对李嬷嬷的谩骂，"脂批"几近"心碎"，不住为袭人抱屈喊冤的行为从侧面反映了袭人为人之正派。

第二十一回，宝玉赌气睡觉后，袭人替他压了一领斗篷，宝玉故意蹬脱，庚辰侧批："文是好文，唐突我袭卿，吾不忍也。"③第三十回，宝玉误踢袭人，庚辰回前总批："脚踢袭人是断无是理，竟有是事。"④"脂批"因为对袭人形象喜欢与认同，当袭人遭受不平待遇时便满是怜惜与抱不平，即便制造"不平"的主体是来自集万千宠爱于一身的宝玉也不例外。

三、有关袭人结局之评

第二十回有针对麝月的一段庚辰侧批："所以后来（麝月）代任"⑤，"有（在）袭人出嫁之后，宝玉、宝钗身边还有一人……故袭人出嫁后云（有）'好歹留着麝月'一语，宝玉便依从此话。可见袭人虽去，实未去也。"⑥第二十八回回目，庚辰批为"茜香罗、红麝串写于一回，盖琪官虽系优人，后回与袭人供奉玉兄、宝卿得同终始者"⑦。

据"脂批"，袭人的结局定是别宝玉、嫁玉菡，至于什么时候去，也定

---

① 郑红枫,郑庆山.红楼梦脂评辑校[M].北京:北京图书馆出版社,2006:223.
② 郑红枫,郑庆山.红楼梦脂评辑校[M].北京:北京图书馆出版社,2006:242.
③ 郑红枫,郑庆山.红楼梦脂评辑校[M].北京:北京图书馆出版社,2006:258.
④ 郑红枫,郑庆山.红楼梦脂评辑校[M].北京:北京图书馆出版社,2006:352.
⑤ 郑红枫,郑庆山.红楼梦脂评辑校[M].北京:北京图书馆出版社,2006:244.
⑥ 郑红枫,郑庆山.红楼梦脂评辑校[M].北京:北京图书馆出版社,2006:245.
⑦ 郑红枫,郑庆山.红楼梦脂评辑校[M].北京:北京图书馆出版社,2006:340.

不是现通行本的宝玉出家后,因为如此便和宝玉之后留着麝月及还得袭人、玉菡供奉的情节相违。

四、有关袭人的创作笔法之评

(一)意外之笔

即情理之中又出人意料之法。第九回,顽童大闹私塾,贾菌要用砚砖打金荣,误砸到宝玉、秦钟桌子上,戚序双批:"好看之极!不打着别个,偏打着二人,亦想不到文章也。此书此等笔法,与后文踢着袭人,误打平儿是一样章法。"①既为之后宝玉踢袭人情节埋下伏笔,又点明同样是误伤,是无意间的意外之踢。

第四十四回着重写平儿,袭人成引子,但是分析选择平儿的意图时又处处以袭人为参照。庚辰双批:"忽使平儿在绛芸轩中梳妆,非〔但〕世人想不到,宝玉亦想不到者也。作者费尽心机了。"平儿作为贾琏的通房丫头,确实不应该出现在贾琏弟弟宝玉的房中,毕竟男女授受不亲。"写宝玉最善闺阁中事,诸如胭粉等类,不写成别致文章,则宝玉不成宝玉矣。然要写,又不便特为此费一番笔墨,故思及借人发端"。作者既认为有写宝玉最善闺阁之事之必要,又不想另起笔墨,所以得想一个万全之策。"然借人又无人,若袭人辈,则逐日皆如此,又何必拣一日细写,似觉无味。若宝钗等,又系姊妹,更不便来细搜袭人之妆奁,况也是自幼知道的了。因左想右想,须得一个又甚亲,又甚疏,又可唐突,又不可唐突,又和袭人等极亲,又和袭人等不大常处,又得袭人辈之美,又不得袭人辈之修饰一人来,方可发端,故思及平儿一人方如此,故放手细写绛芸闺中之什物也"②。于情节是意外之喜,于创作则不失为意外之笔,故平儿的出现,是意外,然因之袭人与平儿的特殊关系,故属于合情合理的意外之笔。

---

① 郑红枫,郑庆山.红楼梦脂评辑校[M].北京:北京图书馆出版社,2006:127.

② 郑红枫,郑庆山.红楼梦脂评辑校[M].北京:北京图书馆出版社,2006:387.

第
一
章
『
脂
批
』
下
的
袭
人
研
究

（二）"犯不见犯"之笔

即同中又见不同之法。第二十一回,平儿用一撮头发要挟贾琏并邀功,庚辰双批为"好听好看之极,迥不犯袭卿""姣俏如见,迥不犯袭卿、麝月一笔"①。此笔之精妙处在"不犯",以表面的"犯"为突破口,落笔却在二者的"不犯"。

（三）衬贴之笔

即陪衬法。第二十五回,先铺垫小红的一系列事情后方引出袭人来,甲戌侧批"是衬贴法"②。看似在详细介绍小红其人其事,待袭人出现之后,只用一个动作"招手叫",便将小红比下去了,袭人的地位也得以体现,颇具戏剧性。

（四）与"众"不同之笔

即与以往创作者不同之法。第三回,作者写到袭人"亦有些痴处"的性格,甲戌侧批为"只如此写又好极。最厌近之小说中满纸'千伶百俐','这妮子亦通文墨'等语"③。一个"痴"字胜过前人千篇一律之万言。

第十九回,袭人母亲和兄长忙着招待宝玉,袭人反而嘱咐不用白忙活,庚辰双批:"妙! 不写袭卿忙,正是忙之至。若一写袭人忙,便是庸俗小派了。"④袭人的"忙"应是内心的"忙",而不应是外在招待动作的"忙",毕竟袭人对荣府的规矩和宝玉的习惯是了然于胸的。第二十一回,针对宝钗给出袭人品行"深可敬爱"的好评,庚辰双批:"四字包罗许多文章笔墨,不似近之开口便云'非诸女子之可比'者,此句大坏。然袭人故(固)佳矣,不书此句是大手眼。"⑤结合宝钗的性格及袭人的婢女地

① 郑红枫,郑庆山.红楼梦脂评辑校[M].北京:北京图书馆出版社,2006:265-266.
② 郑红枫,郑庆山.红楼梦脂评辑校[M].北京:北京图书馆出版社,2006:301.
③ 郑红枫,郑庆山.红楼梦脂评辑校[M].北京:北京图书馆出版社,2006:55.
④ 郑红枫,郑庆山.红楼梦脂评辑校[M].北京:北京图书馆出版社,2006:219.
⑤ 郑红枫,郑庆山.红楼梦脂评辑校[M].北京:北京图书馆出版社,2006:256.

位,确实莫如这四个字贴切了。对"袭人和衣睡在衾上"的细节,庚辰双批:"神极之笔!"①。作为一介婢女,想给主子一点颜色瞧瞧,确实轻不得重不得,"和衣睡"是袭人能想到的表达不满之情的最佳办法了,既向宝玉传递了她的不满,又不逾越自己的身份。

(五)一击两鸣之笔

即由此情节自然引出彼情节之法。第十九回,袭人不敢乱给宝玉吃东西,庚辰双批曰:"如此至微至小中便带出〔世〕家常情,他书写不及此。"②

(六)迥不相犯之笔

即千人千面,互不干扰之法。第四十六回,鸳鸯说到袭人及琥珀、素云、紫鹃、彩霞、玉钏儿、麝月、翠墨、翠缕、可人、金钏儿和茜雪时,庚辰双批:"余按此一算,亦是十二钗。真镜中花,水中月,云中豹,林中之鸟,穴中之鼠,无数可考,无人可指,有迹可追,有形可据,九曲八折,远响近影,迷离烟灼,纵横隐现,千奇百怪,眩目移神,现千手千眼大游戏法也。"③袭人与其余十一人同为贾府女婢之翘楚,在外貌、性格、为人处世方面却千差万别;在身份、地位相似的前提下,其他方面绝不相犯。通俗来说,她们中的任何一位站出来,都不会有张冠李戴的情况发生。

五、有关袭人于情节、结构方面作用之评

(一)伏线千里

第八回,宝玉从薛姨妈处吃酒回来,问晴雯"袭人姐姐呢",甲戌侧批

---

① 郑红枫,郑庆山.红楼梦脂评辑校[M].北京:北京图书馆出版社,2006:261.
② 郑红枫,郑庆山.红楼梦脂评辑校[M].北京:北京图书馆出版社,2006:219.
③ 郑红枫,郑庆山.红楼梦脂评辑校[M].北京:北京图书馆出版社,2006:392-393.

"断不可少"①。"断不可少"四字既是出于宝玉、袭人二者亲密关系的考量，又是对袭人出面阻止宝玉撵茜雪行为所留的伏笔。宝玉、袭人向来形影不离，不见袭人时自然会向旁人询问她的去处，袭人的名字一经宝玉唤出，之后她为茜雪求情就不显得突兀。经过作者的精心布置，读者已对袭人的去向有所了解，待宝玉迁怒于茜雪时，袭人顺势就从里间走出来发挥"奇效"了。

第十九回，宝玉怀疑袭人有哭泣行为，袭人用"迷了眼揉的"借口遮掩过去，又有庚辰双批"伏下后文所补未到多少文字"②，即袭人与母、兄争取自己留在荣府的情节，并补叙袭人之前被卖的原因和过程。宝玉回到贾府后于袭人面前赞叹其两姨妹子，袭人一问"叹"什么，便有庚辰双批："只一'叹'字，便引出'花解语'一回来。"③第二十回，李嬷嬷大骂袭人后与黛玉和宝钗诉委屈，引出来茜雪遭撵事件，庚辰眉批："茜雪至狱神庙④方呈正文。袭人正文标昌（目曰）'花袭人有始有终'，余只见有一次誊清时，与'狱神庙慰宝玉'等五六稿，被借阅者迷失，叹叹！"⑤此处不仅交代了茜雪最终遭撵的结局，还引出了宝玉被关押在狱神庙的情节，即由袭人引出茜雪，由茜雪引出狱神庙，由狱神庙引出宝玉后期的遭遇。

第二十六回，宝玉回至园中，袭人正记挂着他去见贾政不知是祸是福时，甲戌侧批："生员（本是）切己之事，时刻难忘。"庚辰侧批："下文伏线。"⑥"下文"指第三十三回宝玉真被贾政叫去问话并挨打之情节。第二十八回回目，庚辰批："茜香罗、红麝串写于一回，盖琪官虽系优人，后回与袭人供奉玉兄、宝卿得同终始者，非泛泛之文也。"⑦第三十回回末总批

① 郑红枫，郑庆山.红楼梦脂评辑校[M].北京：北京图书馆出版社,2006:119.
② 郑红枫，郑庆山.红楼梦脂评辑校[M].北京：北京图书馆出版社,2006:220.
③ 郑红枫，郑庆山.红楼梦脂评辑校[M].北京：北京图书馆出版社,2006:224.
④ 历来红学界对"狱神庙"还是"岳神庙"有争议，故文中凡涉及此名称处均本着忠于所引文献的原则实录之。
⑤ 郑红枫，郑庆山.红楼梦脂评辑校[M].北京：北京图书馆出版社,2006:243.
⑥ 郑红枫，郑庆山.红楼梦脂评辑校[M].北京：北京图书馆出版社,2006:325.
⑦ 郑红枫，郑庆山.红楼梦脂评辑校[M].北京：北京图书馆出版社,2006:340.

"茜香罗暗系于袭人腰中,系伏线之文"①,既引出蒋玉菡,为与袭人之姻缘做伏笔,又为蒋玉菡与袭人后期供养宝玉、宝钗情节做伏笔。

第三十七回正写宝、黛、钗事,忽转笔到袭人,庚辰双批:"忽然写到袭人,真令人不解,看他如何终此诗社之文。"后引出碟子失踪事件,袭人派人去取碟子,庚辰双批:"看他忽然夹写女儿喁喁一段,总不脱落正事。所谓此书一回是两段,两段中却有无限事体,或有一语透至一(下)回者,或有反补上回者,错综穿插,从不一气直起真(直)泻,至终为了。"然后袭人用碟子给湘云送东西,庚辰双批:"妙!隐这一件公案。余想袭人必要玛瑙碟子盛去,何必骄奢轻发如是耶?固(因)有此一案,则无怪矣。"②

(二)补齐留白

第十九回,袭人阻止母、兄"白忙活",且只用自己的坐褥、脚炉、手炉及茶杯招待宝玉时,庚辰双批:"叠用四'自己'字,写得宝、袭二人素日如何亲洽,如何尊荣,此时一盘托出。盖素日身居侯府绮罗锦绣之中,其安富尊荣之宝玉,亲密浃洽勤慎委婉之袭人,是分所应当,不必写者也。今于此一补,更见其二人平素之情义,且暗透此回中所有母女兄长欲为赎身角口等未到之过文。"③尤其袭人面对母、兄摆上来的齐齐整整的一桌子果品还有"总无可吃之物"之叹,庚辰双批:"补明宝玉自幼何等娇贵。以此一句留与下部后数十回'寒冬噎酸齑,雪夜围破毡'等处对看,可为后生过分之戒。叹叹!"④此处所提情节与之前的"狱神庙慰宝玉"情节一样,都属迷失稿中内容,借袭人之叹,我们得知宝玉前后生活是有巨大落差的。宝玉不知避嫌,于袭人家人前告诉自己替袭人留着好东西,袭人悄悄笑着阻止,有庚辰双批"想见二人来(素)日情常"⑤。针对袭人自"一

① 郑红枫,郑庆山.红楼梦脂评辑校[M].北京:北京图书馆出版社,2006:350.
② 郑红枫,郑庆山.红楼梦脂评辑校[M].北京:北京图书馆出版社,2006:365 – 367.
③ 郑红枫,郑庆山.红楼梦脂评辑校[M].北京:北京图书馆出版社,2006:219.
④ 郑红枫,郑庆山.红楼梦脂评辑校[M].北京:北京图书馆出版社,2006:220.
⑤ 郑红枫,郑庆山.红楼梦脂评辑校[M].北京:北京图书馆出版社,2006:221.

把拉住"到摘下宝玉之玉给家人观赏,庚辰眉批为"袭卿有意微露峰芒(绛芸)轩中隐事也"①。在倒叙袭人刚到家时之情形,提到其母、兄要赎她出来的话,庚辰双批"补前文",且又"补出贾府自家慈善宽厚等事"②。

六、由袭人引发的感悟

第二十一回回前批,从回目开始着手分析,认为回目中的袭人和平儿直指其主宝玉和贾琏,并提出了"今日之袭人之宝玉,亦他日之袭人,他日之宝玉也;今日之平儿之贾琏,亦他日之平儿,他日之贾琏也。何今日之玉犹可箴,他日之玉已不可箴耶? 今日之琏犹可救,他日之琏已不能(可)救耶? 箴与谏无异也,而袭人安在哉? 宁不悲乎",后由此得出"人世之变迁如此,光阴〔倏尔如此〕"③之哲学命题。

第四十六回,鸳鸯说到与袭人、平儿自小亲密无间的关系,大了之后各干其事,庚辰双批:"此语已可伤。犹未'各自干各自去',后日(日后)更有各自之处也,知之乎?"④既点明了各人的结局,又包含了一种世事无常的慨叹与无奈。

综上,"脂批"评论袭人的特点有三:一是范围广,对袭人从名字到形象、遭遇、作用、创作手法、结局及引发的感悟等进行了全方位品评;二是对袭人赞美有加、同情有加,其自然流露出的对袭人的喜爱之情,无形中树立了袭人的正面形象;三是在忠于作者所创文本的基础上,有所保留地发挥。然"脂批"后的评论者却并没有沿着这条路继续前进,他们反其道而行,开辟了一条深挖袭人反面形象的道路。

---

① 郑红枫,郑庆山.红楼梦脂评辑校[M].北京:北京图书馆出版社,2006:221.
② 郑红枫,郑庆山.红楼梦脂评辑校[M].北京:北京图书馆出版社,2006:227-228.
③ 郑红枫,郑庆山.红楼梦脂评辑校[M].北京:北京图书馆出版社,2006:252.
④ 郑红枫,郑庆山.红楼梦脂评辑校[M].北京:北京图书馆出版社,2006:393.

第二章

袭人小传

第一节　文献中有关袭人个人信息方面的研究

研究袭人，首先是个人信息的研究，包括名字研究，生辰、年龄研究，身体状况研究，外貌研究，家庭出身、身份地位及成长经历研究，人际关系研究，结局研究及命运研究几大部分，其中袭人名字及结局研究颇受研究者重视。

一、名字研究

针对袭人名字的评论，"脂批"中已提及，然只是简单批为"奇"和"新"，至于如何"奇""新"却无具体说明。相较"脂批"，后世对袭人名字的研究呈现广且深的特点，如采用随笔形态展开研究，代表人物有周春、诸联、解盦居士、胡寿萱、洪秋蕃等；采用评点形态进行研究，代表人物有姚燮、陈其泰等；有侧重文学审美层面的，如周春认为袭人之名"甚韵"；有涉及本事考证方面的，如钱静方的研究逻辑是袭人—龙衣人—允禛（胤禛）皇帝。然无论哪种形态或范式，评论者总不免将自己对袭人的好恶之态度暗含其中，如洪秋蕃、姚燮、陈其泰予袭人以贬，而赤飞则予袭人以褒，且赤飞可算作对袭人名字研究倾注笔力较多的代表人物，其在《红楼人物姓名谈》一书中对袭人的名字从类型、与性格关系及语言学三个方面进行了探究。

（一）基于"袭人"之字义阐释的研究

诸联在《红楼评梦》中认为《石头记》一书"名姓各有所取义"，认为袭人名字之"袭""则言其充美也"①。"充美"本有"覆盖服色之美和发扬圣德"两种意思,诸联在此处显然是取"发扬圣德"之义。

解盦居士在《石头臆说》中认为袭人"袭取宝钗之花貌者也,是雪花也;又掩人不备曰袭"②;且袭人"原名珍珠,宝钗、珍珠本属联络者也"③,"又袭人者夕人也。《诗》有所谓'莫敢当夕'也者,此则专敢当夕者也"④。《礼记》有"妻不在,妾御莫敢当夕"之语,即如果正妻不在家,妾也不敢前往夫寝代替正妻侍夜,那么此处"袭人"便有"越位"之义。

陈其泰在《红楼梦回评》第七十七回回评:"兵法,掩其不备曰袭。衣裳,掩而不开曰袭。文辞,剽窃他人曰袭。袭人之名,作者殆兼取三者之义乎?"⑤他认为凡能与"袭"义挂钩的兵法、衣裳、文辞,都是"袭人"的"名中之义"。

洪秋蕃在《红楼梦抉隐》中论及袭人时说"能袭人婚姻以与人者也",且"并不明张旗鼓,如潜师夜袭者然,故曰袭人"⑥。沈瓶庵、王梦阮在《〈红楼梦索隐〉提要》有言:"宝黛之婢,命名均有深意。袭人,言袭人之巢⑦以得此人也,指来时而言"⑧,用燕子把巢建在屋梁上想接近人类生活比拟袭人攀附宝玉。

聂绀弩在《略谈〈红楼梦〉的几个人物》中提及袭人是"封建代表",是"代表封建来和宝玉斗争",故"良宵花解语"便是"一场恶战"。他联系"《红楼梦》人名往往有所喻义"的情况,认为袁人之"袭"字是军事用语"袭击"之"袭"⑨。

---

① 诸联.红楼评梦[M]//一粟.红楼梦资料汇编.北京:中华书局,1964:117.
② 解盦居士.石头臆说[M]//一粟.红楼梦资料汇编.北京:中华书局,1964:191.
③ 解盦居士.石头臆说[M]//一粟.红楼梦资料汇编.北京:中华书局,1964:194.
④ 解盦居士.石头臆说[M]//一粟.红楼梦资料汇编.北京:中华书局,1964:196.
⑤ 陈其泰.红楼梦回评[M]//朱一玄.红楼梦资料汇编.天津:南开大学出版社,1985:738.
⑥ 洪秋蕃.红楼梦抉隐[M]//一粟.红楼梦资料汇编.北京:中华书局,1964:239.
⑦ 陆游《书巢记》有言"鹊巢于木,巢之远人者;燕巢于梁,巢之袭人者也"。
⑧ 曹雪芹,高鹗著,王梦阮,沈瓶庵索隐.红楼梦索隐[M].北京:北京大学出版社,1989:22.
⑨ 聂绀弩.略谈《红楼梦》的几个人物[M]//红楼梦研究集刊编委会.红楼梦研究集刊:第一辑.上海:上海古籍出版社,1979:63-64.

孔令彬通过探析袭人的命名取义来挖掘曹雪芹对人物形象的"精心艺术构思及其深层的文化意蕴",说"袭人的命名取义体现了作者对她性格特征及命运结局的把握",将袭人名字中"袭""偃旗息鼓,攻人于不及觉"之意对应袭人"以温柔暗中伤人"的性格特征,将袭人之花姓和她的象征花桃花相联系,说桃花又名"轻薄花","袭人再嫁系作者对于人物结局的安排,袭人接受了再嫁的命运,这与她想当宝二姨娘的初衷形成了莫大的嘲讽","轻薄的桃花正可做比"①,认为袭人既轻薄且善于暗中伤人。

(二)基于袭人旧名"珍珠""蕊珠"的研究

洪秋蕃在《红楼梦抉隐》中说"(袭人)旧名珍珠,以在贾母处耳,及侍宝玉,珠已破而不圆,不成其为珠,故夺其名以予贾母后补之婢"②,还将"袭人"当作书中名字的异类,认为"至善至贤之袭人,与全传命名之意不同"③。

赤飞在《红楼人物姓名谈》之《红楼人物姓名的音美与形美》中从语言学的角度分析袭人原名珍珠(zhēnzhū)犯了"同声",即同声母的原则,这样发出的音不美,因为"同声母的字挨在一起,会给人单调绕口,缺乏起伏的感觉"④。

程建忠说袭人原名"珍珠",指"珍珠般的心地,珍珠般的情怀,令人珍爱,令人敬重";又名"蕊珠",指"花蕊中的露珠,女子中的珍宝,晶莹纯洁,实为难得"⑤。

---

① 孔令彬.从人物命名看袭人与紫鹃形象的平面设计及其文化意蕴[J].红楼梦学刊,1999(4):194-202.
② 洪秋蕃.红楼梦抉隐[M]//一粟.红楼梦资料汇编.北京:中华书局,1964:239.
③ 洪秋蕃.红楼梦抉隐[M]//一粟.红楼梦资料汇编.北京:中华书局,1964:242.
④ 赤飞.红楼人物姓名谈[M].北京:新华出版社,2007:244.
⑤ 程建忠.纯良的心 不幸的命——也说花袭人[J].成都大学学报(社科版),2008(2):75-79.

第二章 袭人小传

(三)基于袭人之改名的研究

胡寿萱在《论红楼小启》中提到"花袭人之改名,亦不过明言其花能惑主,谗蝇肆虐,芙蓉神之被逐,潇湘子之疏间,势所必然也。此皆作书者(一百二十回本作者)推源其致祸之由,实叙其事,非雪芹命意之所在也"①。姚燮在《红楼梦总评》中说得更为直接,"花袭人者,为花贱人也。命名之意,在在有因"②,将"花袭人"与"花贱人"画上等号,其贬义立现。

刘伯茹、邓天中将曹雪芹为袭人改名的行为当作"叙事行为"或"叙事单位"来解读,认为改名的背后是美丽贤惠的花珍珠到工于心计、背后算人的"袭人"的"异化过程"③。其实在研究名字变化的同时也发现了袭人形象之"变"。

赤飞在《红楼人物姓名谈》之《改名的背后》一文中还分析了宝玉给袭人改名字的三个原因:一是避讳,袭人的原名珍珠之"珍"与宝玉之堂兄贾珍名相讳,"珠"与宝玉胞兄贾珠名相讳,"应该改改";二是宝玉不喜欢俗艳之名,"必须改";三是为了"隐含的原诗之意",即从"花气袭人知骤暖"之句可知袭人之名"是在暗示袭人香如兰桂,温柔和顺,知冷知热的性格"④,其罗列的理由是比较全面的。

程建忠认为改名"袭人"的意义在于:"本姓花,花一样的容貌,花一样的馨香,花容迷人,花气袭人。"袭人是一个非常优秀的女子——善良、忠诚、尽职,她的所行所为,再联想到她前后的名字,确实"名副其实""名不虚传"。程建忠认为袭人的名字与"善良、忠诚、尽职"的形象是相互对应的⑤。

① 胡寿萱.论红楼小启[M]//一粟.红楼梦资料汇编.北京:中华书局,1964:197.
② 姚燮.红楼梦总评[M]//朱一玄.红楼梦资料汇编.天津:南开大学出版社,1985:640.
③ 刘伯茹,邓天中.从贾宝玉对袭人的重命名看袭人[J].浙江学刊.2007(4):113-117.
④ 赤飞.红楼人物姓名谈[M].北京:新华出版社,2007:136.
⑤ 程建忠.纯良的心　不幸的命——也说花袭人[J].成都大学学报(社科版),2008(2):75.

（四）基于袭人之名出处的研究

周春在《阅红楼梦随笔》中提及袭人之名源自陆游诗"花气袭人知骤暖，鹊声穿竹识新晴"，认为"宝玉用袭人以名花大姐，二字甚韵"①。"韵"的本义为和谐悦耳的声音，后词性有所扩大，有了"风韵雅致"的词义，结合"韵"之前的修饰词"甚"，本处周春之意是要表达"袭人"二字不仅有出处，且十分风韵雅致。

赤飞直接将袭人的名字归于"以典故入名"②之类。

詹丹的《重读〈红楼梦〉》之《〈红楼梦〉和陆游诗》分析了袭人的命名，以回目"情切切良宵花解语"为例，认为"花解语"典出唐明皇称赞杨玉环之情节。《西厢记》中也有"娇羞花解语，温柔玉生香"之唱词，但由于袭人名字与陆游诗《村居书喜》的关系，他还认为袭人之名又能典出陆游的另一首诗《闲居自述》"花如解笑还多事，石不能言最可人"之句，并做了分析："以多事的'花解语'对峙可人的'石不言'，考虑到贾宝玉与石头的关联性，《红楼梦》流传的一切都是从'石能言'开启的。于是，从读者角度引入陆游的诗句以形成与作者所拟回目乃至书名的一种对话，其反讽的意味也是相当足的。"③

林方直认为袭人之名出自卢照邻的宫体诗《长安古意》之"独有南山桂花发，飞来飞去袭人裾"，用无所归依、随意吸附在别人衣上的桂花象征袭人形象，袭人形象便有了不自重的内涵④。

（五）基于对袭人名字考证的研究

钱静方在《红楼梦考》中认为"袭人者龙衣人，指世宗宪皇帝允禛（胤

---

① 周春.阅红楼梦随笔[M]//一粟.红楼梦资料汇编.北京:中华书局,1964:69.
② 赤飞.红楼人物姓名谈[M].北京:新华出版社,2007:192.
③ 詹丹.重读《红楼梦》[M].上海:上海教育出版社,2020:230.
④ 林方直.斧钺下的花袭人[J].阴山学刊.2017(1):30-35.

禛)也"①。

沈瓶庵、王梦阮在《〈红楼梦索隐〉提要》中认为袭人的本名"珍珠"有"珠寓圆之意也"②,将袭人当作陈圆圆之影。

(六)基于袭人外号的研究

赤飞在《红楼人物姓名谈》之《〈红楼梦〉中的姓事名趣》中分析了晴雯开玩笑时所提袭人"西洋花点子哈巴儿"之绰号,认为是"转着圈子骂袭人",一是袭人姓花,二是袭人"忠于主子,像哈巴狗一样,只知摇尾乞怜,往上爬"③,也提及"哈巴狗"是"西洋产"或"中国南方产",并说鲁迅所归纳的"叭儿狗"之"折中、公允、调和、平正"④特点与袭人相像。

二、生辰、年龄研究

姚燮在《读红楼梦纲领》⑤中根据小说情节推出袭人的生日在二月十二日,与黛玉同日。

胡钦甫在《红楼梦摘疑》⑥中质疑香菱年龄时,提到袭人与香菱、晴雯、宝钗同庚。

欧丽娟在《大观红楼4:欧丽娟讲红楼梦》之第五章《袭人论》中通过第十九回补述袭人过往的文字及与晴雯来贾府的年纪,推断袭人被卖入贾府的年纪大约在十岁⑦。

①　钱静方.红楼梦考[M]//一粟.红楼梦资料汇编.北京:中华书局,1964:325.
②　曹雪芹,高鹗著,王梦阮,沈瓶庵索隐.红楼梦索隐[M].北京:北京大学出版社,1989:24.
③　赤飞.红楼人物姓名谈[M].北京:新华出版社,2007:285.
④　赤飞.红楼人物姓名谈[M].北京:新华出版社,2007:286.
⑤　姚燮.读红楼梦纲领[M]//一粟.红楼梦资料汇编.北京:中华书局,1964:164.
⑥　胡钦甫.红楼梦摘疑[M]//吕启祥,林东海.红楼梦研究稀见资料汇编.北京:人民文学出版社,2001:341.
⑦　欧丽娟.大观红楼4:欧丽娟讲红楼梦[M].北京:北京大学出版社,2018:350.

三、身体状况研究

姚燮在《读红楼梦纲领》中引用"一生无病便为福"之谚语,列举了诸多人物之病,袭人的病态是"偶感风寒,身体发重,头痛目胀,四肢火热",宝玉离家后,"袭人急病"①。有关袭人身体状况的研究并不多,但其实此内容与袭人的结局息息相关,故在第六章探讨袭人结局时有具体分析,本处先不赘述。

四、外貌研究

有关袭人外貌研究的文献很多,基本都是将袭人的外貌与桃花关联,如诸联在《红楼评梦》中提及因"园中诸女,皆有如花之貌",故"以花论","袭人如桃花"②;又如曹立波在《红楼十二钗评传》之《袭人——花飞莫遣随流水》篇将袭人的容貌形容为"俊俏可人"③,相似度较高,故不再逐篇罗列。

五、家庭出身、身份、地位及成长经历的研究

王希廉在《红楼梦回评》第六十三回回评中提及:"宝钗、探春、李纨、湘云、香菱、麝月、黛玉、袭人等所制花名俱与本人身分贴切"④,认为袭人堪比桃花。

曹聚仁的《小红——〈红楼梦〉今读之一》提及宝玉面前的丫鬟,认为

① 姚燮.读红楼梦纲领[M]//一粟.红楼梦资料汇编.北京:中华书局,1964:167.
② 诸联.红楼评梦[M]//一粟.红楼梦资料汇编.北京:中华书局,1964:119.
③ 曹立波.红楼十二钗评传[M].北京:清华大学出版社,2007:216.
④ 王希廉.红楼梦回评[M]//朱一玄.红楼梦资料汇编.天津:南开大学出版社,1985:595.

“袭人是第一等红人”①。

东郭迪吉在《袭人的身份》一文中将袭人的"邀宠""肆虐""进谗"，甚至"不为宝玉守，出嫁蒋玉函"等问题的关键都归结为袭人"不上不下不奴不主"的特殊身份②。

胡兰成在《读了红楼梦》一文中提到"'一床席，一枝花'真是袭人的身份、才情，以及她和宝玉的关系的极好说明。可以想象她长得好看，她的美是一种匀整的，使人感觉现实的亲切而没有深度的美"③。

曹立波在《红楼十二钗评传》之《袭人——花飞莫遣随流水》④提及袭人平民出身、被卖荣府、宝玉贴身大丫鬟、宝玉侍妾、王夫人心腹、与黛玉"性情不同而又互补"等。

徐乃为在《大旨谈情——〈红楼梦〉的情恋世界》之《有始无终——宝玉与袭人》中对"有始""无终"做了解释，认为"有始"指袭人是第一位与宝玉有云雨关系者，"无终"指另嫁蒋玉菡，未与宝玉终老相伴⑤。

张国风在《红楼闲谭》之《奴才也分三六九等》中以怡红院为例分析奴才的等级时，认为"以袭人为首"，"大观园里那么多女孩，有小姐丫头，没有谁比袭人更接近宝玉，真正和宝玉形影相随、寸步不离的，不是黛玉、宝钗，而是袭人"，"侍候宝玉的丫头，袭人是最有面子。外人来了，先跟袭人打招呼。宝玉的吃、睡、出门的准备之类，都由袭人负责。最贴身的事，都由袭人来做"，同时也提到"袭人责任也最大，一刻也不敢疏忽。只要宝玉出一点问题，或是病了，或是吓着了，或是乱走乱跑了，甚至是和

① 曹聚仁. 小红——《红楼梦》今读之一[M]//吕启祥，林东海. 红楼梦研究稀见资料汇编. 北京：人民文学出版社，2001:496.

② 东郭迪吉. 袭人的身份[M]//吕启祥，林东海. 红楼梦研究稀见资料汇编. 北京：人民文学出版社，2001:879、884.

③ 胡兰成. 读了红楼梦[M]//吕启祥，林东海. 红楼梦研究稀见资料汇编. 北京：人民文学出版社，2001:1037.

④ 曹立波. 红楼十二钗评传[M]. 北京：清华大学出版社，2007:213-216.

⑤ 徐乃为. 大旨谈情——《红楼梦》的情恋世界[M]. 北京：北京图书馆出版社，2007:92.

哪位姐姐妹妹怄气了,袭人都逃不了干系"①。

闫红在《误读红楼》之《桃色袭人》中看到了袭人对宝玉的重要性,以第七十八回发生死晴雯、撵芳官之祸时宝玉的心理活动"找黛玉去相伴一日,回来还是和袭人厮混,只这两三个人,只怕还是同死同归的"②为例,认为宝玉"将黛玉和袭人,视为最后的底线"③。

梁归智在《〈红楼梦〉里的小人物》之《怡红院五大丫鬟之二:花袭人》一文中尽管将袭人归为小人物,但是他笔下的"小人物"只是针对阶级地位,从小说中的重要性方面论之,袭人是"准大人物"④。

欧丽娟在《大观红楼4:欧丽娟讲红楼梦》之《袭人论》的第一部分序言提及袭人是"正宗主子小姐之外的首要人物"⑤,是"维系世界的稳定力量"⑥;第二部分论及袭人的出身,她认为袭人是"一般人家出身的女儿","家庭健全","父母俱在,还有长兄",家庭关系"父慈子孝、手足情深",袭人与原生家庭家人关系"十分亲密深厚","此外更有其他亲戚族人,同辈的堂表姊妹成群",唯一不足的便是"缺乏受教育的条件","不识字"⑦。欧丽娟对袭人的原生家庭进行了深入探究,还结合袭人形象对家庭关系进行了一些推测,尽管笔者并不赞同她得出的袭人与家庭关系"亲密深厚"之论,但她采用的以此时袭人形象主特点推断彼时袭人家庭情况的手法值得借鉴。

六、人际关系研究

谢紫在《重读红楼梦》中认为宝玉在黛玉死后对"周遭的人和物起了

① 张国风.红楼闲谭[M].北京:中国文史出版社,2009:174.
② 曹雪芹著,脂砚斋批评,大江校点.脂砚斋批评本红楼梦[M].南京:凤凰出版社,2010:621.
③ 闫红.误读红楼[M].天津:天津教育出版社,2007:45.
④ 梁归智.《红楼梦》里的小人物[M].太原:三晋出版社,2018:9.
⑤ 欧丽娟.大观红楼4:欧丽娟讲红楼梦[M].北京:北京大学出版社,2018:348–349.
⑥ 欧丽娟.大观红楼4:欧丽娟讲红楼梦[M].北京:北京大学出版社,2018:478.
⑦ 欧丽娟.大观红楼4:欧丽娟讲红楼梦[M].北京:北京大学出版社,2018:350–354.

一种反感……袭人也显得可厌了"①,并将后期袭人与宝玉的关系归为"不和谐"。

张国风在《红楼闲谭》之《奴才也分三六九等》提到袭人与晴雯的矛盾等奴才与奴才间的嫉妒、排挤和倾轧是造成奴才难出头的一大原因②,即认为袭人与其他丫头之间存在斗争。

闫红的《误读红楼》之《桃色袭人》提到"袭人和宝玉在一起时,总有一个情切切意绵绵的气场,而且,袭人和晴雯每有小龃龉,宝玉总是,坚定地,站在袭人那一边"③,认为袭人用她特有的气场为自己换来了良好的人际关系。

七、结局研究

对于袭人最终离开宝玉、嫁给蒋玉菡的结局,研究者们基本无异议,他们只是对袭人何时离开宝玉嫁给蒋玉菡、为什么离开宝玉、出嫁后的情况及出嫁的行为有不同的看法。

(一)出嫁的时间点

俞平伯在作于1922年5月15日的《高鹗续书底依据》一文中对高鹗续书中"宝玉走后,袭人方嫁"的先后顺序提出质疑;在作于同年6月25日的《八十回底〈红楼梦〉》一文中,俞老先生又根据小说中所留线索对袭人改嫁的时间进行了有理有据的探索,不仅否定了高鹗续书中袭人在宝玉出家后才改嫁的观点,还提出袭人是在宝玉出家之前、落薄自己之后"即孑然远去,另觅高枝"的观点,因为唯此,"才合淋漓尽致的文情"④。

① 谢紫.重读红楼梦[M]//吕启祥,林东海.红楼梦研究稀见资料汇编.北京:人民文学出版社,2001:1264.
② 张国风.红楼闲谭[M].北京:中国文史出版社,2009:176.
③ 闫红.误读红楼[M].天津:天津教育出版社,2007:44.
④ 俞平伯.八十回底《红楼梦》[M]//俞平伯.红楼梦辨.北京:商务印书馆,2017:178.

聂绀弩也提到袭人的出嫁"是在宝玉还未出家的时候"①。

周汝昌在《红楼梦的真故事》之《飘灯独自归》中从探佚学的角度分析,认为袭人是在贾府"大势已去","府中处在万难之境",需要"保护宝二爷的身命"②之时选择离开的,即也认为袭人离开贾府的时间是在宝玉出家之前。持相似观点的还有刘心武,他认为宝玉出家之前,贾府遭遇抄家,忠顺王点名索要宝玉身边之人时,袭人方离开宝玉③。吴世昌在《红楼梦探源》之《宝玉的婚后生活》中提及袭人嫁给蒋玉菡的时间是在宝玉与宝钗成亲后不久,"贾府尚称富裕之时"④。

同样对袭人出嫁时间提出疑问的还有李希凡和李萌,他们合著的《传神文笔足千秋——〈红楼梦〉人物论》之《情切切良宵花解语——花袭人论》中提到袭人先于宝玉出家而嫁与蒋玉菡,后四十回续书的情节不符合曹雪芹的原意⑤。

(二) 出嫁的原因

王希廉在《红楼梦回评》第一百二十回回评中有"袭人病中一梦,已有出嫁之念,所以薛姨妈一劝,即肯听从"⑥之语,认为袭人的出嫁是主动的,薛姨妈只不过是助力者而已。

俞平伯也认为袭人的嫁是她自己主动选择的结果,将袭人出嫁的原因归为袭人主观的"负心"和宝玉客观的"厌恶"⑦。

聂绀弩提及袭人的出嫁用的是"被迫"之语,即袭人的嫁不是主动的,而是被动的,是由于宝玉成熟后"就决然把她抛弃了,后三十回原作所

① 聂绀弩.略谈《红楼梦》的几个人物[M]//红楼梦研究集刊编委会.红楼梦研究集刊:第一辑.上海:上海古籍出版社,1979:58.
② 周汝昌.红楼梦的真故事[M].北京:文化发展出版社,2016:48 - 49.
③ 周汝昌.红楼梦的真故事[M].北京:文化发展出版社,2016:99.
④ 吴世昌.红楼梦探源[M].北京:北京出版社,2013:137.
⑤ 李希凡,李萌.传神文笔足千秋——《红楼梦》人物论[M].上海:东方出版中心,2017:389.
⑥ 王希廉.红楼梦回评[M]//朱一玄.红楼梦资料汇编.天津:南开大学出版社,1985:637.
⑦ 俞平伯.红楼梦辨[M].北京:商务印书馆,2017:178.

以要写她是被宝玉迫嫁的","脂批上说的后四十回所写的那个袭人,与后三十回原作不符","她的出嫁""是宝玉主持的,她是被强迫的"①。曹立波也认为袭人是被迫嫁给蒋玉菡的。

白先勇则认为名字中含"玉"的人都与宝玉有缘,蒋玉菡与宝玉的缘分是"俗缘",两人之间不仅有"同性之爱",蒋玉菡同时还是宝玉的另一个"自我",所以蒋玉菡最后迎娶袭人,是替宝玉完成"俗愿"。袭人因为与宝玉初试云雨,故袭人是"宝玉在尘世上第一个结俗缘的女性","袭人服侍宝玉,呵护管教,无微不至,犹之于宝玉的母、姊、婢、妾——俗世中一切女性的角色,袭人莫不扮演","二人之亲近,非他人可比","袭人,可以说替宝玉承受了一切世俗的负担",甚至将袭人误被宝玉踢当作"她与宝玉俗缘的牵扯所必须付出的代价","蒋玉菡与花袭人结为夫妇,便是宝玉在尘世间俗缘最后的了结"②。

周汝昌从探佚学的角度分析,认为袭人之所以选择离开贾府,是因为贾府败落后,"众家仇者嫉者纷纷来攻",一度出现"抢红"的局面,忠顺王府也趁火打劫,"点名只要贾宝玉身边的人,如不从命,则对公子即有不客气的行动",而符合条件的只有袭人一人,袭人为了解救、保护宝玉,于贾府"万难之境"时甘愿"到那王爷府里去,作妾为奴,吃苦受辱"③。袭人到了忠顺王府,"人家是居心侮辱贾氏,特将她赏于戏子为妻"④,也认为袭人出嫁是被迫的,但是自己主动选择的,故属"义举"。但此处周老先生与之前研究者的观点有异,袭人不是一离开宝玉就嫁人,而是先去充当忠顺王府的奴婢,然后被府中带着侮辱贾家之目的赏给戏子,即贱民身份的蒋玉菡为妻,袭人与蒋玉菡是婚后通过汗巾才明了彼此身份的。

① 聂绀弩.略谈《红楼梦》的几个人物[M]//红楼梦研究集刊编委会.红楼梦研究集刊:第一辑.上海:上海古籍出版社,1979:58-64.
② 白先勇.贾宝玉的俗缘:蒋玉菡与花袭人——兼论《红楼梦》的结局意义[J].红楼梦学刊,1990(1):95-104.
③ 周汝昌.红楼梦的真故事[M].北京:文化发展出版社,2016:48-49.
④ 周汝昌.红楼梦的真故事[M].北京:文化发展出版社,2016:49.

刘心武在《红楼梦八十回后真故事》之《第八十二回至第九十回之谜——袭人、麝月之谜》中对袭人的离去所作的解读是忠顺王点名索要袭人,袭人为了"力挽狂澜","牺牲自己","被迫离开"①。《刘心武揭秘〈红楼梦〉1－2部》之《金陵十二钗又副册之谜》中更加具体地分析了她嫁给蒋玉菡的原因:蒋玉菡通过忠顺王索要袭人,在蒋玉菡"是好意解救",在袭人是"被点名索要,就不得不去,当然,这有点刀搁在脖子上的味道了,但袭人人性中那软弱苟且的一面占了上风,她就没有以死抗拒,而是含泪而去了"②。将袭人出嫁看作"义举"下的"被迫"选择,与之前周汝昌的观点有相似之处,不同之处在于周汝昌认为袭人之嫁蒋玉菡是两人互不知情的情况下歪打正着的结果,刘心武认为袭人之嫁是蒋玉菡好意相救的结果。

不同于以上二人,吴世昌则认为"宝玉早已有把怡红院的丫头全部放出去之意"③,又结合第二十回"脂批"文字"……袭人出嫁之后,宝玉、宝钗身边还有一人……故袭人出嫁后云(有)'好歹留着麝月'一语,宝玉便依从此话",推测出袭人离开宝玉的契机是"后来宝玉把他家中的丫头全部放走了,只留下麝月一人"④。

(三)出嫁后的情况

刘润芳在文中以判词为据,得出袭人在嫁给蒋玉菡后,与蒋玉菡一起"救助了陷于贫困潦倒的宝玉夫妇,尽了朋友、主仆的情分"⑤。

周汝昌⑥对袭人出嫁后的情况有具体阐述:

袭人被赏与了谁? 却是小旦琪官,蒋玉菡。

---

① 刘心武.红楼梦八十回后真故事[M].南京:江苏人民出版社,2010:99.
② 刘心武.刘心武揭秘《红楼梦》1－2部[M].南京:江苏人民出版社,2012:420.
③ 吴世昌.红楼梦探源[M].北京:北京出版社,2013:137.
④ 吴世昌.红楼梦探源[M].北京:北京出版社,2013:137.
⑤ 刘润芳.从袭人性格的前后变化看高鹗续书的得失[J].红楼梦学刊,1982(4):295－304.
⑥ 周汝昌.红楼梦的真故事[M].北京:文化发展出版社,2016:49－50.

袭人为了纪念与贾宝玉的旧情,临别时特将那年的大红血点茜香罗汗巾子系在腰间。及蒋玉菡一见,大吃一惊,问起你这汗巾子从何而来?袭人备述缘由,感叹往昔。两人相对,也不胜其唏嘘凄惜之情。

他们夫妻二人境遇很不坏,因知贾宝玉贫困日甚,时时设法暗中救济。不想后来贾宝玉竟又弃家为僧去了。二人听知,愈加伤感,便比先加倍地出力,供养宝钗(与麝月)这位孤独无告的少妇,尽力竭诚,一直到宝钗也不幸早亡。

他们也不断各处寻访贾宝玉离家后的踪迹。

婚后的袭人不仅与蒋玉菡齐心暗中接济宝玉,在宝玉出家后还尽力供养宝钗(与麝月),且不断探听宝玉的下落。

吴世昌在《红楼梦探源》之《宝玉的婚后生活》中也提及袭人"有始有终"的结局,并给予解读,特强调袭人的"有始有终"是凭借蒋玉菡之"侠",因为供奉宝玉的行为是"宝玉的故人"蒋玉菡"携"妻子袭人来照应宝玉夫妇,而非"往昔的婢妾袭人带丈夫来探望旧主",且物质上主要依靠蒋玉菡唱戏的"供养",而袭人只是起到一个"侍奉"的作用①。可见出嫁后的袭人在蒋玉菡的带动、影响及支持下,与宝玉夫妇再续了一段主仆情谊,只不过搭台唱戏及唱主角的都是"侠士"蒋玉菡。

梁归智在《红楼疑案:红楼梦探佚琐话》之《红楼丫头》中对袭人的定评为"封建的好人",据此定位,他对袭人的结局进行了探佚(八十回后佚稿),认为袭人离开宝玉嫁给蒋玉菡,与蒋玉菡接济和帮助宝玉夫妇。他否定了后四十回续书中对袭人改嫁蒋玉菡的讽刺态度,还以周汝昌和刘心武的研究成果作为对袭人情况的进一步推测②。梁归智又在《香菱花袭人结局之谜》一文中从后四十回续书和后二十八回佚稿两种不同的版本出发探究花袭人的结局,并用两首诗总结,认为后二十八回佚稿花袭人

---

① 吴世昌.红楼梦探源[M].北京:北京出版社,2013:139-140.
② 梁归智.红楼疑案:红楼梦探佚琐话[M].北京:中华书局,2008:268-272.

的结局为"汗巾子姻缘嫁优伶,不忘旧主情义深",后四十回续书花袭人的结局为"通房丫头未守节,无聊比附息夫人",最终得出"原著和续书,是雅俗之别,仙凡之异"的结论①。

八、命运研究

(一)命运展现

孙伟科将袭人归结为无法"逾越社会阶层严格界限与鸿沟的悲剧人物"②。

刘心武在《金陵十二钗又副册之谜》中从袭人"陪伴宝玉一辈子"理想破灭的角度得出其"红颜薄命",是"悲剧人生"③。

李希凡、李萌则认为袭人"违心地嫁给了自己曾经也看不大起的"蒋玉菡,应该是命运的讽刺,故"袭人也是一个薄命红颜"④。

侯宇燕将袭人的结局归为"千红一哭,万艳同悲"的"大悲剧"⑤。

徐乃为从"非其所愿"的角度,研究袭人的悲剧设置方式,摆出袭人三个层次之愿:宝玉生而为之妾,宝玉走而为之待,宝玉死而为之守,那么"作者偏让她活着"的结局便属于"非其所愿"的范畴⑥。徐乃为不仅肯定了袭人的悲剧结局,还探明了袭人的悲剧所属类型。

欧丽娟则持不同观点,她以桃花为象征的"婚姻"与"桃源"意涵着手分析,认为袭人"花落蒋家,可以说是薄命司众钗中最幸运的一个",因为她"既未夭亡殇逝,也没有孤寡一生",而是和"一个身份相当、品德类同

① 梁归智.香菱花袭人结局之谜[J].名作欣赏,2018(12):44-47.
② 孙伟科.关于袭人形象的评价问题[J].河南教育学院学报(哲学社会科学版),2008(4):1.
③ 刘心武.金陵十二钗又副册之谜[M]//刘心武.刘心武揭秘《红楼梦》1-2部.南京:江苏人民出版社,2012:420.
④ 李希凡,李萌.传神文笔足千秋——《红楼梦》人物论[M].上海:东方出版中心,2017:390.
⑤ 侯宇燕.细笔新悟《红楼梦》[M].北京:新世界出版社,2016:62.
⑥ 徐乃为.非其所愿——《红楼梦》悲剧设置的卓越思路[J].红楼梦研究(贰),2018(6):149-160.

第二章 袭人小传

的夫婿白首偕老"。欧丽娟不仅认同袭人美好的结局,还进一步提出,这样的结局既包含了作者对袭人之赞美态度,又饱含着作者对袭人"怜惜、补偿、回报"之情意①。

(二)命运归因

1. 社会时代的原因

孙伟科认为袭人的悲剧命运是"缺乏牢荣固宠之术使她失去宝玉,而类似于雪雁似的效忠主子又导致了薛宝钗对于她这个贰臣式人物的扫地出门",将袭人归结为"一个个人'向上爬'的典型,换个角度说,她是大观园中个人奋斗者的典型,是不可能逾越社会阶层严格界限与鸿沟的"②。

2. 人的原因

(1)宝玉的原因

伍爱霞认为袭人性格的发展与袭人对宝玉的爱相联系,且宝玉是导致其悲剧人生的原因③。

(2)袭人自身的原因

李金博、张进德认为袭人是女儿性"被阉割"的悲剧形象,即"被阉割"是造成袭人悲剧的原因④。

李洁运用对比的手法研究袭人和晴雯的悲剧之源、悲剧内涵,认为袭人"和顺"的性格和晴雯"刚逆"的性格是二人的悲剧之源,袭人的悲剧是"归属破灭和迷失自我的悲剧",晴雯的悲剧是"追求平等人格、平等恋爱和与命运抗争的悲剧",最后将两人的悲剧归为封建社会,又可算作是社会时代之因⑤。

---

① 欧丽娟.大观红楼4:欧丽娟讲红楼梦[M].北京:北京大学出版社,2018:408 - 409.

② 孙伟科.关于袭人形象的评价问题[J].河南教育学院学报(哲学社会科学版),2008(4):1.

③ 伍爱霞.花袭人形象浅析[J].咸宁学院学报.2009(5):55 - 57.

④ 李金博,张进德.被阉割的女儿性——从贾府丫鬟们情感世界的集体失落看《红楼梦》的悲剧主题[J].明清小说研究.2011(2):160 - 174.

⑤ 李洁.袭人晴雯"殊途同归"的悲剧内涵[J].文教资料,2018(20):1 - 2.

曹立波、李红艳主要从红楼女子的身世缺憾角度着手研究,渲染"千红一窟(哭)"与"万艳同杯(悲)"的人生悲剧,认为袭人爹娘双双去世的身世,使她"枉自温柔和顺","落得被迫嫁人的命运",得出这些身为奴婢的女子们"无论是公然反抗(晴雯)还是温柔和顺(袭人),最终依然无力把握自己的命运"之结论①。

第二节　袭人生平研究

袭人形象的客观呈现归根结底有赖于对文本的细究,故本章立足文本,以时间为脉,以情节为纲,对袭人的一生进行梳理。

一、小商人家庭出身

提及袭人的出身,研究者几乎都用贫苦家庭一笔带过,其实袭人应该生于比较殷实的小商人家庭,尽管书中并未明确指出,但通过一些细节是不难推断的。

首先是堪称为袭人立传的第十九回透露出一些端倪,其中值得注意的是袭人自述身世之语:

(袭人)又说②:"当日原是你们没饭吃,就剩我还值几两银子,若不叫你们卖,没有个看着老子娘饿死的理。如今幸而卖到这个地方,吃穿和主子一样,又不朝打暮骂。况且如今爹虽没了,你们却又整理的家成业就,复了元气。"③

① 曹立波,李红艳.《红楼梦》人物身世缺憾的艺术内涵[J].红楼梦学刊,2019(1):143-157.
② 为保持情节流畅,删除脂砚斋批注,后文引用亦如此,不再一一说明。
③ 曹雪芹著,脂砚斋批评,大江校点.脂砚斋批评本红楼梦[M].南京:凤凰出版社,2010:151.

袭人的卖身银子不仅使家人渡过"没饭吃"的难关，还为"复了元气"奠定了基础，此处"复了元气"之情况符合小本经营买卖人之特点，即极易受到冲击而"伤筋动骨"，又"船小好调头"，借机便能"东山再起"。

其次，第五十四回，袭人与鸳鸯聊天之语是对袭人商人出身进行的补叙：

> 忽听鸳鸯叹了一声，说道："可知天下事难定。论理，你单身在这里，父母在外头。每年他们东去西来，没个定准。想来你是再不能送终的了，偏生今年就死在这里，你倒出去送了终。"①

"东去西来，没个定准"可看作是对买卖人一年到头辛劳奔波状的集中概述。第十九回，花自芳对来家做客的宝玉说自己家"茅檐草舍，又窄又脏"②，既有自谦可能，又是商人四海为家，只是把家当作逢年过节时的落脚点的真实写照。且即便"复了元气"，袭人家人也无意对居处进行翻新、扩建，因为毕竟对商人而言，资金更重要的用途还是流通。此外，第九十五回宝玉丢玉，茗烟从当铺打探回消息说有人当玉，疑心就是宝玉所丢之玉，众人催着宝玉去看，只有袭人拦着宝玉，并有如下之言：

> 里头袭人便啐道："二爷不用理他。我小时候儿听见我哥哥常说，有些人卖那些小玉儿，没钱用便去当。想来是家家当铺里有的。"众人正在听得诧异，被袭人一说，想了一想，倒大家笑起来……③

袭人哥哥知道当铺之事，且袭人是从小"常常"听哥哥说起，可见袭人家与当铺渊源不浅，尽管也有没钱用时去典当东西的可能，但此处专门由袭人提出"当铺"的用意应不止于此，极有可能暗示袭人家曾经做过与当铺有关的生意，或者袭人家的"没钱用"不是指没钱解决温饱问题，而

---

① 曹雪芹著，脂砚斋批评，大江校点.脂砚斋批评本红楼梦[M].南京:凤凰出版社,2010:422.
② 曹雪芹著，脂砚斋批评，大江校点.脂砚斋批评本红楼梦[M].南京:凤凰出版社,2010:147.
③ 曹雪芹著，脂砚斋批评，大江校点.脂砚斋批评本红楼梦[M].南京:凤凰出版社,2010:738 – 739.

是特指商人做买卖免不了资金周转不开时要去当铺典当物品救急之情况。

　　再次,宝钗的出身也为袭人的出身提供部分参照。有关宝钗出身的介绍是第四回宝钗同胞哥哥薛蟠打死冯渊事件引出的:

　　　　且说那买了英莲、打死冯渊的薛公子,亦系金陵人氏,本是书香继世之家……虽是皇商,一应经纪世事,全然不知……还有一女,比薛蟠小两岁,乳名宝钗……①

"袭乃钗副"的说法不是空穴来风,袭人与宝钗除了性格等方面的相似性外,其两人的出身也是相对照的。宝钗既是皇商出身,那袭人家的商人身份也就基本可以确定了,只不过袭人家属于小商人,所以在一次经营不善后便元气大伤,袭人才被当作救命的稻草卖入了荣府。袭人对两姨姊妹的介绍"倒也是娇生惯养的呢,我姨爹、姨娘的宝贝"②之语,又何尝不是对曾经家境没落前她自己的映射,"如今十七岁,各样的嫁妆都齐备了"③之句更可见其姨母家境的殷实,表面是在介绍姨母家的情况,实际是对袭人家境落败之前生活的补叙。

　　袭人的原生家庭结构简单,只有父母和一位兄长,兄长名花自芳。在第十九回,袭人父亲已经去世,袭人兄长花自芳子承父业,尚未婚配;第五十四回,袭人母亲病重去世;第一二〇回,出现"花自芳的女人进来请安"句,可知袭人兄长花自芳已经成家立业。对袭人的哥哥花自芳尽管着墨不多,但从不多的情节中也足见其良好的修养,如第十九回:

　　　　听见外面有人叫"花大哥",花自芳忙出去看时,见是他主仆两个,唬的惊疑不止,连忙抱下宝玉,来在院内,嚷道:"宝二爷来了!"④

---

① 曹雪芹著,脂砚斋批评,大江校点.脂砚斋批评本红楼梦[M].南京:凤凰出版社,2010:36.
② 曹雪芹著,脂砚斋批评,大江校点.脂砚斋批评本红楼梦[M].南京:凤凰出版社,2010:150.
③ 曹雪芹著,脂砚斋批评,大江校点.脂砚斋批评本红楼梦[M].南京:凤凰出版社,2010:150.
④ 曹雪芹著,脂砚斋批评,大江校点.脂砚斋批评本红楼梦[M].南京:凤凰出版社,2010:147.

花自芳乍见到宝玉时的"惊疑"是人之常情，毕竟主子光临下人家纯属意外，"连忙抱下宝玉"说明花自芳很快便适应局面，主动投入到接待宝玉的角色之中。"来在院内"才嚷"宝二爷来了"的行为也可见他稳重、周到，如果隔着院门就嚷便有冒失之嫌，如果默不作声，家中老母和袭人怎知有贵宾驾临，便不会出来"迎"，如此未免失礼，所以寥寥数语便勾画了一位遇事不慌、处事有度的青年形象。

袭人在院中来迎宝玉，知道宝玉是私自出门后责怪茗烟，茗烟怕担责便赌气要立刻回家，花自芳用"罢了，已是来了，也不用多说了"之语既给了茗烟台阶，又给了袭人台阶，且又避免了宝玉乘兴而来、败兴而归的无趣局面。宝玉进屋后，花自芳先配合母亲热情接待宝玉，在袭人说了"你们不用白忙"①的话后，便只是另摆果品表示诚意，随即悄然"退场"，及至宝玉准备回家，花自芳便又及时现身，"将宝玉抱出轿来，送上马去"，其表现可以说是恰到好处。花自芳的随机应变和进退有度也再次为其商人身份提供了佐证。

二、贯穿"变"的一生

（一）名字之变

袭人在家中的闺名尚不可考，只能确定姓花。"珍珠"之名应该是其被卖入荣府在贾母身边当差后贾母所赐。贾母随侍丫头的名字主要分为两类，一类是以吉鸟为代表，如鸳鸯、鹦哥等；一类是以宝石为代表，如琥珀、玻璃等，珍珠属于此类。当然也有诸如傻大姐之类，是依据性格成名，属例外。第二十九回，贾母带着众主子、丫头们出门到清虚观看戏，提到"然后，贾母的丫头，鸳鸯、鹦鹉、琥珀、珍珠；林黛玉的丫头，紫鹃……奶子

---

① 曹雪芹著，脂砚斋批评，大江校点.脂砚斋批评本红楼梦[M].南京：凤凰出版社，2010：147.

抱着大姐儿,带着巧姐儿,另在一车"①,此处的"珍珠"应该是新接替袭人之职同时又承继袭人原名的贾母身边的丫头,可见丫头的名字具有承继性,故第三回所说的袭人"本名珍珠"应该是指袭人来荣府后的名字,而且极有可能也是承袭了某一位曾经名叫"珍珠"且已从贾母处离职丫头的名字,因为"珍珠"之名在袭人之后又出现了七次,故排除误笔的可能性。除了上面提及的第二十九回的那一次外,珍珠还分别在第九十四回"贾母还坐了半天,然后扶了珍珠回去了"②、第九十六回傻大姐向黛玉哭诉"我白和宝二爷屋里的袭人姐姐说了一句:'咱们明儿更热闹了,又是宝姑娘,又是宝二奶奶,这可怎么叫呢?'林姑娘,你说我这话害着珍珠姐姐什么了吗? 他走过来,就打了我一个嘴巴……"③、第九十八回"贾母连忙扶了珍珠儿,凤姐也跟着过来"④、第一〇六回"鸳鸯、珍珠一面解劝,一面扶进房去"⑤、第一〇八回"小丫头依言回去告诉珍珠,珍珠依言回了贾母"⑥、第一〇九回"珍珠等用手轻轻的扶起,看见贾母这回精神好些"⑦及第一一一回"劈头见了珍珠,说:'你见鸳鸯姐姐来着没有?'珍珠道:'我也找他,太太们等他说话呢。必在套间里睡着了罢。'琥珀道:'我瞧了,屋里没有。那灯也没人夹蜡花儿,漆黑怪怕的,我没进去。如今咱们一块儿进去瞧,看有没有。'琥珀等进去,正夹蜡花,珍珠说:'谁把脚凳撂在这里? 几乎绊我一跤。'"⑧等处出现,而且其位次应该是仅次于鸳鸯、琥珀。同样情况的还有"鹦哥"一名,鹦哥本是紫鹃的旧名,在第三回紫鹃仍叫鹦哥,第八回才用紫鹃之名。第九十七回"紫鹃连忙叫雪雁上来,

① 曹雪芹著,脂砚斋批评,大江校点.脂砚斋批评本红楼梦[M].南京:凤凰出版社,2010:236.
② 曹雪芹著,脂砚斋批评,大江校点.脂砚斋批评本红楼梦[M].南京:凤凰出版社,2010:733.
③ 曹雪芹著,脂砚斋批评,大江校点.脂砚斋批评本红楼梦[M].南京:凤凰出版社,2010:750.
④ 曹雪芹著,脂砚斋批评,大江校点.脂砚斋批评本红楼梦[M].南京:凤凰出版社,2010:764 – 765.
⑤ 曹雪芹著,脂砚斋批评,大江校点.脂砚斋批评本红楼梦[M].南京:凤凰出版社,2010:814.
⑥ 曹雪芹著,脂砚斋批评,大江校点.脂砚斋批评本红楼梦[M].南京:凤凰出版社,2010:827.
⑦ 曹雪芹著,脂砚斋批评,大江校点.脂砚斋批评本红楼梦[M].南京:凤凰出版社,2010:838.
⑧ 曹雪芹著,脂砚斋批评,大江校点.脂砚斋批评本红楼梦[M].南京:凤凰出版社,2010:848.

将黛玉扶着放倒，心里突突的乱跳。欲要叫人时，天又晚了。欲不叫人时，自己同着雪雁和鹦哥等几个小丫头，又怕一时有什么原故。好容易熬了一夜"①，第一〇〇回"无奈紫鹃心里不愿意……鹦哥等小丫头，仍伏侍了老太太"②，紫鹃与鹦哥同时出现，可见"鹦哥"之名也被赐予后来的丫头了，倒可用"铁打的名字，流水的丫头"来形容此种"重名"现象了。

　　纵观《红楼梦》一书中丫头的名字，由主子或者地位比自己高的人来定的例子不少，比如香菱本名英莲，香菱之名便是宝钗所赐，后被夏金桂改为秋菱；蕙香本名芸香，先被袭人改成蕙香，又被宝玉改为四儿，改名的表面原因是宝玉听说蕙香在家中排行第四，且认为"不必什么蕙香、兰气的。那一个配比这些花？没的玷辱了好名好姓"③，根本原因是宝玉为了与花姐姐袭人置气。可见地位低下的丫头们连最基本的生存权利都掌握在别人手中，更别说名字这么一个简单符号了。袭人有权利给自己手下的小丫头蕙香改名，然自己的名字却并不由己，跟随年纪大、爱热闹、喜富贵的贾母时叫珍珠，跟随专爱在"淫词艳调"上下功夫的宝玉后又因其花姓暗合"花气袭人知昼暖"之句便被更名为袭人。更名过程和原因在书中第三回和第二十三回有明确记载：

　　　　（第三回）宝玉因知他本姓花，又曾见旧人诗句上有"花气袭人之句"，遂回明贾母，即更名袭人。④

　　　　（第二十三回）贾政问道："袭人是何人？"王夫人道："是个丫头。"贾政道："丫头不管叫个什么罢了，是谁这样刁钻，起这样的名字？"王夫人见贾政不自在了，便替宝玉掩饰道："是老太太起的。"贾政道："老太太如何知道这样的话，一定是宝玉。"宝玉见瞒不过，只得起身回道："因素日读书，曾记古人有一句诗

044

---

①　曹雪芹著，脂砚斋批评，大江校点.脂砚斋批评本红楼梦[M].南京：凤凰出版社，2010：756.
②　曹雪芹著，脂砚斋批评，大江校点.脂砚斋批评本红楼梦[M].南京：凤凰出版社，2010：777.
③　曹雪芹著，脂砚斋批评，大江校点.脂砚斋批评本红楼梦[M].南京：凤凰出版社，2010：166.
④　曹雪芹著，脂砚斋批评，大江校点.脂砚斋批评本红楼梦[M].南京：凤凰出版社，2010：30.

云:'花气袭人知昼暖。'因这个丫头姓花,便随口起了这个名字。"王夫人忙又向宝玉道:"你回去改了罢。老爷也不用为这小事动气。"贾政道:"究竟也无碍,又何用改。只是可见宝玉不务正,专在这些浓诗艳词上做工夫。"①

但也有研究者对袭人名字的出处持异议,如林方直认为袭人之名出自宫体诗《长安古意》的最后一句"独有南山桂花发,飞来飞去袭人裾",结合贾政听见袭人之名时的态度及"浓诗艳词"之言,此推断有理,但也只能是当作贾政理解下的出处,而非宝玉为袭人改名时的依据。《长安古意》其实属于"劝百讽一"的作品,但因其对描写对象极尽铺陈渲染,词采极尽华丽,如"比目鸳鸯真可羡,双去双来君不见""双燕双飞绕画梁,罗帷翠被郁金香""鸦黄粉白车中出,含娇含态情非一""罗襦宝带为君解,燕歌赵舞为君开"等句,很容易被归为"浮艳"之属,很显然,贾政也只看到了《长安古意》浮艳的一面。然正如"见心见性",被世俗视为"淫"之宝玉只是想到了陆游诗中清新明丽之"袭人",而以正统自居的贾政却想到了所谓的"浓词艳赋"之"袭人",通过对比可见作者对贾政暗含讽刺之意②。

詹丹循着袭人名字与陆游诗《村居书喜》的关系,又找出陆游的另一首《闲居自述》,诗中有"花如解笑还多事,石不能言最可人"之句,其认为袭人之名也可典出本诗。"石不能言"正对"花如解笑",是一种反讽。因为袭人有"花解语"之别称,"花如解笑"可当作"花解语"的同义词,袭人费力"解语"之动不及"石不言"的不言之静③。

研究者对袭人名字的多种解读更见曹雪芹对于一介丫头不惜笔墨的独具匠心,也足见袭人在书中不同寻常的地位,同时袭人名字的来历也有对结局的暗示作用,此为后话,暂且不表。

---

① 曹雪芹著,脂砚斋批评,大江校点.脂砚斋批评本红楼梦[M].南京:凤凰出版社,2010:184.
② 林方直.斧钺下的花袭人[J].阴山学刊,2017(1):30-35.
③ 詹丹.重读《红楼梦》[M].上海:上海教育出版社,2020:230.

（二）身份之变

与名字变更相匹配的是袭人几经变化的身份：从自由身到奴婢，由贾母之婢、湘云丫头到宝玉大丫头，由宝玉贴身大丫头到宝玉准姨娘，由宝玉准姨娘到蒋玉菡正妻。

1.由自由身到奴婢

（1）被卖原因

袭人被卖入荣府的原因从第十九回对袭人之前生活的补叙文字可知一二："没饭吃"，即生活艰难，属于夏桂霞、夏航在其论作《〈红楼梦〉中满族统治者掠夺奴隶的种种途径》提到的第五种类型①"生活所迫'价卖'为奴。"②他们将被迫"价卖"为奴类型分为三种情况："一种是因贫困所迫卖身为奴；一种是因官家犯罪，其家人或奴仆被朝廷抄没'价卖'为奴；另一种是被人贩子骗拐'价卖'为奴。"他们指出"这三种'价卖'奴的形式，在封建社会里较为普遍，而发展到清朝尤为突出"，尤其提到："清朝入关定鼎中原后，'买卖人口'成为统治者占有奴隶的主要来源之一。由于清王朝统治势力的逐步深入和巩固，其土地、财富越来越集中在少数地主、贵族、官僚和富商手中，加上各种苛捐杂税、高利贷的残酷剥削，广大农民、城市小市民及手工业者越来越贫困，在走投无路的绝境下，他们不得不卖儿卖女。"③很显然，袭人便属于此种情况。当然，"没饭吃"不应简单理解为表面之义，很有可能只是袭人家横遭变故的委婉之辞。

---

① 他们将《红楼梦》中贾府奴仆的来源分为六类，前四类分别为"将战俘、降卒、战地平民沦为奴""'圈地'迫使归降者、投充者及战地平民沦为庄丁""犯罪被抄没将罪家人口判没为奴""奴生子仍为奴，俗称'家生子'"，第六类为"小姐的'陪房'奴仆"。

② 夏桂霞，夏航.《红楼梦》中满族统治者掠夺奴隶的种种途径[J].湖北民族学院学报（哲学社会科学版），2006（2）：79.

③ 夏桂霞，夏航.《红楼梦》中满族统治者掠夺奴隶的种种途径[J].湖北民族学院学报（哲学社会科学版），2006（2）：79.

（2）被卖后果

根据"如今爹虽没了，你们却又整理的家成业就，复了元气"①之语可推测"没饭吃"的原因应是被伤了元气，小本经营的小商人家庭受经济冲击或经营不善导致破产，然后家道中落，实属寻常，袭人家之所以没有一蹶不振，还是多亏了袭人的卖身银。至于袭人的卖身银具体为多少两，文中并无实据，只是李嬷嬷在大骂袭人时提及"不过是几两臭银子买来的毛丫头"②，"几两银子"显然不够准确。第五十四回，贾母说起袭人丧母忘了给发送银子，凤姐说王夫人赏了四十两银子时，贾母点头用"这还罢了"作结；对比鸳鸯，同样丧母，因鸳鸯的家人都在南方，贾母竟没叫鸳鸯回家奔丧和守孝，表面是照应袭人尽了母孝，而鸳鸯没尽母孝，实质还暗含袭人有"发送"银子，而鸳鸯没有。究其原因在袭人不是荣府"根生土长的奴才，没受过咱们什么大恩典"③方面，所以荣府作为最是抚恤下人的典范，遇到袭人丧母这样的大事，便会变相给予补偿，赏给袭人四十两的发送银，其实就是经评估后袭人所能得到的最高身价，故袭人当年的卖身银不会超过四十两银子。

袭人的卖身银为家人解了燃眉之急，却也使袭人的身份发生了本质的改变，由自由女儿身变为奴才，由自由人变为主人的附庸，即由人的属性降为物品属性。正如赵姨娘与芳官发生冲突时，探春所言：

> 探春便说："那些小丫头子们，原是些顽意儿，喜欢呢，和他说说笑笑；不喜欢，便可以不理他。便他不好了，也如同猫儿狗儿抓咬了一下子，可恕就恕……"④

尽管此话是针对身为戏子的芳官而言，但都是奴才，在身份上袭人与之并无本质区别。探春将芳官等奴才看作"顽意儿""猫儿狗儿"，并不是

---

① 曹雪芹著，脂砚斋批评，大江校点.脂砚斋批评本红楼梦[M].南京：凤凰出版社，2010：151.
② 曹雪芹著，脂砚斋批评，大江校点.脂砚斋批评本红楼梦[M].南京：凤凰出版社，2010：157.
③ 曹雪芹著，脂砚斋批评，大江校点.脂砚斋批评本红楼梦[M].南京：凤凰出版社，2010：421.
④ 曹雪芹著，脂砚斋批评，大江校点.脂砚斋批评本红楼梦[M].南京：凤凰出版社，2010：470.

什么挖苦、讽刺之语，只是代表了当时人们的普遍认知。在第六十三回，同样作为奴才的林之孝家的也将奴才与"猫儿狗儿"放在同等地位，更是这种思想根深蒂固的证明及对奴才本质属性的揭示。

> 林之孝家的又笑道："这些时，我听见二爷嘴里都换了字眼，赶着这几位大姑娘们竟叫起名字来。虽然在这屋里，到底是老太太、太太的人，还该嘴里尊重些才是……别说是三五代的陈人，现从老太太、太太屋里拨过来的，便是老太太、太太屋里的猫儿、狗儿，轻易也伤他不的……"①

林之孝家的所言"到底是老太太、太太的人，还该嘴里尊重些才是"，表面是在抬举袭人等人，本质上仍是"打狗还需看主人"在现实中的反映。袭人的身家性命随着死契的签订全部移交主子，与自己的原生家庭再无干系。如第五十八回，麝月弹压芳官干娘之语：

> 袭人唤麝月道："我不会和人拌嘴，晴雯性子太急，你快过去震吓他两句。"麝月听了，忙过来说道："你且别嚷。我且问你，别说我们这一处，你看满园子里，谁在主子屋里教导过女儿的？便是你的亲女儿，既分了房，有了主子，自有主子打得骂得，再者大些的姑娘姐姐们打得骂得，谁许老子娘又半中间管闲事了？"②

048

即做了奴才后，主子和地位较高的奴才们对其"打得骂得"，父母的管教倒是"管闲事"，可见袭人被卖并不能简单地理解为只是受苦受累服侍人，而是身份发生了本质的改变。据赵尔巽主编的《清史稿·食货志·户口》所载，"四民为良。奴仆及倡优为贱。凡衙属应役之皂隶、马快、小马、禁卒、门子、弓兵、仵作、粮差及巡捕营番役，皆为贱役，长随与奴仆等"③。"清代法律在继承了历代封建法律关于良贱的等级划分，以公开

① 曹雪芹著，脂砚斋批评，大江校点.脂砚斋批评本红楼梦[M].南京:凤凰出版社,2010:493.
② 曹雪芹著，脂砚斋批评，大江校点.脂砚斋批评本红楼梦[M].南京:凤凰出版社,2010:459.
③ 赵尔巽.清史稿[M].上海:上海古籍出版社,1986:459.

开形式'区其良贱'之外,更是加重了对奴仆的压迫。奴仆不能应考、出仕,不能与良籍通婚"①。

第十九回对袭人的卖身还作了进一步说明:

> 他母、兄见他这般坚执,自然必不出来的了。况且原是卖倒的死契,明仗着贾宅是慈善宽厚之家,不过求一求,只怕身价银一并赏了,这是有的事呢。二则,贾府中从不曾作践下人,只有恩多威少的。且凡老少房中所有亲侍的女孩子们,更比待家下众人不同,平常寒薄人家的小姐,也不能那样尊重的。因此,他母子两个也就死心不赎了。次后忽然宝玉去了,他二人又是那般景况,他母子二人心下更明白了,越发石头落了地,而且是意外之想,彼此放心,再无赎念了。②

由上面这段话可知,袭人卖的是"死契"。何谓"死契"? 据夏桂霞、夏航在《〈红楼梦〉中贾府奴仆所反映的清朝奴婢制度》一文中所提:

> 清代买卖奴婢,有"红契""白契"之分。所谓"红契",是指已载入了"奴档"或入关后所买的奴仆,经过了官府税契登记,钤盖有官府印信的卖身契,俗称"死契"……所谓"白契",是指由买主和卖身人凭中签立、未经官府钤盖印信的卖身契,俗称"活契"。这类奴婢因买卖过程始终未经过官府,也未被官府录入"奴档",奴婢日后若有钱,是可以赎身"出籍"的。③

即袭人其实是不可能也不被允许赎身的,只不过袭人的母、兄想要拼力一试,结果袭人却早已打定主意不离开荣府了。袭人拒绝母、兄为其赎身的表面原因是荣府"恩多威少",不曾作践下人,尤其优待侍女们,根本原因是与宝玉的关系非比寻常,初步有了"争荣夸耀"的想法。所以第十

---

① 潘晓宇.清代奴仆法律制度探析——以《红楼梦》为文本的研究[D].长春:吉林大学,2014.
② 曹雪芹著,脂砚斋批评,大江校点.脂砚斋批评本红楼梦[M].南京:凤凰出版社,2010:151.
③ 夏桂霞,夏航.《红楼梦》中贾府奴仆所反映的清朝奴婢制度[J].黑龙江民族丛刊,2008(3):115.

九回既是袭人的补传,也是袭人的正传,她既断了家里想要为之赎身的念想,也放弃了自己再次成为自由身的机会。

(3)袭人被卖时的年龄

袭人是在几岁时被卖入荣府的呢?这个问题的解决有赖于对袭人年龄的梳理。首先可以确定的是袭人的生辰为二月十二日,依据为第六十三回中由抽签引出的"同辰"之语:

> 袭人也伸手取了一支出来,却是一枝桃花,题着"武陵别景"四字,那一面旧诗写着道是:桃红又是一年春。注云:"杏花陪一盏,坐中同庚者陪一盏,同辰者陪一盏,同姓者陪一盏。"众人笑道:"这一回热闹有趣。"大家算来,香菱、晴雯、宝钗三人皆与他同庚,黛玉与他同辰。①

根据第六十二回袭人语"二月十二日是林姑娘(生日)"②,可知袭人的生辰是二月十二日。

袭人既然与香菱、晴雯、宝钗三人皆同庚,那么三者的年龄线索便是推断袭人年龄的线索。有关晴雯年纪的资料基本没有,所以袭人的年龄只能从香菱和宝钗处寻找线索。第一回在介绍甄士隐时提及他"如今年已半百,膝下无儿,只有一女,乳名英莲,年方三岁"③,英莲即香菱,"年方三岁",按照习俗,英莲应该是三虚岁,二周岁。本回紧接着介绍甄士隐亲眼所见即将下世的"通灵宝玉"的情节,"通灵宝玉"是宝玉出生时口中所衔,即英莲二周岁时宝玉出生,根据香菱的年龄可推断出她们三人都比宝玉大两岁。

关于宝钗年龄的线索较多。第二十二回凤姐跟贾琏商量给宝钗过生日时所提"二十一是薛妹妹的生日"及"薛大妹妹今年十五岁"④,可以推

050

---

① 曹雪芹著,脂砚斋批评,大江校点.脂砚斋批评本红楼梦[M].南京:凤凰出版社,2010:496.
② 曹雪芹著,脂砚斋批评,大江校点.脂砚斋批评本红楼梦[M].南京:凤凰出版社,2010:482.
③ 曹雪芹著,脂砚斋批评,大江校点.脂砚斋批评本红楼梦[M].南京:凤凰出版社,2010:6.
④ 曹雪芹著,脂砚斋批评,大江校点.脂砚斋批评本红楼梦[M].南京:凤凰出版社,2010:172.

知此回中袭人的年龄也是十五岁。又据第六十二回探春所说"过了灯节,就是老太太和宝姐姐(生日)"①,可知宝钗的生日是正月二十一日,袭人比宝钗小了约二十天。但是第十九回宝玉问袭人那个穿红的是她什么人时,袭人在回答了"那是我两姨妹子"后又有"如今十七岁"的介绍,可知在第十九回中袭人的年纪至少大于十七岁了,这明显与第二十二回中才十五岁的年纪矛盾了。究竟应该以哪回的记载为准呢?

第四回介绍宝钗家世时提及宝钗的哥哥薛蟠"今年方十有五岁",宝钗"比薛蟠小两岁",可确定宝钗刚到荣府时是十三岁,即袭人也是十三岁。假设第二十二回所载十五岁是正确的,那么从第四回到第二十二回就恰好应该经历两年的时间。从第四回到第二十二回,多处显示了主要的时间线索。

从第五回"东边宁府中的花园内梅花盛开"②可推知时间大约是冬季;第六回刘姥姥进荣府,明确是"秋尽冬初,天气冷将上来"③之时;第八回宝玉、黛玉在薛姨妈处喝酒,紫鹃派雪雁送暖手炉;第九回宝玉同秦钟去家塾读书,袭人给准备大毛衣服和手炉之物;第十回张太医论秦可卿之病提到"今年一冬是不相干的"④,第十一回秦可卿自述病情"如今现过了冬至,又没怎么样"⑤,从上面几处可推知此几回仍在同年冬季。第十二回贾瑞初次偷入荣府赴凤姐之"约"仍是同年"腊月天气",贾瑞病重是"腊尽春回",至回末又提到"这年冬底,林如海的书信寄来,却为身染重疾"⑥,可知第十二回与第四回相隔了整一年的时间。第十四回提到黛玉之父逝世,黛玉回苏州奔丧后回荣府的时间是在年底,仍与十二回的时间段衔接。第十七回至十八回有"又不知历几何时",几乎使线索中断,但

① 曹雪芹著,脂砚斋批评,大江校点.脂砚斋批评本红楼梦[M].南京:凤凰出版社,2010:482.
② 曹雪芹著,脂砚斋批评,大江校点.脂砚斋批评本红楼梦[M].南京:凤凰出版社,2010:40.
③ 曹雪芹著,脂砚斋批评,大江校点.脂砚斋批评本红楼梦[M].南京:凤凰出版社,2010:50.
④ 曹雪芹著,脂砚斋批评,大江校点.脂砚斋批评本红楼梦[M].南京:凤凰出版社,2010:85.
⑤ 曹雪芹著,脂砚斋批评,大江校点.脂砚斋批评本红楼梦[M].南京:凤凰出版社,2010:90.
⑥ 曹雪芹著,脂砚斋批评,大江校点.脂砚斋批评本红楼梦[M].南京:凤凰出版社,2010:96.

是据贾珍所言"园内工程俱已告竣"①与第四十二回黛玉说"这园子，盖才盖了一年"②，可知距第十六回准备动工盖园子迎接元春省亲已然又过去了一年，及至元春正式省亲是正月十五日，第十九回、第二十回都有"正月"③的时间标识，第二十一回承接第二十回湘云和黛玉玩闹的情节进行，故时间上也依旧连续为正月里。然后顺利过渡至第二十二回凤姐准备为宝钗过生日的情节，恰好是两年的时间。故按第二十二回中宝钗的年纪是十五岁，则袭人也是十五岁的假设是可以成立的。

至此能否对第十九回中袭人的年龄至少是十七岁的观点进行否定呢？尤其第十九回中袭人还存在故意将其两姨妹子年龄说大两岁的可能性，毕竟袭人只是计划以两姨妹子出嫁引出自己也要回家的话题，然即便如此也不能轻易下结论，因为第三回中黛玉自述自己"十三岁了"④，还提及宝玉比自己大一岁，第六回"袭人……年纪本又比宝玉大两岁"⑤，可知袭人比宝玉大两岁，比黛玉大三岁，那么在第三回中袭人便是十六岁。根据前文对时间的梳理可知从第四回到第十二回过去了约一年的时间，第十六回到第二十二回又是一年的时间，第十九回因为元春省亲情节的连续性还能确定是元宵节后的正月时节，按此推断第十九回袭人十八岁，恰好符合之前所判至少应该十七岁的观点。

《红楼梦》本属小说范畴，书中年龄也多存在"忽大忽小"之情况，在不影响情节的前提下自不必较真。但因第六回中有宝玉与袭人初试云雨的情节，如果按第一条所推断的年龄结果，袭人十三岁，宝玉才十一岁，是否有些不合常理？但如果按照第二条所推年龄结果，袭人十六岁，宝玉十四岁，试云雨的情节反而更合理。所以从情节的角度出发，袭人的年龄以第三回十六岁更合适。

① 曹雪芹著，脂砚斋批评，大江校点.脂砚斋批评本红楼梦[M].南京:凤凰出版社,2010:127.
② 曹雪芹著，脂砚斋批评，大江校点.脂砚斋批评本红楼梦[M].南京:凤凰出版社,2010:333.
③ 《红楼梦》所涉及时间皆以阴历为据。
④ 曹雪芹著，脂砚斋批评，大江校点.脂砚斋批评本红楼梦[M].南京:凤凰出版社,2010:25.
⑤ 曹雪芹著，脂砚斋批评，大江校点.脂砚斋批评本红楼梦[M].南京:凤凰出版社,2010:49.

按照时间线索继续推进:第二十三回有"二月二十二日"和"三月"明确表示时间之词;第二十四回"凤姐正是要办端阳的节礼"暗示时间接近五月初五;第二十五回和尚对着"通灵宝玉"所言"青埂峰一别,展眼已过十三载"①,可知宝玉本回十三岁,那么袭人本回十五岁,又是对第二十二回中所载宝钗年纪为十五岁的印证。第二十六回薛蟠有言"明儿五月初三日,是我的生日"②,第二十七回有"至次日,乃是四月二十六日"③,第二十八回袭人有言"叫在清虚观初一到初三打三天平安醮……端午儿的节礼也赏了"④,第二十九回结尾处"至初三日,乃是薛蟠生日"⑤,可知此四回仍在端午之前。第三十一回有"这日正是端阳佳节"⑥,回末湘云来荣府,明确是"次日午间"⑦,还有贾母叮嘱湘云去园子里拜访亲戚之语:

> 贾母因向湘云道:"吃了茶歇一歇,瞧瞧你的嫂子们去。园
> 里也凉快,同你姐姐们去逛逛。"湘云答应了,将三个戒指儿包上
> ……便往怡红院来找袭人。⑧

顺势接入第三十二回袭人与湘云一见面便开玩笑提及十年前两人聊天的趣事,故本回仍在端午节次日。

至此便可以推断袭人来荣府的年龄了。若第三十二回袭人为十五岁,则袭人来荣府的年龄不超过五岁;若第三十二回袭人为十八岁,则袭人来荣府的年龄不超过八岁。结合第十九回的情节,被卖之时的袭人已然有记忆,且还知道自己"值几两银子",并存在"没有个看着老子、娘饿死的理"的意识,似乎袭人被卖的年纪不早于八岁更合适。

无论是第三回袭人十三岁还是十六岁,都能在文中找到依据,同时又

① 曹雪芹著,脂砚斋批评,大江校点.脂砚斋批评本红楼梦[M].南京:凤凰出版社,2010:206.
② 曹雪芹著,脂砚斋批评,大江校点.脂砚斋批评本红楼梦[M].南京:凤凰出版社,2010:213.
③ 曹雪芹著,脂砚斋批评,大江校点.脂砚斋批评本红楼梦[M].南京:凤凰出版社,2010:218.
④ 曹雪芹著,脂砚斋批评,大江校点.脂砚斋批评本红楼梦[M].南京:凤凰出版社,2010:233.
⑤ 曹雪芹著,脂砚斋批评,大江校点.脂砚斋批评本红楼梦[M].南京:凤凰出版社,2010:242.
⑥ 曹雪芹著,脂砚斋批评,大江校点.脂砚斋批评本红楼梦[M].南京:凤凰出版社,2010:250.
⑦ 曹雪芹著,脂砚斋批评,大江校点.脂砚斋批评本红楼梦[M].南京:凤凰出版社,2010:252.
⑧ 曹雪芹著,脂砚斋批评,大江校点.脂砚斋批评本红楼梦[M].南京:凤凰出版社,2010:254.

都不足言之凿凿。从文中所归纳的时间线索来看,第三回袭人十三岁更易立足;从文中情节的匹配度,第三回袭人十六岁更恰当,所以后文论及袭人年龄时仍旧以两个年龄并行。

2. 侍奉三任主人

袭人在第三回正式出场时已是宝玉身边的大丫头,根据第三回和第十九回所交代的文字可知袭人侍奉了三任主子:

> (第三回)原来这袭人亦是贾母之婢,本名珍珠。贾母因溺爱宝玉,生恐宝玉之婢无竭力尽忠之人,素喜袭人心地纯良,克尽职任,遂与了宝玉。①

> (第十九回)自我从小儿来,跟着老太太,先服侍了史大姑娘几年,如今又伏侍了你几年。②

(1) 与湘云的主仆缘

袭人从被卖入荣府初始就侍奉贾母,由于她"心地纯良,克尽职任""竭力尽忠",故贾母将她赏赐给宝玉。但其实袭人在正式侍奉宝玉之前,还服侍过湘云。除了上文所提第十九回的文字外,第三十二回和第五十四回也提供了依据。第三十二回,袭人与湘云开玩笑时提到两人曾经夜谈的趣事:

> 袭人斟了茶来与史湘云吃,一面笑道:"大姑娘,我听见前儿你大喜了。"史湘云红了脸,吃茶不答。袭人道:"这会子又害臊了。你还记得十年前,咱们在西边暖阁住着,晚上你同我说的话儿? 那会子不害臊,这会子怎么又害臊了?"史湘云笑道:"你还说呢。那会子咱们那么好,后来我们太太没了,我家去住了一程子,怎么就把你派了跟二哥哥,我来了,你就不像先待我了。"③

第五十四回,贾母误会袭人拿大不跟着宝玉出门,众人帮着解释后,

① 曹雪芹著,脂砚斋批评,大江校点.脂砚斋批评本红楼梦[M].南京:凤凰出版社,2010:30.
② 曹雪芹著,脂砚斋批评,大江校点.脂砚斋批评本红楼梦[M].南京:凤凰出版社,2010:150.
③ 曹雪芹著,脂砚斋批评,大江校点.脂砚斋批评本红楼梦[M].南京:凤凰出版社,2010:256.

贾母有如下一席话：

> 贾母因又叹道："我想着，他从小儿伏侍了我一场，又伏侍了云儿一场，末后给了一个魔王宝玉，亏他魔了他这几年……"①

从当时二人可以聊"害臊"话题足见她们的亲密程度，所以袭人服侍湘云的时间应该不短，且很有可能要长于服侍贾母的时间。因为据袭人所言，与贾母是"自小儿跟着"，与湘云便具体为"几年"，且袭人与湘云一直有良好的互动，比如第三十一回：

> 刚只说着，只见宝玉来了，笑道："云妹妹来了。怎么前儿打发人接你去，怎么不来？"……湘云笑道："袭人姐姐好？"……"我给他带了好东西来了。"说着，拿出手帕子来，挽着一个疙瘩……众人看时，果然就是上次送来的那绛纹石戒指……②

第三十七回，袭人叫人给湘云送东西：

> 袭人听说，便端过两个小掐丝盒子来。先揭开一个，里面装的是红菱和鸡头两样鲜果；又揭开那一个，是一碟子桂花糖蒸新栗粉糕。又说道："这都是今年咱们这里园里新结的果子，宝二爷送来，与姑娘尝尝。再前日姑娘说这玛瑙碟子好，姑娘就留下顽罢。这绢包皮儿里头，是姑娘上日叫我作的活计，姑娘别嫌粗糙，能着用罢……"③

湘云在史家犹记得给一介丫头袭人带戒指，袭人也惦记给在史家的湘云送鲜果，而与离得很近的贾母袭人却鲜少互动，如果归为年龄相仿之人更容易打成一片倒也未尝不可，但是贾母和袭人之间关系疏离却也是事实。比如在第七十八回贾母曾对王夫人说："袭人本来从小儿不言不语，我只说他是没嘴的葫芦。既是你深知，岂有大错误的。"④尽管对贾母

---

① 曹雪芹著，脂砚斋批评，大江校点.脂砚斋批评本红楼梦[M].南京:凤凰出版社,2010:421.
② 曹雪芹著，脂砚斋批评，大江校点.脂砚斋批评本红楼梦[M].南京:凤凰出版社,2010:253.
③ 曹雪芹著，脂砚斋批评，大江校点.脂砚斋批评本红楼梦[M].南京:凤凰出版社,2010:295.
④ 曹雪芹著，脂砚斋批评，大江校点.脂砚斋批评本红楼梦[M].南京:凤凰出版社,2010:618.

而言,袭人不及鸳鸯,但是袭人作为自己曾经的侍者,她对袭人的了解竟然比不上王夫人,除了有给王夫人台阶下的考虑外,也说明贾母与袭人关系的"疏离",而袭人母亲去世贾母忘了给发送银子恰又添一个证据,所以贾母嘴中的"他(袭人)从小儿伏侍了我一场"中的"一场",与"又伏侍了云儿一场"①的"一场",是有区别的。湘云作为贾母的娘家孙辈,双亲早逝,极受贾母疼惜,自小常被接来荣府小住,如同袭人被赐给宝玉的考量那样,每当湘云来小住时,袭人便被贾母指派服侍湘云,所以袭人作为贾母之婢,反而侍奉湘云的时间更长,有证据如下:

> (第一〇六回)贾母听了,喜欢道:"……我前儿还想起我娘家的人来,最疼的就是你们家姑娘,一年三百六十天,在我跟前的日子倒有二百多天,混得这么大了。"②

故尽管袭人的本职工作是伺候贾母,然袭人还有一个专职身份是湘云在荣府小住时的贴身婢女。

(2)袭人被赐给宝玉的时间

那么袭人是什么时候被赐给宝玉的呢?根据第三十二回湘云所言,应该是在"后来我们太太没了,我家去住了一程子"的时间空隙中贾母将袭人派给了宝玉。追溯到第三回袭人已是宝玉身边的大丫头,此回回末有宝钗进京的引子,据前文所叙宝钗初进京时年十三岁,那么袭人在第三回也是十三岁;如果按照第三回黛玉十三岁,那么袭人十六岁。据常理,袭人不可能一来就担任大丫头,结合宝玉的乳母李嬷嬷在第十九回提及袭人时"(袭人)是我手里调理出来的毛丫头"③之言以及第二十回针对李嬷嬷"拄着拐棍,在当地骂袭人"的神态时"脂批"曰"活像过时奶妈骂丫头"④,可推测出袭人未为大丫头时之不易。从小丫头成长为大丫头尚需

① 曹雪芹著,脂砚斋批评,大江校点.脂砚斋批评本红楼梦[M].南京:凤凰出版社,2010:421.
② 曹雪芹著,脂砚斋批评,大江校点.脂砚斋批评本红楼梦[M].南京:凤凰出版社,2010:815.
③ 曹雪芹著,脂砚斋批评,大江校点.脂砚斋批评本红楼梦[M].南京:凤凰出版社,2010:149.
④ 曹雪芹著,脂砚斋批评,大江校点.脂砚斋批评本红楼梦[M].南京:凤凰出版社,2010:157.

时日,至于具体的时间,由于相关线索只有袭人"先服侍了史大姑娘几年,如今又伏侍了你几年"①的自述之言,所以不能准确断定袭人被赏赐给宝玉的时间,唯一能肯定的是不超过十三岁或者十六岁。如果再紧扣袭人话中的字眼,服侍湘云和宝玉的时间都是"几年",从五岁到十三岁(从八岁到十六岁)是八年的时间,八年的一半是四年,是否有可能前四年即五岁到九岁或八岁到十二岁是服侍湘云,后四年即从十岁或十三岁始被赐给宝玉。结合前文袭人与湘云十年前说"害臊"的话,是否年龄大点更合适? 所以又回到了前面讨论的范畴,即考虑到情节的合理性,此处应该以第三回袭人十六岁为宜。

3. 大丫头到准姨娘

以上内容基本都是基于书中现有情节的推测,第三回明确交代袭人是宝玉之"大丫环",算是对袭人身份的正式说明。

(1)袭人准姨娘身份的确定

第六回与宝玉发生云雨情又使袭人的身份悄然发生了变化,据前文,袭人目前的年纪为十六岁(十三岁)。按照贾府规矩,"凡爷们大了,未娶亲之先,都先放两个人伏侍的"②,袭人此时的身份大抵如此。另徐晴在《婢妾在清代法律中的地位——从袭人和平儿身世谈起》一文中分析:

> 在妾的统称之下,妾可以根据地位的不同分成几个等阶。《红楼梦》中就提到了二房、姨娘和通房丫头即婢妾三个等阶。在妾的共名下,最高的一等是二房。她和已婚男子结婚时,同娶嫡妻的仪式大致类似。二房和丈夫的关系,处于一夫一妻与一夫多妻之间,表面上她与正妻的关系是平等的,在正式的场合中,她们都可以以姐妹相称。但这只是表象,实质上由于二房的家世、经济后盾远不如正妻,因此从家世利益、政治联姻方面考虑,二房仍是嫡妻的奴隶。姨娘是第二等妾,靠的是以色悦夫来

① 曹雪芹著,脂砚斋批评,大江校点.脂砚斋批评本红楼梦[M].南京:凤凰出版社,2010:150.
② 曹雪芹著,脂砚斋批评,大江校点.脂砚斋批评本红楼梦[M].南京:凤凰出版社,2010:517.

巩固自己的地位。最低阶的妾是婢妾,她们本来就是嫡妻的陪嫁品或是服侍主子的奴婢。她们卑下的地位决定了她们同家庭男子的同居关系带有极大的随意性、突发性。他们的结合不需要任何仪式,完全没有任何法律保证。①

袭人目前的情况与第三等婢妾的身份完全吻合,如果参照第二等妾姨娘的身份,也可以称之为"准姨娘",名声好听,但其实地位并无根本性的变化,难怪晴雯曾在第三十一回挖苦袭人说"明公正道,连个姑娘还没挣上去呢,也不过和我似的,那里就称上'我们'来了"②,就是说袭人与宝玉的关系是突发性的,但是她的地位却不能随意改变,"准姨娘"的身份一直伴随她离开荣府。尽管她得到王夫人的默许和肯定,且王夫人对袭人也有实质性的帮助,然王夫人的助力只是使袭人向姨娘的地位无限靠近,并无本质突破。

第三十四回,袭人向王夫人进言,句句都是大道理,且字字切入要害,王夫人意识到袭人并不是"老姨娘一体行事",当下给予袭人"我自然不辜负你"的承诺:

王夫人听了这话,如雷轰电掣的一般,正触了金钏儿之事,内心越发感爱袭人不尽,忙笑道:"我的儿,你竟有这个心胸,想的这样周全!……只是还有一句话:你今既说了这样的话,我就把他交给你了,好歹留心,保全了他,就是保全了我。我自然不辜负你。"③

只是王夫人的这个承诺说得比较含混,袭人当下并不明白真正的含义,她的"连连答应着去了"的动作就是她仍闷在葫芦里的明证,因为如果袭人听出了言外之意,肯定会有一番推脱、客套、自谦之辞,而不是"全

① 徐晴.婢妾在清代法律中的地位——从袭人和平儿身世谈起[N].人民法院报.2012-3-30(6).
② 曹雪芹著,脂砚斋批评,大江校点.脂砚斋批评本红楼梦[M].南京:凤凰出版社,2010:250.
③ 曹雪芹著,脂砚斋批评,大江校点.脂砚斋批评本红楼梦[M].南京:凤凰出版社,2010:271.

盘接受"式的连连答应。

第三十五回,王夫人特赏赐袭人饭菜,既是对前日所说"不辜负你"的行动,又暗中向袭人传递"不辜负你"的确切含义:

> 正值袭人端了两碗菜走进来,告诉宝玉道:"今儿奇怪,才刚太太打发人给我送了两碗菜来。"宝玉笑道:"必定是今儿菜多,送来给你们大家吃的。"袭人道:"不是,是指名给我送来的,还不叫我过去磕头。这可是奇了。"宝钗笑道:"给你的,你就吃了,这有什么应猜疑的?"袭人笑道:"从来没有的事,倒叫我不好意思的。"宝钗抿嘴一笑,说道:"这就不好意思了? 明儿比这个更叫你不好意思的还有呢。"袭人听了话内有因,素知宝钗不是轻嘴薄舌奚落人的,自己方想起上日王夫人的意思来,便不再提……①

袭人面对赏赐所说"今儿奇怪"之类的话再次证明袭人并没有领会王夫人前日话中许诺的真正含义。及宝钗点破"明儿比这个更叫你不好意思的还有呢",袭人结合宝钗轻易不奚落人的特点,才"想起上日王夫人的意思来",至此方醒悟。所以袭人对自己姨娘身份的认知和期许始于此回。

前文已推至第三十二回的时间脉络为元春省亲当年的端阳节次日,第三十二回金钏跳井自杀,紧接着第三十三回宝玉挨打,还在端阳节次日,至三十四回袭人去回王夫人,明确是"掌灯时分"②,宝钗遭薛蟠莽撞语哭了整整一夜,至回末为"次日早"③,可见第三十四回时间到了五月初七。第三十五回,宝钗回家看望薛姨妈,有"大清早"的时间提醒,故三十五回时间仍为五月初七。所以袭人是在元春省亲当年的五月初七那天接

---

① 曹雪芹著,脂砚斋批评,大江校点.脂砚斋批评本红楼梦[M].南京:凤凰出版社,2010:280 - 281.

② 曹雪芹著,脂砚斋批评,大江校点.脂砚斋批评本红楼梦[M].南京:凤凰出版社,2010:269.

③ 曹雪芹著,脂砚斋批评,大江校点.脂砚斋批评本红楼梦[M].南京:凤凰出版社,2010:273.

收到并接受了王夫人的"心意",距离袭人"失身"过去了约半年的时间。

第三十六回,宝钗点拨袭人之语和袭人的暗自揣测,从正面揭示王夫人确实有意将袭人定为姨娘人选,且还有进一步为袭人争取姨娘利益的行动,同时又道出了王夫人不能立刻给袭人"开脸"的苦衷:

> 王夫人想了半日,向凤姐儿道:"明儿挑一个好丫头送去老太太使,补袭人。把袭人的一分裁了。把我每月的月例二十两银子里,拿出二两银子一吊钱来,给袭人。以后凡事有赵姨娘、周姨娘的,也有袭人的。只是袭人的这一分,都从我的分例上匀出来,不必动官中的就是了。"……凤姐道:"既这么样,就开了脸,明放他在屋里,岂不好?"王夫人道:"那就不好了,一则都年轻,二则老爷也不许,三则那宝玉见袭人是个丫头,总有放纵的事,倒能听他的劝,如今作了跟前人,那袭人该劝的也不敢十分劝了。如今且浑着,等再过二三年再说。"①

至此袭人的准姨娘身份便等同官方宣布,标志首先是王夫人知会了管家的凤姐,先给袭人同姨娘地位一样的月钱;其次是一向不与人开玩笑、嘴风颇紧的宝钗再次明示袭人:

> 袭人又笑道:"我才碰见林姑娘、史大姑娘,他们可有进来?"宝钗道:"没见他们进来。"因向袭人笑道:"他们没告诉你什么话?"袭人笑道:"左不过是他们那些顽话,有什么正经说的。"宝钗笑道:"他们说的可不是顽话,我正要告诉你呢,你又忙忙的出去了。"一句话未完,只见凤姐儿打发人来叫袭人。宝钗笑道:"就是为那话了。"②

而凤姐"果然是告诉他这话"的行为更加证明袭人准姨娘的身份得到认可。此等大事可依据的时间线索有贾母见"宝玉一日好似一日"及

---

① 曹雪芹著,脂砚斋批评,大江校点.脂砚斋批评本红楼梦[M].南京:凤凰出版社,2010:284.
② 曹雪芹著,脂砚斋批评,大江校点.脂砚斋批评本红楼梦[M].南京:凤凰出版社,2010:285.

对贾政小厮头的传话"过了八月才许出二门"①,故袭人准姨娘身份的确定是在元春省亲当年五月到八月间。

（2）袭人丧母

第三十七回,秋纹得了王夫人赏赐的衣服,晴雯边数落秋纹没见过世面,边表达自己的志气:"一样这屋里的人,难道谁又比谁高贵些? 把好的给他,剩下的才给我,我宁可不要,冲撞了太太,我也不受这口软气。"②秋纹偏不以为然,反而只是好奇是给屋里的哪位姐妹了。在秋纹的一再追问及众人的起哄下,袭人不得不承认了。本回通过晴雯和秋纹的对话引出王夫人赏赐袭人衣服之事,属于袭人准姨娘身份得到官方认可后的补叙,既承接第三十五回王夫人赏赐饭菜的情节,又开启第五十一回袭人回家奔母丧凤姐送衣服之情节:

> 半日,果见袭人穿戴了来了,两个丫头与周瑞家的拿着手炉与衣包……凤姐儿笑道:"这三件衣裳都是太太的,赏了你倒是好的;但只这褂子太素了些,如今穿着也冷,你该穿一件大毛的。"袭人笑道:"太太就只给了这灰鼠的,还有一件银鼠的。说赶年下再给大毛的,还没有得呢。"凤姐儿笑道:"我倒有一件大毛的,我嫌风毛儿出不的好了,正要改去。也罢,先给你穿去罢。"……一面说,一面只见凤姐儿命平儿将昨日那件石青刻丝八团天马皮褂子拿出来,与了袭人。又看包袱,只得一个弹墨花绫水红绸里的夹包袱,里面只包着两件半旧棉袄与皮褂。凤姐儿又命平儿把一个玉色绸里的哆啰呢的包袱拿出来,又命包上一件雪褂子……又嘱咐袭人道:"你妈若好了就罢;若不中用了,只管住下,打发人来回我,我再另打发人给你送铺盖去。可别使人家的铺盖和梳头的家伙。"又分付周瑞家的道:"你们自然也知道这里的规矩的,也不用我嘱咐了。"周瑞家的答应:"都知

---

① 曹雪芹著,脂砚斋批评,大江校点.脂砚斋批评本红楼梦[M].南京:凤凰出版社,2010:282.
② 曹雪芹著,脂砚斋批评,大江校点.脂砚斋批评本红楼梦[M].南京:凤凰出版社,2010:295.

道。我们这去到那里,总叫他们的人回避。若住下,必是另要一两间内房的。"说着,跟了袭人出去,又分付预备灯笼,遂坐车往花自芳家来,不在话下。①

本回对袭人回家之前一番兴师动众的打扮和陪袭人回家的排场是凤姐代表荣府告知袭人家人袭人准姨娘之身份的,这应是袭人一生中最辉煌的时刻。第十九回也有袭人回家的情节,两回相比照,便显出本回袭人身份不同后回家时的"殊荣"了,从穿戴到陪侍人,再到出行工具,都今非昔比了。尽管当时情景下的袭人未必享受这样的"繁琐",但实惠可见,于一向有"争荣夸耀"之心的袭人也算一种慰藉。

第三十七回到五十一回的时间脉络为:第三十七回回首的"这年贾政又点了学差,择于八月二十日起身"②,回末湘云自罚做东,计划起菊花社,第三十八回承接上回,并有"次日"及"赏桂花""吃螃蟹"之词,可见此两回的时间是八月或九月间相连续的两天;从第三十九回刘姥姥二进荣府所带的自家地里所产的瓜果菜蔬也能推及时间是八、九月间,一直到第四十二回都不过几日的光景。第四十三回,贾母提到"初二"是凤姐的生日;第四十四回凤姐泼醋,平儿在李纨处歇了一夜;第四十五回"凤姐儿正抚恤平儿",探春众姐妹来商议起诗社等事,赖嬷嬷请荣府众人于"十四"日去赖府做客;第四十七回有"展眼到了十四日"③之语,第四十八回"展眼已到十月"④,可知凤姐的生日是上个月初二,即九月初二,那么第三十七回到第四十二回都是八月间事。第四十八回中,十四日一早,薛蟠出门远行,香菱进大观园与宝钗做伴,以香菱作诗为线,持续到第四十九回香菱向众人展示梦中所得之诗,接着邢岫烟等人来荣府,中间有"次日一

① 曹雪芹著,脂砚斋批评,大江校点.脂砚斋批评本红楼梦[M].南京:凤凰出版社,2010:399 - 400.
② 曹雪芹著,脂砚斋批评,大江校点.脂砚斋批评本红楼梦[M].南京:凤凰出版社,2010:289.
③ 曹雪芹著,脂砚斋批评,大江校点.脂砚斋批评本红楼梦[M].南京:凤凰出版社,2010:369.
④ 曹雪芹著,脂砚斋批评,大江校点.脂砚斋批评本红楼梦[M].南京:凤凰出版社,2010:373.

早"①（十月十五日）的时间线索及赏雪作诗的情节，一直持续到第五十一回，当日晚饭之时，"袭人的哥哥花自芳进来说，他母亲病重了，想他女儿。他来求恩典，接袭人家去走走"②，接袭人回家看望病重的母亲，且其母亲当晚即去世，可见袭人丧母在元春省亲当年的十月十五日。

（3）袭人遭宝玉"疑"

俗话说"水满则溢，月盈则亏"，以袭人母丧为界，袭人回家，晴雯替代袭人贴身伺候宝玉，象征袭人在宝玉心中地位的式微。标志性事件为第七十七回晴雯遭撵，宝玉对袭人所说的怀疑之语：

> 宝玉道："这也罢了。咱们私自顽话，怎么也知道了？又没外人走风，这可奇怪。"袭人道："你有甚忌讳的，一时高兴了，你就不管有人无人了。我也曾使过眼色，也曾递过暗号，被那别人已知道了，你反不觉。"宝玉道："怎么人人的不是太太都知道，单不挑出你和麝月、秋纹来？"③

尤其后面宝玉还有"只是晴雯也是和你（袭人）一样，从小儿在老太太屋里过来的，虽然他生得比人强些，也没甚妨碍去处。就只是他的性情爽利，口角锋芒些，究竟也不曾得罪你们。想是他过于生得好了，反被这好所误"④之言，可见宝玉的怀疑由袭人、麝月和秋纹三人转而集中到袭人一人身上了，怀疑的理由尽管牵强，但是对袭人的不满初露端倪。对比第三十一回，宝玉曾因晴雯寻衅挑事一心为袭人做主，本回反倒因为晴雯被撵无端怀疑袭人，其间也不过仅仅过去了两年的时间。宝玉作为袭人敢于奢望姨娘的坚实后盾已经开始"瓦解"了，只是袭人还未察觉。

第五十二回至第五十四回是元春省亲当年（省亲第一年）年末至省亲后第二年正月之事；第五十五回有凤姐得病，"服药调养到八九月间，才

---

① 曹雪芹著，脂砚斋批评，大江校点.脂砚斋批评本红楼梦[M].南京:凤凰出版社,2010:385.
② 曹雪芹著，脂砚斋批评，大江校点.脂砚斋批评本红楼梦[M].南京:凤凰出版社,2010:399.
③ 曹雪芹著，脂砚斋批评，大江校点.脂砚斋批评本红楼梦[M].南京:凤凰出版社,2010:611.
④ 曹雪芹著，脂砚斋批评，大江校点.脂砚斋批评本红楼梦[M].南京:凤凰出版社,2010:611-612.

第二章 袭人小传

渐渐的起复过来"①的情节;第六十二回,"宝玉生日已到"②;第六十四回,宝玉有"怪热的",劝袭人别打结子,"热着了倒是大事"③之语及芳官给宝玉送来的是"凉水内新湃的茶",针对茶还有"因宝玉素习秉赋柔脆,虽暑月不敢用冰,只以新汲井水将茶连壶浸在盆内,不时更换,取其凉意而已"④的解释,可知时间应该在夏季最热的六、七月间;第七十回有"年近岁逼"的时间之语,根据"一向因凤姐病了,李纨、探春料理家务,不得闲暇,接着过年过节,出来许多杂事,竟将诗社搁起。如今仲春天气"⑤等情节,可知本回是元春省亲第二年年末及元春省亲第三年春日之时。第七十一回有"八月初三日乃贾母八旬之庆"⑥的时间线索,第七十五回是中秋事,第七十七回晴雯遭撵,回首有"见中秋已过",明确宝玉怀疑袭人之语是在元春省亲第三年的中秋节后。而宝玉与袭人初试云雨情是在元春省亲的前两年之冬,宝玉为维护袭人不惜撵晴雯是在元春省亲当年的端午节,所以宝玉对袭人开始有二心离袭人"失身"过去不到五年的时间。

064

　　相比之前的浓情蜜意,宝玉渐对袭人流露出敷衍甚至无情的一面。他习惯性地依赖袭人,甚至将袭人看作"同死同归"之人,但是袭人因为王夫人的看重,也自尊自爱起来,背人之处反而不与宝玉"狎昵",所以也与宝玉较以前有所"疏远"。而袭人将更多的精力放在劝宝玉读书仕进上,失去了从前的"情切切"与"娇嗔",只剩下直白与无趣,这种无趣一直到第九十七回宝玉迎娶宝钗后更加"变本加厉"。此种情况离袭人遭疑大约过去了六个月的时间,有时间为证。第七十九回,宝玉生病,有"一月

①　曹雪芹著,脂砚斋批评,大江校点.脂砚斋批评本红楼梦[M].南京:凤凰出版社,2010:430.
②　曹雪芹著,脂砚斋批评,大江校点.脂砚斋批评本红楼梦[M].南京:凤凰出版社,2010:481.
③　曹雪芹著,脂砚斋批评,大江校点.脂砚斋批评本红楼梦[M].南京:凤凰出版社,2010:504.
④　曹雪芹著,脂砚斋批评,大江校点.脂砚斋批评本红楼梦[M].南京:凤凰出版社,2010:504.
⑤　曹雪芹著,脂砚斋批评,大江校点.脂砚斋批评本红楼梦[M].南京:凤凰出版社,2010:548.
⑥　曹雪芹著,脂砚斋批评,大江校点.脂砚斋批评本红楼梦[M].南京:凤凰出版社,2010:554.

之后""四五十日后"①"宝玉已过了百日"②的时间线索；第八十回，迎春回荣府，"一连住了三日"③；第八十一回，宝玉开始去私塾读书；第八十四回，贾政问宝玉"那一日你说，你师父叫你讲一个月的书，就要给你开笔。如今算来，将两个月了"④，可知距离宝玉中秋节后生病约过去了五个月的时间。第八十五回有黛玉过生日的情节，即时间到了元春省亲后第三年的二月。第八十七回探春打趣黛玉是南方人时提到"这大九月里"⑤，至第八十九回"已到十月中旬"⑥、第九十一回"今冬且放了定，明春再过礼。过了老太太的生日，就定日子娶"⑦、第九十二回"明儿不是十一月初一日"⑧、第九十四回"如今虽是十一月"⑨等几回都在九、十、十一月。第九十五回，"元妃薨日是十二月十九日"⑩，可见本回时间已经到了元春省亲后第三年的腊月。自第九十六回开始，有"到了正月十七日"及"二月，吏部带领引见。皇上念贾政勤俭谨慎，即放了江西粮道。即日谢恩，已奏明启程日期"⑪之语，可见时间已经到了元春省亲后第四年。在本回中，王夫人跟贾政商量宝玉的婚事，贾政以自己的起身日期已经奏明，不能耽搁为由，发出了"这几天怎么办（宝玉婚事）呢"的疑问，于是就紧锣密鼓地安排布置，在第九十七回贾政启程的前一日，宝玉与宝钗完婚，时间应该在元春省亲后第四年的二月里后不久。

① 曹雪芹著，脂砚斋批评，大江校点.脂砚斋批评本红楼梦[M].南京:凤凰出版社,2010:632.

② 曹雪芹著，脂砚斋批评，大江校点.脂砚斋批评本红楼梦[M].南京:凤凰出版社,2010:638.

③ 曹雪芹著，脂砚斋批评，大江校点.脂砚斋批评本红楼梦[M].南京:凤凰出版社,2010:640.

④ 曹雪芹著，脂砚斋批评，大江校点.脂砚斋批评本红楼梦[M].南京:凤凰出版社,2010:666.

⑤ 曹雪芹著，脂砚斋批评，大江校点.脂砚斋批评本红楼梦[M].南京:凤凰出版社,2010:687.

⑥ 曹雪芹著，脂砚斋批评，大江校点.脂砚斋批评本红楼梦[M].南京:凤凰出版社,2010:700.

⑦ 曹雪芹著，脂砚斋批评，大江校点.脂砚斋批评本红楼梦[M].南京:凤凰出版社,2010:715.

⑧ 曹雪芹著，脂砚斋批评，大江校点.脂砚斋批评本红楼梦[M].南京:凤凰出版社,2010:718.

⑨ 曹雪芹著，脂砚斋批评，大江校点.脂砚斋批评本红楼梦[M].南京:凤凰出版社,2010:732.

⑩ 曹雪芹著，脂砚斋批评，大江校点.脂砚斋批评本红楼梦[M].南京:凤凰出版社,2010:740.

⑪ 曹雪芹著，脂砚斋批评，大江校点.脂砚斋批评本红楼梦[M].南京:凤凰出版社,2010:746.

（4）袭人遭宝玉"弃"

第九十六回，袭人自认为自己"可以卸了好些担子"①，她与宝钗心心念念想要宝玉读书仕进的想法不谋而合，两人合力劝说、监督宝玉，殊不知适得其反，宝玉后来不仅对读书不感兴趣了，连对女孩子都不甚留意了。袭人心甘情愿退居宝钗身后，为宝玉的身体和读书殚精竭虑。

第九十九回有"天气一天热似一天，园里尚可住得，等到秋天再挪"②的时间暗示；第一〇一回，凤姐对其二叔生日的疑问"二叔不是冬天的生日吗？……如今这么早就做生日"③，可见距离冬季尚有时日；第一〇二回，"况兼天气寒冷，李纨姊妹、探春、惜春等俱挪回旧所"④，天气转冷，表明时间已经到了元春省亲后第三年之冬；第一〇八回有为宝钗过生日的文字，可知时间到了元春省亲后第五年的正月二十一日，这日宝玉执意去到园子里，袭人苦劝不止只好跟随，贾母知道后对袭人一通埋怨，"倒还是宝玉，恐袭人受委屈"，用"青天白日，怕什么"⑤为袭人开解，此处还能窥见宝玉内心对袭人的怜惜，但是较之前却有天壤之别，袭人自己也觉察出来了。第一一七回，宝玉要把玉还给和尚，对拉着自己的袭人，宝玉先是"摔脱"，尔后又"狠命的""一推"，"用手来掰开了袭人的手"⑥，袭人在第一二〇回细细地回想时觉得"他竟不像往常，把我混推混搡的，一点情意都没有"⑦。第一一八回，袭人对宝钗所说"奶奶和我二爷原不大理会"⑧，相比以前的"顽顽皮皮"，袭人的内心是有不可言说之失落的，尽管此时宝玉确实"静静的用起功来"，但同时宝玉也坚定了出家的念头。第一一九回，宝玉走失，袭人还只是怀疑宝玉做了和尚了。第一二〇回的一

① 曹雪芹著，脂砚斋批评，大江校点. 脂砚斋批评本红楼梦[M]. 南京：凤凰出版社，2010：748.
② 曹雪芹著，脂砚斋批评，大江校点. 脂砚斋批评本红楼梦[M]. 南京：凤凰出版社，2010：768.
③ 曹雪芹著，脂砚斋批评，大江校点. 脂砚斋批评本红楼梦[M]. 南京：凤凰出版社，2010：782.
④ 曹雪芹著，脂砚斋批评，大江校点. 脂砚斋批评本红楼梦[M]. 南京：凤凰出版社，2010：788.
⑤ 曹雪芹著，脂砚斋批评，大江校点. 脂砚斋批评本红楼梦[M]. 南京：凤凰出版社，2010：829.
⑥ 曹雪芹著，脂砚斋批评，大江校点. 脂砚斋批评本红楼梦[M]. 南京：凤凰出版社，2010：887.
⑦ 曹雪芹著，脂砚斋批评，大江校点. 脂砚斋批评本红楼梦[M]. 南京：凤凰出版社，2010：910.
⑧ 曹雪芹著，脂砚斋批评，大江校点. 脂砚斋批评本红楼梦[M]. 南京：凤凰出版社，2010：899.

梦之后,袭人更加确定了宝玉的去向,尤其收到了贾政的家书后,袭人与宝玉的缘分至此而止。

从第一〇八回到第一一二回,没有明确的时间线索,直到第一一三回刘姥姥三进荣府瞧凤姐,有"昨日又听说,老太太没有了,我在地里打豆子"①之语,可见时间到了大约农历八月。第一一八回有"到了八月初三"②。第一二〇回"天乍寒下雪"③,贾政偶遇出家的宝玉,应该是到了冬季,即袭人在元春省亲后第六年之冬季终于被迫与准姨娘的身份分割了。袭人的被迫一方面来自宝玉,他的出家,造成袭人遇弃之事实;另一方面则来自王夫人、薛姨妈及宝钗,她们打着为袭人着想的旗号,迅速为不愿离开荣府的袭人找好了下家。

4. 从宝玉准姨娘到蒋玉菡之妻

随着宝玉出家,袭人没过明路的身份便成了尴尬的存在,首先是王夫人对袭人提出了"怎么处"的疑问,接着薛姨妈也针对袭人"虽说是算个屋里人,到底他和宝哥儿并没有过明路儿的"的身份,提出为袭人"配一门正经亲事"的建议,得到王夫人的肯定后,薛姨妈亲自劝说袭人,加之宝钗"将大义的话说了一遍"④,袭人只能忍着委屈答应了。

"花自芳的女人进来请安"一句可知王夫人确实听从了薛姨妈的建议,"叫他本家的人来,狠狠的吩咐他,叫他配一门正经亲事"⑤,随后花自芳的女人交代"说的是城南蒋家的,现在有房有地,又有铺面","人物儿长的是百里挑一"⑥,也说明是用心找的正经人家。

但其实找的人家再好,在袭人看来仍是王夫人"硬作主张",因为至此,袭人心里仍是想着宝玉曾经待自己的情分,不忍也不愿离去。而袭人

① 曹雪芹著,脂砚斋批评,大江校点.脂砚斋批评本红楼梦[M].南京:凤凰出版社,2010:862.
② 曹雪芹著,脂砚斋批评,大江校点.脂砚斋批评本红楼梦[M].南京:凤凰出版社,2010:899.
③ 曹雪芹著,脂砚斋批评,大江校点.脂砚斋批评本红楼梦[M].南京:凤凰出版社,2010:910.
④ 曹雪芹著,脂砚斋批评,大江校点.脂砚斋批评本红楼梦[M].南京:凤凰出版社,2010:912.
⑤ 曹雪芹著,脂砚斋批评,大江校点.脂砚斋批评本红楼梦[M].南京:凤凰出版社,2010:912.
⑥ 曹雪芹著,脂砚斋批评,大江校点.脂砚斋批评本红楼梦[M].南京:凤凰出版社,2010:913.

的反抗除了"哭得咽哽难鸣"外,唯剩一死。但死也并不是那么容易的,不能死在荣府,因为那样的话"倒把太太的好心弄坏了";不能死在哥哥家,因为"哥哥办事不错。若是死在哥哥家里",又害了哥哥;还不能死在新嫁的蒋家,因为蒋家办事极认真不说,还把自己按着正配的规矩娶进门,况且新嫁的姑爷除了对自己"极柔情曲意的承顺"外,还是宝玉的旧知,尤其在见到几年前宝玉所换的松花绿汗巾时,袭人只能打消了自杀的念头,在"姻缘前定"的信念下,怀着对宝玉的思念与愧疚,开始了自己的另一番生活。

承接上文所提第一二〇回之时间线,自贾政在雪天偶遇宝玉后,"过了几日",贾政到家;"次日",贾政进内面圣谢恩后至家中,袭人嫂子就进来汇报蒋玉菡的情况,又有王夫人叮嘱袭人嫂子"隔几日进来再接你妹子罢"①之语,故袭人嫁给蒋玉菡的时间应该是在元春省亲后第六年之冬季后不久,是年二十三岁(二十岁)。

究其二十几载的生活履历,袭人始终处在变动之中,且无一"变"是自己能做主的,小到名字都不能遂己意,更遑论其他,故袭人看似圆满结局的背后仍别有深意。

---

① 曹雪芹著,脂砚斋批评,大江校点.脂砚斋批评本红楼梦[M].南京:凤凰出版社,2010:913.

第三章

襲人形象研究述论

第一节　文献中有关袭人多重形象的研究

袭人形象的研究是袭人研究的重点内容,也是研究袭人绕不开的关键一环,同时袭人形象的研究历来也是分歧之所在,然不可否认,这也正是袭人研究最具魅力、最有价值之所在。袭人形象按照不同的分类标准,有"本我"形象和影子形象之分,有正面形象、反面形象之分,有"贤中有陋"形象、"陋中有贤"形象之分等,然无论哪种分类法,袭人形象的解读都有赖于对袭人品性和为人处世的分析,故研究者也将研究的目光集中于与袭人相关的一系列情节中。

一、袭人"本我"形象之研究

(一)袭人正面形象研究

王希廉作为清代评点派的杰出代表,是为数不多的对袭人有正面评价的论者。他在《红楼梦回评》中多次给予袭人好评,如他在第二十回回评分析"凤姐于李嬷吵骂,用好言劝解……是爱怜袭人"①,能得到凤姐爱怜之人,王希廉对袭人的好评之外又何尝没有一份爱惜之情。第六十四回回评中对宝钗和袭人"真是贤妻好妾"②的赞誉,在当时一片贬袭声中不啻为最强烈的"异声"。

李辰冬③则从曹雪芹描写人物"给人物一种个性""他真认清楚了他

---

① 王希廉.红楼梦回评[M]//朱一玄.红楼梦资料汇编.天津:南开大学出版社,1985:560.
② 王希廉.红楼梦回评[M]//朱一玄.红楼梦资料汇编.天津:南开大学出版社,1985:596.
③ 李辰冬.红楼梦在艺术上的价值[M]//吕启祥,林东海.红楼梦研究稀见资料汇编.北京:人民文学出版社,2001:515-516.

的人物"出发,提出他描写的是"袭人的忠诚",这是曹雪芹赋予袭人的一种"个性",并将袭人归结为真正活泼生动而且有个性的人物之一。李辰冬的寥寥数语抓住了袭人性格的主色调。

徐乃为在《有始无终——宝玉与袭人》中认为袭人是"中国古典小说中难得的婢妾形象"①。

梁归智对袭人的定评为"封建的好人"②。他认为袭人除了"很理性,会做人,很少批评人,更不搬弄是非,遇到矛盾则息事宁人,有责任也往自己身上揽"的一面外,还有"她的阶级同情心、大是大非的正义感,以及与被压迫者站在同一战线的反抗和侠义精神"③的另一层面。

具体来说,袭人的正面形象表现在对原生家人之孝、对荣府主子之忠以及集"贤""勇""能"于一身的品性与为人处世方面。

1."孝"袭人

欧丽娟在《大观红楼 4:欧丽娟讲红楼梦》之《袭人论》④中认为袭人是"因了解家境窘况,愿意为家人牺牲"的"孝女义女",且"对于府外的亲人仍然心系挂念,有机会便回家省亲,还可以送终尽孝,完成了女儿的伦常情分",由袭人常"思母含悲"更凸显其"孝心甚虔",这种论说与脂砚斋笔下的"孝女义女"之评一脉相承。

2."忠"袭人

王希廉在《红楼梦回评》第一百回回评中提及"袭人要探春不必辞行,宝钗要探春好为箴谏。两人不同,其怜爱宝玉则一,然毕竟宝钗所见高出一层"⑤,尽管袭人受出身、见识限制不能事事为宝玉算计周到,但其一心为宝玉打算的忠诚却不容置疑。

孙玉明所作《贾府中三个温柔的大丫鬟:平儿、袭人、紫鹃》,从丫头

① 徐乃为.大旨谈情——《红楼梦》的情恋世界[M].北京:北京图书馆出版社,2007:92.
② 梁归智.红楼疑案:红楼梦探佚琐话[M].北京:中华书局,2008:268.
③ 梁归智.《红楼梦》里的小人物[M].太原:三晋出版社,2018:14.
④ 欧丽娟.大观红楼4:欧丽娟讲红楼梦[M].北京:北京大学出版社,2018:351－354.
⑤ 王希廉.红楼梦回评[M]//朱一玄.红楼梦资料汇编.天津:南开大学出版社,1985:619.

的角度考量，认为以袭人为代表的这三位丫头"心地善良，讲意（义）气，坚持原则，也都一心一意地为自己的主子考虑"①。

徐乃为②则从袭人与宝玉如仆似妻妾的角度论述袭人的忠心，认为袭人与宝玉有真感情，既包含"丫鬟对主人的尽职"，又包含"妻子对丈夫的尽心"，而袭人对宝玉的情爱最与众不同的是能遵循"那个时代的'人妻'的规范，按着那个时代的'正价值'维护大家族，为丈夫的前程上频频助力"，且又不缺乏"柔媚与婉曲"。

周汝昌还通过探佚式解读，明确指出袭人离开荣府是出于拯救宝玉之目的。在周汝昌的眼中，袭人是"保护贾宝玉的安全，自愿牺牲的勇毅之女"③形象，其对宝玉的忠心更加上升了一个层次。

3. "贤"袭人

（1）识大体、顾大局之形象

王希廉的《红楼梦回评》第十九回回评"袭人试探宝玉，规劝宝玉，实是解语花"④，是以袭人步步为营箴劝宝玉着眼，奠定袭人识大体的性格基调。第二十回回评："借李嬷吵骂，写袭人之能忍。"⑤第三十回回评"袭人忍痛不怨，真是可人"⑥，忍"气"不多言、忍"痛"不声张便是其顾大局形象的具体化。第九十六回回评"袭人之一喜一悲，是意中应有之事。喜是为自己有靠，悲是为宝、黛耽忧，不得不向王夫人将两人园中先后光景尽情吐露"⑦，袭人能在该"忍"时不言不语，也能在不该忍时"仗义执言"，能忍之于己的不平之事是大事化小、小事化了的"识大体"，能不忍之于宝玉的不利之事更见袭人的"顾大局"。

---

① 孙玉明.贾府中三个温柔的大丫鬟：平儿、袭人、紫鹃[M]//张庆善，蔡义江，沈治钧，等.红楼梦中人.北京：中华书局，2008：189.

② 徐乃为.大旨谈情——《红楼梦》的情恋世界[M].北京：北京图书馆出版社，2007：93，94，98.

③ 周汝昌.红楼梦的真故事[M].北京：文化发展出版社，2016：48.

④ 王希廉.红楼梦回评[M]//朱一玄.红楼梦资料汇编.天津：南开大学出版社，1985：559.

⑤ 王希廉.红楼梦回评[M]//朱一玄.红楼梦资料汇编.天津：南开大学出版社，1985：560.

⑥ 王希廉.红楼梦回评[M]//朱一玄.红楼梦资料汇编.天津：南开大学出版社，1985：568.

⑦ 王希廉.红楼梦回评[M]//朱一玄.红楼梦资料汇编.天津：南开大学出版社，1985：616.

（2）细心周到之形象

王希廉在《红楼梦回评》第六十四回回评中说"袭人独留心扇络，与晴雯等迥异；宝钗独说贞静为主，与黛玉等不同；真是贤妻好妾"①。

端木蕻良甚至认为"待贾宝玉最好的不是林黛玉，而是花袭人、王凤姐、薛宝钗"，并将袭人对宝玉的好概括为服侍得"无微不至"②。

（3）踏实稳重之形象

王希廉在《红楼梦回评》第七十七回回评中说"写袭人劝解一层，描出袭人涵养，迥异轻浮妇女，全无斟酌"③。此处"迥异"比第六十四回回评"迥异"于晴雯的范围更广，也更见袭人的稳重。

周思源则从袭人"是惟一和他实际发生性关系的少女"，但也仅此一次为切入点，推出"夜夜睡在他（宝玉）外床或一屋"袭人之"不凡人品"④，也是袭人不轻浮的证明。

（4）宽容之形象

王希廉在《红楼梦回评》第五十九回回评中说"袭人见婆子央求，即便心软，平儿说'得饶人处且饶人'，两人慈厚存心，所以结果不同"⑤。尽管此处是将"宽容"等同于"心软"，但宽容的内涵其实更丰富，袭人的宽容里包括善良和设身处地为别人着想的品质。

（5）柔顺、善良之形象

赤飞从名字的角度着手分析，认为袭人的名字源自陆游《村居喜书》"花气袭人知骤暖"之句，"暗示袭人香如兰桂，温柔和顺，知冷知热的性格"⑥，还提出曹公改"骤"为"昼"的原因，"我到（倒）认为这是曹公有意

① 王希廉.红楼梦回评[M]//朱一玄.红楼梦资料汇编.天津:南开大学出版社,1985:596.
② 端木蕻良.端木蕻良细说红楼梦[M].北京:作家出版社,2006:22.
③ 王希廉.红楼梦回评[M]//朱一玄.红楼梦资料汇编.天津:南开大学出版社,1985:603 － 604.
④ 周思源.周思源看红楼[M].武汉:长江文艺出版社,2013:206.
⑤ 王希廉.红楼梦回评[M]//朱一玄.红楼梦资料汇编.天津:南开大学出版社,1985:592.
⑥ 赤飞.红楼人物姓名谈[M].北京:新华出版社,2007:136.

改之,是言袭人'温柔和顺',知冷知热,会体贴人之意"①;由袭人"西洋花点子哈巴儿"之绰号,得出袭人"折中、公允、调和、平正"②的特点。

孙玉明认为袭人"性情明显要温柔许多","心地善良"③。

周思源以"脂批""袭乃钗副"的评论为基础,比较了袭人和宝钗的异同。同在"封建礼教的真诚拥护者,都非常自觉地遵守并督促别人也遵守"。异在"袭人不像宝钗那么冷漠无情"④,并以对待金钏之死的不同表现作为例证。袭人为金钏暗地里流泪,既是出于善良的本性,也是出于尚未泯灭的人性。

对袭人"贤"形象解读最全面、最深刻的莫过于欧丽娟⑤,她借助分析"解语花"的意义和"花袭人"的意涵,将袭人"解语花"的别称诠释为"内外兼美",意义在"善作解人"及"存在于'总包括尽'的种种劝谏中"的那份"规引入正"的可称之为"大"之苦心及"可爱可敬可服",同时也是"有智"的,显示出以"温而厉"为底色及"恭而安"为主调的人品性格,并由此得出袭人"竭力尽忠""心地纯良""克尽职任"的特征,可算对"袭人的春秋之论"。而曹雪芹给予袭人的"贤"之称也是名副其实的。"花袭人"首先具有"温暖宜人,如花香扑鼻,令人如沐春风、赏心悦目"花之特性,其次又具有"心地纯良""不念旧恶、不计前嫌""对人慷慨大方、对己俭省朴实""与人为善"之品格,欧丽娟归为"以花为骨、以诗为名、内外兼美"的"绝佳人品"。她结合袭人又副册之冠的地位,认为身兼超级丫鬟和准姨娘身份的袭人,难能可贵在"从未仗势欺人或作威作福,既不认为相关的特权是天经地义",也坚持"应有的本分,毫不懈怠",甚至常用"优越地位为其他人谋福利",且严于律己,具有"不欺暗室,不愧屋漏"的情操。

① 赤飞.红楼人物姓名谈[M].北京:新华出版社,2007:193.
② 赤飞.红楼人物姓名谈[M].北京:新华出版社,2007:286.
③ 孙玉明.贾府中三个温柔的大丫鬟:平儿、袭人、紫鹃[M]//张庆善,蔡义江,沈治钧,等.红楼梦中人.北京:中华书局,2008:189.
④ 周思源.周思源看红楼[M].武汉:长江文艺出版社,2013:206.
⑤ 欧丽娟.大观红楼4:欧丽娟讲红楼梦[M].北京:北京大学出版社,2018:355-386.

4. "勇"袭人

（1）坚持原则之形象

孙玉明所作《贾府中三个温柔的大丫鬟：平儿、袭人、紫鹃》提及袭人坚持原则的特征，并以袭人对主子的痴情及敢于劝谏宝玉为例进行分析。

（2）敢作敢为之形象

孙伟科在《〈红楼梦〉与诗性智慧》之《关于袭人形象的评价问题》中不仅认为"袭人是《红楼梦》塑造得最成功的文学人物之一"，而且还认为袭人是"敢作敢为的，也是大胆直露的，她的大多数言论具有犯上的性质"①。

（3）刚烈之形象

孙玉明认为袭人比起如晴雯等烈性女子，性情要温柔许多，但仍肯定袭人性格中有极其刚烈的一面。

（4）唾弃贞洁观念之形象

何若在《读红小记》②中认为"能够自力更生，从厄运的魔掌中逃脱"的是"给一般庸俗人笑骂的袭人，是唾弃了贞节观念的袭人"，将袭人当作"封建社会的叛逆的女性"，并为袭人嫁人寻找立足点，"宝玉平日的恩情果然可念，但他已经把爱人抛弃了，难道袭人还要学他出家，做尼姑去？她年轻，还要过人的生活"。尽管所提及的"叛逆"存在拔高袭人之嫌，但是能将袭人当作一个独立的个体而非宝玉的附庸本身就是进步。

5. "能"袭人

（1）善于解决矛盾

王希廉在《红楼梦回评》第十九回回评中说"袭人说前日吃酥酪，肚疼呕吐，善于排解"③，"花袭人送茶两杯，黛玉偏先走开。若袭人单送黛

---

① 孙伟科.《红楼梦》与诗性智慧[M].北京：北京时代华文书局，2015：194
② 何若.读红小记.[M]//吕启祥，林东海.红楼梦研究稀见资料汇编.北京：人民文学出版社，2001：1039-1040.
③ 王希廉.红楼梦回评[M]//朱一玄.红楼梦资料汇编.天津：南开大学出版社，1985：559.

玉,岂不得罪宝钗? 乃说:'那位先喝,我再倒去。'真是伶俐口齿"①。袭人的伶俐口齿倒不见得,善于发现矛盾并解决矛盾倒是实实存在的。

(2)高情商

王雅静从情商的角度认为袭人属于高情商之人,"能在与人交往时快速有效地调整自己的情绪以适应环境和他人","能够从容应对贾府复杂的人际关系,给自己创造一个良好的人际环境,实现利人利己的双赢,从而博得贾府上下的赞誉"②。王雅静尽管选取的角度异于王希廉,但其对袭人"高情商"的概括,其实就是王希廉所提"善于排解"形为的抽象化。

综上便是有关袭人正面形象的汇总,其实可用姚来春的一首诗作为总结:"细挑身材容长脸,柔媚娇俏如桂兰。心地纯良又尽忠,一府主奴都喜欢。"③

(二)袭人反面形象研究

夏日云在《试谈花袭人的堕落》中将袭人定位为"由奴隶蜕变成封建阶级卫道士的艺术形象"④。奴隶本是中性词,"卫道士"便有词性的迁移,尤其与"封建阶级"结合,对袭人的贬义立现。

周林生也强调奴才性是袭人最突出的性格特征,贬义无疑。

成倬则认为袭人不是"奴才的典型",而是"被封建贵族家庭的主子们侮辱、欺骗、愚弄、打骂,熬费了心血,派够了用场,最后又以强制(非走不可)和哄骗(送嫁妆)的手段驱逐门外而终不觉悟,终不反抗的弱女典型"⑤。

吴颖将《红楼梦》中的婢女分为"司棋型""平儿型"等七类,认为"袭人型"是"主动地、有意识地、千方百计地力求依附上封建统治阶级,力争

---

① 王希廉.红楼梦回评[M]//朱一玄.红楼梦资料汇编.天津:南开大学出版社,1985:594.
② 王雅静.《红楼梦》主要女性情商略论[J].南通大学学报(社会科学版),2016(3):66.
③ 姚来春.红楼叙事诗[M].北京:九州出版社,2019:214.
④ 夏日云.试谈花袭人的堕落[J].山东师院(社会科学版),1975(5):44.
⑤ 成倬.试论花袭人[J].兰州大学学报(社会科学版),1984(2):84.

能够从奴隶变成奴才的一个类型"①,且袭人还充当着封建卫道士的角色,监视宝玉,排除异己。

由于袭人反面形象的研究所涉研究者众多,跨越时间又长,故采用分段式论述。笔者在参考《红学通史》的基础上,将袭人"陋"之形象划分为1754—1901、1902—1949、1950—1978及1979年至今四个时期展开研究。

1. 1754—1901年间袭人"陋"之形象研究

本时期袭人形象研究的重点,无论是评点、随笔、题咏还是索隐形式的研究,整体都侧重于袭人反面形象的挖掘。正如谢鸿申在《答周同甫》中将袭人比喻为"淫雨狂风"那样,此时期袭人大多呈现出陷害别人为自己谋利的形象。江顺怡在《读红楼梦杂记》中甚至将袭人喻为吕雉及魏藻德,即把袭人归于少德之形象。

(1)评点形态下的"陋"袭人

姚燮的《红楼梦回评》便从撵晴雯、死黛玉的角度对袭人进行了道德谴责,同时将袭人的品性归结为表里不一和水性杨花。具体的"陋"处主要表现在以下三个方面:

撵晴雯。第七十七回回评:"袭人件件事均能体贴宝玉,晴雯为宝玉得意之人,袭人岂有不知?乃晴雯遭谗被撵,袭人袖手旁观,并不肯在王夫人前帮晴雯说几句好话,且晴雯虽因王善保家的而撵,而袭人亦不得辞其咎。或曰:'晴雯之撵,实因王夫人盛怒之下而撵,即聪明如凤姐,持爱若宝玉,尚不敢撄锋,更何论于袭人?'予曰:'不然,是特因袭人不肯向王夫人言耳。倘言而不听,则晴雯之撵,方与袭人无干,而袭人则上可以对宝玉,下亦可以对晴雯,似此方称两全。就今而论,晴雯之撵,无与袭人,吾不信也。'"②姚燮认为在晴雯被撵事件中,尽管袭人没有主动参与,但袭人的"不作为"已然使其成为间接参与者。

死黛玉。第三十四回回评:"袭人欲宝玉搬出园外住,却是先说林姑

---

① 吴颖.论花袭人性格[J].红楼梦学刊,1985(1):179.

② 姚燮.红楼梦回评[M]//朱一玄.红楼梦资料汇编.天津:南开大学出版社,1985:668-669.

娘,次说宝姑娘,一倒置而轩轾已分,正是妙处不在多也。"①第九十六回回评:"宝、黛心事,袭人该早在老太太、太太面前,将二人光景,告禀明白,或上头终于不从,便与你无涉矣。今已定准宝钗,始作转喜为悲之想,向王夫人只谋瞒过一策,其居心尚可问乎? 吾谓死黛玉者,袭人首罪,不独贾母死之也。"②同理,姚燮认为黛玉之死,袭人也应承担"不作为"的责任。

表里不一。第一百十八回回评:"袭人又要编派人为狐媚子,又要讥弹别个,真是好再醮货。"③

陈其泰的《红楼梦回评》则从乡愿和醋性的角度分析袭人,予袭人以贬意。

乡愿。第三回回评用孔子的"乡愿,德之贼也"为袭人的品性定性:"若宝钗、袭人则乡愿之尤,而厚于宝钗、袭人者无非悦乡愿,毁狂狷之庸众耳。王熙凤之为小人,无人而不知之;宝钗之为小人,则无一人知之者;故乡愿之可恶,更甚与邪慝也。"④陈其泰认为袭人之类的人是戴着不易被人发现面具的小人,是伪君子,真小人也。

醋性。第二十一回回评:"袭人果贤,见宝玉孩气未除,只宜以姐妹们和气要有分寸之言,款款深深与宝玉言之。先将宝玉之心表明,说你只是亲爱姐妹,一片天真烂漫,无奈年纪渐长,嫌疑不可不避,则宝玉虽不中听,亦必深以为是。从此处处留心,未尝非规箴之力也。乃袭人不知宝玉之浑忘男女而深恨姐妹之过于亲热。满腔醋意,满面怒容,一味以娇嗔劫制,宝玉岂肯受耶。从此暗中谗毁黛玉,皆从此起矣。插入宝钗数语,见其意思相同,故能独得王夫人爱悦也。平儿自是可爱,贤于袭人远矣。"⑤陈其泰认为袭人生气是因为吃醋,而非劝宝玉向上,按此解读,宝钗岂不

①　姚燮.红楼梦回评[M]//朱一玄.红楼梦资料汇编.天津:南开大学出版社,1985:654.
②　姚燮.红楼梦回评[M]//朱一玄.红楼梦资料汇编.天津:南开大学出版社,1985:672.
③　姚燮.红楼梦回评[M]//朱一玄.红楼梦资料汇编.天津:南开大学出版社,1985:680.
④　陈其泰.红楼梦回评[M]//朱一玄.红楼梦资料汇编.天津:南开大学出版社,1985:703.
⑤　陈其泰.红楼梦回评[M]//朱一玄.红楼梦资料汇编.天津:南开大学出版社,1985:713.

是夸错了人？可是聪慧如宝钗,用心良苦的作者,怎会出现如此纰漏？可见"吃醋"之说纯属误读。

　　哈斯宝的《新译红楼梦回批》①将袭人的品性定位为"奸狡""恶乖"②,将袭人的行为定位为自私、善妒且"不节不贞"。

　　"奸狡"的品性。第六回(译自百二十回本第十九回)回评:"第二件说读书,固然是很好的事,但从'假爱也罢','在别人跟前''只作出个爱读书的样儿来'这话看,不唯不是要宝玉务必好好读书,岂不还要宝玉学弄虚作诈？这也是毫无功益的话。最要紧的是第三件……说爱红的毛病最可厌……这一件明明是'更要紧的',却不开口就提,先用前面那两件毫不相干的事来劝,狡计诡诈到了何等地步？"③第八回(译自百二十回本第二十一、二十三回)回评用宝钗和袭人相互"打动"的事例说明袭人和宝钗"同是奸狡"④;第二十一回(译自百二十回本第五十八、六十二、六十三回)回评具体为"袭人的奸狡,既可憎又可爱","袭人可憎,看她不用四方茶盘,定要用连环茶盘可式放茶钟端来"⑤。

　　自私、善妒且"不节不贞"的行为。如第六回(译自百二十回本第十九回)回评:"袭人箴劝三件事,看上去是何等好的一片赤心。仔细想来,却出自她私心妒意……最要紧的是第三件。请想一想,说爱红的毛病最可厌,这不是由私心妒意才作出的箴规么？"⑥

　　第十二回(译自百二十回本第二十九、三十回)回评说"袭人哭的是

①　《新译红楼梦》以贾宝玉、林黛玉的故事为中心,将一百二十回《红楼梦》摘译成四十回,故他的回目与通行本的回目有异。

②　哈斯宝.新译红楼梦回批[M]//朱一玄.红楼梦资料汇编.天津:南开大学出版社,1985:810－811.

③　哈斯宝.新译红楼梦回批[M]//朱一玄.红楼梦资料汇编.天津:南开大学出版社,1985:779－780.

④　哈斯宝.新译红楼梦回批[M]//朱一玄.红楼梦资料汇编.天津:南开大学出版社,1985:782.

⑤　哈斯宝.新译红楼梦回批[M]//朱一玄.红楼梦资料汇编.天津:南开大学出版社,1985:803.

⑥　哈斯宝.新译红楼梦回批[M]//朱一玄.红楼梦资料汇编.天津:南开大学出版社,1985:779－780.

宝玉如此倾心黛玉,自己终将如何?如果落在黛玉之下,便权势全休"①。其实此处不免高看袭人了,袭人最高能争个妾位,与黛玉的正妻人选身份是八竿子打不着的,故并无"落在黛玉之下"的担心,因为二人根本不具可比性。

第四十回(译自百二十回本第一百二十回)回评:"袭人三次想死,实是披露她不节不贞,是一个猪狗不如的下流妇人。"②

(2)随笔形态下的"陋"袭人

随笔形态下,二知道人的《红楼梦说梦》和涂瀛的《红楼梦论赞》对袭人倾注较多笔力,尤其是涂瀛的《红楼梦论赞》,集中于人物品评,其《袭人赞》篇更是从道德层面对袭人进行了抨击。在《莺儿赞》篇目中,涂瀛又通过对比法对袭人进行了否定,认为莺儿"大约比袭人修洁"③。涂瀛在另一篇文章《红楼梦问答》④中回答"何以痛诋袭人也"时说自己"止不能为袭人之宝玉",且因宝钗结交袭人之故,说宝钗"深心",将两人的相交定位为"小人与小人"之交,并强调"袭人,宝钗之影子也";也将袭人与晴雯进行优劣对比,刻画了袭人"善柔""用屈""徇情""做面子""收人心"的特征,得出袭人劣于晴雯的结论;还将袭人比作吕后和蛇蝎。这与"脂批"笔下的袭人和晴雯各有高下、难分伯仲相去甚远。

袭人之妒。二知道人在《红楼梦说梦》中提及"袭人遣侍宝玉,无所用其妒也,自宝玉乐与晴雯、麝月戏,而醋根发矣",并与黛玉之妒作对比,说黛玉嫉妒宝钗,两者之妒属于"小姐妒小姐,丫鬟妒丫鬟,是谓同床各梦"⑤,是"醋中之乖觉者"⑥。

袭人之伪。二知道人在《红楼梦说梦》中说王夫人"独是倚(袭人)为

① 哈斯宝.新译红楼梦回批[M]//朱一玄.红楼梦资料汇编.天津:南开大学出版社,1985:788.
② 哈斯宝.新译红楼梦回批[M]//朱一玄.红楼梦资料汇编.天津:南开大学出版社,1985:831.
③ 涂瀛.红楼梦论赞[M]//一粟.红楼梦资料汇编.北京:中华书局,1964:135.
④ 涂瀛.红楼梦问答[M]//一粟.红楼梦资料汇编.北京:中华书局,1964:143-145.
⑤ 二知道人.红楼梦说梦[M]//一粟.红楼梦资料汇编.北京:中华书局,1964:93.
⑥ 二知道人.红楼梦说梦[M]//一粟.红楼梦资料汇编.北京:中华书局,1964:101.

腹心,重以宝玉相委者,乃首先道淫之花大姐也。说真方,卖假药,花大姐得其心传矣"①。

袭人之奸。二知道人在《红楼梦说梦》②中说"花袭人,功之首,罪之魁也。雯乎,钏乎,现女儿身,全受全归,死亦何憾",还进一步举例,"宝玉挨打后,袭人请王夫人将宝玉搬出园来,一夕之话,舌尖儿横扫五千军矣"。解盦居士在《石头臆说》中说"李嬷嬷之骂袭人"是"书中快文","读之当浮一大白"③。解盦居士将骂文形容为快文,对袭人的态度褒贬立现。至于"大白"的具体内容,不外乎是袭人"贤"之伪,认为作者曹雪芹是借李嬷嬷之骂来表现袭人媚惑宝玉的一面。

姚燮在《红楼梦总评》中说"指袭人为妖狐,李嬷嬷自是识人"④,肯定李嬷嬷骂辞的同时也认同袭人具有"妖狐"之"奸滑"品质。

涂瀛在《红楼梦论赞》之《袭人赞》⑤篇论及袭人时先用"苏老泉辨王安石奸,全在不近人情"作比,认为"奸而不近人情,此不难辨也,所难辨者近人情耳",然后指出"袭人者奸之近人情者也","以近人情者制人,人忘其制;以近人情者诳人,人忘其诳",并说"约计平生,死黛玉,死晴雯,逐芳官、蕙香,间秋纹、麝月,其虐肆矣,而王夫人且视之为顾命,宝钗倚之为元臣。向非宝玉出家,或及身先宝玉死,岂不以贤名相始终哉? 惜乎天之后其死也"。他又用咏史诗"周公恐惧流言日,王莽谦恭下士时,若使当年身便死,一生真伪有谁知",说"袭人有焉"。他在《薛宝钗赞》篇又一次点明袭人"柔奸"的形象。

青山山农在《红楼梦广义》⑥中认为袭人和宝钗归为一类人,认为"袭人善事宝玉,宝钗善结袭人,同恶相济,以售其奸",还说:"袭人,贾府之

① 二知道人.红楼梦说梦[M]//一粟.红楼梦资料汇编.北京:中华书局,1964:97.
② 二知道人.红楼梦说梦[M]//一粟.红楼梦资料汇编.北京:中华书局,1964:97 - 98.
③ 解盦居士.石头臆说[M]//一粟.红楼梦资料汇编.北京:中华书局,1964:193.
④ 姚燮.红楼梦总评[M]//朱一玄.红楼梦资料汇编.天津:南开大学出版社,1985:639.
⑤ 涂瀛.红楼梦论赞[M]//一粟.红楼梦资料汇编.北京:中华书局,1964:138 - 139.
⑥ 青山山农.红楼梦广义[M]//一粟.红楼梦资料汇编.北京:中华书局,1964:211 - 214.

秦桧也。秦桧通于兀术,而以无罪贬赵鼎,杀武穆;袭人通于宝玉,而以无罪谮黛玉,死晴雯;其奸同,其恶同也。然桧之奸恶,举朝皆能知之,至袭人则贾母不之知,贾政不之知,王夫人不之知,贾府上下并不之知,贾府上下并不之知,不有晴雯,谁能废其奸而数其恶哉? 然而晴雯死矣!"青山山农将秦桧与袭人作比,袭人"奸""恶""伪"的形象便是定论了。

野鹤在《读红楼札记》中认为"袭人狡诈",且针对袭人所言海棠花"该来先比我,还轮不到他"之语作了"恶哉花袭人! 其不安晴雯也非一日矣"的评论①。弁山樵子在《红楼梦发微》中认为袭人"之苟合取容如(李)林甫、(王)钦若"②。倪鸿的《桐阴清话》将《红楼梦百咏》做了辑录,认为袭人是"偷系虾须带"③者。

袭人维护儒家正统。周春的《阅红楼梦随笔》从袭人所言的"姐妹们和气也有个分寸礼节"推出袭人对宝玉与姐妹们厮混的行为"大有微词"④,可知袭人是儒家正统思想的自觉维护者,即她是站在宝玉对立面的,故周春对袭人的评价也是颇有"微词"。涂瀛在《红楼梦论赞》之《红楼梦论后》中认为人生即是一大梦,"其不醒者,独袭人耳"⑤。

袭人进谗。解盦居士的《石头臆说》提及第三十四回袭人向王夫人进言,认为是谗言;虚白在《红楼梦前三回结构的研究》中更是将袭人当成阻止宝、黛结合的人物,袭人是以谗言拆人婚姻的刽子手。

2.1902—1949 年间袭人"陋"之形象研究

本时期袭人形象的研究,仍然有研究者专注批判袭人,比如瞿蜕在《红楼佚话》⑥中提及濮君某曰"书中诸女子""最陋者为袭人",还提出"宝玉乃特眷之,殊不可解"之疑问,相类似的评论不在少数。

① 野鹤.读红楼札记[M]//一粟.红楼梦资料汇编.北京:中华书局,1964:292.
② 弁山樵子.红楼梦发微[M]//一粟.红楼梦资料汇编.北京:中华书局,1964:328.
③ 倪鸿.桐阴清话[M]//一粟.红楼梦资料汇编.北京:中华书局,1964:369.
④ 周春.阅红楼梦随笔[M]//一粟.红楼梦资料汇编.北京:中华书局,1964:71.
⑤ 涂瀛.红楼梦论赞[M]//一粟.红楼梦资料汇编.北京:中华书局,1964:142.
⑥ 瞿蜕.红楼佚话[M]//吕启祥,林东海.红楼梦研究稀见资料汇编.北京:人民文学出版社,2001:62.

（1）袭人别嫁行为之陋

有研究者专门针对袭人的别嫁行为进行批评，如沈瓶庵、王梦阮、柳箊、境遍佛声等人。袭人别嫁行为将在后文重点阐述，故本处只简单罗列。

（2）袭人之伪

木村在《红楼梦读后记》中提及宝钗之阴险，认为袭人，包括深受袭人熏陶的麝月，都同属一类人①。公孙午在《史·王·薛》中将袭人划为"王氏（王夫人）党"，而王夫人"貌若宽容，实甚刻薄"②，对袭人之贬可知矣。

3.1950—1978 年间袭人"陋"之形象研究

正如梁归智所论，"革命年代"的文学评论也贬低袭人，说她是王夫人的"密探"，是帮助封建统治者（指贾母、王夫人和王熙凤）破坏宝、黛自由恋爱的"帮凶"。1958 年，俞平伯为《红楼梦八十回校本》作序时对袭人有如下论断："八十回中对袭人的贬斥，虽也相当地含蓄，却比写宝钗已露骨多了。如袭人的暗害晴雯，阴诋黛玉，都写得很清楚，而宝钗只在琐屑的小事上……又如七十七回宝玉明知，且已几乎明说晴雯是袭人害的。"③他将袭人归为对封建阶级服从者和拥护者。毫无疑问，俞老先生对袭人的态度前后是矛盾的，如果说前期对袭人形象的评价是贬多于褒的话，到此基本全剩下贬了，且将袭人与反封建的主题相连，也属于当时时代赋予研究者的烙印。

4.1979 年至今袭人"陋"之形象研究

时代赋予袭人研究的烙印也会在下一个时期继续，因为毕竟消融一种思想，需要有别的足够能与之比肩的思想出现。

---

① 木村.红楼梦读后记[M]//吕启祥,林东海.红楼梦研究稀见资料汇编.北京:人民文学出版社,2001:1286.

② 公孙午.史·王·薛[M]//吕启祥,林东海.红楼梦研究稀见资料汇编.北京:人民文学出版社,2001:1381.

③ 俞平伯.俞平伯全集(第七卷)[M].石家庄:花山文艺出版社,1997:9.

内奸形象。朱眉叔在《红楼梦的背景与人物》之《袭人论》①中认为袭人是出身于贫苦家庭的内奸形象，是"封建家长安插在怡红院里的鹰犬"，充当"封建的教鞭"，"以为封建势力效劳为手段，猎取姨太太的荣利"，在"柔媚姣俏、温柔和顺"的外表下，包藏着"追逐封建荣利"的思想。尽管他也看到了袭人"没有完全溃烂的""劳动人民的良心"，具有"阶级同情心"，但前提是"不影响个人利益"，甚至说她对宝玉也不是真的忠，只是忠于"自己的利益"，袭人的再嫁就是利益占了上风的结果，认为这样的结局在揭露"袭人这个封建卫道士上是多么重要"。

伪贤形象。张庆善、刘永良在《漫说红楼》之《一字概括人物的得与失》中以清代陈其泰的批评为依据，认为"贤袭人"之"贤"形容袭人褒贬不当。胡文彬在《冷眼看红楼》之《粲花妙舌惯将迎——花袭人之"袭"》中指出"袭人的人品，就是专门'袭人'"，"她的功夫是在'贤'的掩护下'偷袭'——暗地里进谗言，二是目标集中，这是她的最有功力的两招"②。及至他的《入迷出悟品红楼：〈红楼梦〉的一种现代解读》之《妄自温柔和顺——说袭人》③篇就具体化了，"袭人，虽然外表温柔和顺，但骨子里却总是奴颜媚骨"，对袭人进行了定评；随后还以凤姐送给她的"天马"皮大衣作比，认为袭人外表"温柔和顺"，里面则是"沙狐""草狐"肚子底下的毛皮拼成的，"是一个道地的假货"。他还认为曹雪芹对袭人所用的"贤"字"骨子里""是嘲讽"，对袭人的判词仅指"安排的结局，而非她的人格"，即"枉费心机，仍与'公子无缘'"。他把袭人的人格归为"袭人"，且是在"'贤'的掩护下""目标集中"地"'偷袭'——暗地里进谗言"。

奴才形象。李丹、李兵认为袭人是奴才性格，她的"忠"有作秀成分，

① 朱眉叔.红楼梦的背景与人物[M].沈阳:辽宁大学出版社,1986:348-381.
② 胡文彬.冷眼看红楼[M].北京:中国书店,2001:23-24.
③ 胡文彬.入迷出悟品红楼:《红楼梦》的一种现代解读[M].北京:京华出版社,2007:235-238.

且含有目的性——"出人头地,争荣夸耀"①。黄志鸿、管乔中认为以袭人为代表的女奴隶是"心甘情愿地选择了一条奴才的道路,千方百计地企图爬上封建统治阶级的附庸地位"②的人物。曾扬华在《末世悲歌红楼梦》之《在王夫人与花袭人之间》③中把袭人归为"利用了自己的条件而作出了卑鄙可耻的事情","心甘情愿地充当主子的奴才",认为袭人的"大胆放肆"源自王夫人这座靠山,而王夫人能够厚待袭人的原因是宝钗的夸赞。

刘丽、谷春龙认为袭人温柔和顺性格的背后是"随波逐流",认为袭人是"贾府主子的顺从者",更是"奴隶群中的背叛者",不仅"被统治阶级异化","失去了奴隶的本性",还为了实现她向往中的"贵族的奢侈生活","采取一切手段投靠王夫人"④。

还有一些研究者,比如徐凤仪,尽管不赞成袭人的为人,但能对袭人的一些言行予以肯定。又如,尽管涂瀛本质上是否定袭人的,但仍然能坚持比较客观的态度,认为袭人没有杀黛玉,只是替贾母"背锅"了。这些都属于正、负皆有之评。诸联就花论人,可当作中性之评。冯家青的《红楼梦小品》以袭人"妾身未分明"⑤为由对其不自杀的行为的肯定属于比较客观的评价。

(三)袭人正、反兼有的双面形象研究

1. "陋"中小"贤"

1754—1901 年间及 1902—1949 年间的一部分研究者对袭人的品性是否定的,但同时又认同、理解袭人的一些行为,如徐凤仪在《红楼梦偶

---

① 李丹,李兵.奴才的发家史——试谈袭人形象以及赖嬷嬷一家[J].红楼梦学刊,2006(1):325 – 326.

② 黄志鸿,管乔中.《红楼梦》人物形象研究——袭人篇[J].韩山师范学院学报,2017(5):59.

③ 曾扬华.末世悲歌红楼梦[M].天津:天津人民出版社,2019:178 – 181.

④ 刘丽,谷春龙.媖娴遭人妒,诼诟得恩宠——论晴雯与袭人形象的历史意蕴[J].黑龙江省文学学会 2011 年学术年会论文集,2011:155.

⑤ 冯家青.红楼梦小品[M]//一粟.红楼梦资料汇编.北京:中华书局,1964:234.

得》中提到"袭人规劝宝玉,确是良言,惜其后嫁琪官,此时似属笼络"①,字里行间是对袭人的否定,然可贵之处是能坚持"不以人废言"的原则,对袭人的规劝行为予以肯定。又如张笑侠在《读红楼梦笔记》②中对袭人的评价是"一个最能讨人欢喜的人,同宝钗一样,真可谓之'面带忠厚,内藏奸诈'"及充满"妒意",教坏宝玉,但仍承认袭人是丫头中之"上上的人才"。李长之的《红楼梦批判》③一文认为袭人是"性格上的弱者","简直是一只老鼠,鬼鬼祟祟的","处处要讨主人的欢心,自己一点骨子也没有",在后四十回中高鹗对"袭人的懦弱完全形容了出来",尽管"有点过火",然"袭人的性格,却很容易如此收场";在描写个性的技巧上,他认为袭人是描写最为成功的五人(其他四人为宝玉、黛玉、凤姐、宝钗)中之一,且将袭人划为凤姐一群人,是"会入世的人物",只是相比凤姐的"太过",袭人是"不及",同时她"很知道自己的地位,因为社会的关系,她也没有希望能够跳出个人的地位,她也就不想撇却个人的地位",她没有理想,没有接受过教育,没有趣味,属于"被损害者",不该遭受读者之骂。但他不否认袭人的"瞒谎"及对宝、黛爱情的破坏性,还说袭人与宝钗"没有分别",只是"社会地位不一样"。

俞平伯的《红楼梦辨》尽管不专注于人物形象的研究,但是对袭人也多有涉及。在其写于 1922 年 5 月 15 日的《高鹗续书底依据》④一文中,他将袭人嫁蒋玉菡作为高鹗续书的证据之一,通过列举第五回有关袭人的册词,第十九回宝玉的心理活动"谁知这样一个人(袭人),这样薄情无义",第二十八回蒋玉菡所唱的曲子和所说的酒令及酒底、宝玉完成蒋玉菡和袭人汗巾的交换,第七十七回宝玉怀疑袭人与晴雯被逐有关及第七

① 徐凤仪.红楼梦偶得[M]//一粟.红楼梦资料汇编.北京:中华书局,1964:79.
② 张笑侠.读红楼梦笔记[M]//吕启祥,林东海.红楼梦研究稀见资料汇编.北京:人民文学出版社,2001:214-227.
③ 李长之.红楼梦批判[M]//吕启祥,林东海.红楼梦研究稀见资料汇编.北京:人民文学出版社,2001:441-457.
④ 俞平伯.红楼梦辨[M].北京:商务印书馆,2017:45-46.

十八回《芙蓉女儿诔》中的文字等情节,认为高鹗将袭人写成"薄幸"之形象是"不算错"的,但不同意高鹗对袭人"不能守节"的评价。作于1922年6月23日的《作者底态度》一文提到:"从后四十回看宝钗袭人凤姐都是极阴毒并且讨厌的;读者既不能分别读去,当然要发生嫌恶宝钗一派人底情感。其实后四十回与《红楼梦》作者很不相干,单读八十回本的《红楼梦》,我敢断言右黛左钗底感情,决不会这样热烈的。"①他将一百二十回本的《红楼梦》分为前八十回和后四十回,认为后四十回的作者非曹雪芹,而是高鹗,高鹗有意凸显袭人等人的"极阴毒""极讨厌",是偏离曹雪芹之意的,即便曹雪芹有"左"袭人等人之意,也绝不会如此"热烈",也算从侧面为袭人正了一部分名。然到了作于1922年6月25日的《八十回底〈红楼梦〉》一文时,俞平伯又说"袭人应是负心人",还列举了三条证据②:首先将小说中"这袭人有些痴处"解释为"见一样爱一样""得新忘旧"的特征,并且指出这是袭人"将来作负心人底张本";其次根据"袭人底册词",认为"枉自""空云""堪羡""谁知"这几个词已把"作者底愤怒,袭人底负心,完全地写出";最后由宝玉因晴雯被逐而逐渐厌弃袭人的态度,并以第七十七回宝玉怀疑袭人是出卖晴雯的告密者及第七十八回宝玉在《芙蓉女儿诔》中对袭人公然的讨伐为例。

胡兰成在《读了红楼梦》③一文中认为袭人与黛玉、宝钗都没有得到宝玉,只有晴雯得到了宝玉,袭人不比鸳鸯"华贵","她是生来伏侍人的,诸事体贴,尽心尽意。她并不刚强,然而有一种近于愚蠢的自信心。她是注定了不能影响别人的,然而凡事一直有她自己的主意。她有爱有恋,而她的爱很窄狭,她的恋也过于正经——正经,用心,而不够认真。她使人喜欢她,而不能使人爱她。她生在这世界上不至于什么都得不到,可是只

① 俞平伯.红楼梦辨[M].北京:商务印书馆,2017:112.

② 俞平伯.红楼梦辨[M].北京:商务印书馆,2017:176-177.

③ 胡兰成.读了红楼梦[M]//吕启祥,林东海.红楼梦研究稀见资料汇编.北京:人民文学出版社,2001:1034-1037.

有别人需要她,她不能需要别人。她所获得的东西倘若失去,也容易得回来,或另找一件来填补。她的再嫁,伤心了一阵,而在哭哭啼啼时也还是很听话很安分的"。

王睨的《红楼人物小谈》之《袭人》①中认为袭人是"很明白世事的人,不单把人家看得明明白白,而且把自己也看得很清楚",袭人"知道她有爬到主子地位的希望",故"拼命爬";宝玉出家后,袭人明白宝玉"不单不爱她,而且恨她",便嫁给了蒋玉菡。他一面肯定袭人的才能,一面否定袭人在恋爱上"用手段",故"得不到真正的爱而失败"。

王昆仑的《〈红楼梦〉人物论》在《红楼梦》研究中占有一席之地,其开篇的《花袭人论》几乎代表了当时袭人研究的最高成就,更为以后的袭人研究奠定了基调。他对袭人的评价采取了一分为二的观点,先从袭人的名字入手分析,认为"宝玉在红尘生活中,朝夕不离、关系最近的"②不是黛玉、宝钗,也不是贾母、王夫人,而是袭人,因为他看到了袭人对宝玉的尽职与忠诚。但更多的还是给予袭人批评,他将袭人与宝钗归为一个类型,而宝钗正是"正统思想的现实的功利主义者"③的代表人物,他对袭人的批评就是基于袭人为了"攀取"宝玉姨娘这个现实的、功利的地位而采取的诸如工于心计、欲擒故纵、努力争取上层之手段,是"奴仆群中委曲婉转以媚主求荣的奴才代表"④,也是"统治者所使用的面貌温和的鹰犬"⑤,尤其嫁给蒋玉菡的结局更是高鹗给予袭人的难堪之嘲讽。他对袭人的否定既有为人处世方面的,更有阶级对立方面的。不同于前两个时期的袭人研究,本期的研究中更多地受到当时政治大环境的影响。

① 王睨.红楼人物小谈[M]//吕启祥,林东海.红楼梦研究稀见资料汇编.北京:人民文学出版社,2001:1117-1118.
② 王昆仑.《红楼梦》人物论[M].北京:北京出版社,2011:3-4.
③ 王昆仑.《红楼梦》人物论[M].北京:北京出版社,2011:1-2.
④ 王昆仑.《红楼梦》人物论[M].北京:北京出版社,2011:12.
⑤ 王昆仑.《红楼梦》人物论[M].北京:北京出版社,2011:14.

李婍在《红楼女儿梦》之《袭人：散落在温柔之外的色彩》① 中认为袭人除了"温柔"这一主色调外，还有"别样的色彩"，是一个"多重性格的女孩"，比如阴险的温柔等，并将袭人的所作所为都归为"一个温暖的归宿"宝玉，看到了袭人的可怜，也看到了袭人的"做法太自私"，"有意无意地伤害了别人"。

刘世芬在《看不够的红楼梦，品不完的众人生》之《雪渐渐》中有两篇涉及袭人。在《袭人：自有"渔郎"来问津》② 篇中，她分析了袭人的"好""坏""悲""喜"，认为袭人有像母亲、姐姐及情人之"好"，袭人之"坏"主要表现在对晴雯和黛玉方面，袭人之"悲"在于"取得世俗中的再多成功，不及晴雯眉尖轻蹙的那一抹浅笑"，袭人之"喜"在与蒋玉菡"避世隐居"。《漫议平袭钗》③ 篇将袭人与宝钗进行对比，认为袭、钗二人"行为端正，八面玲珑，浑身上下都是礼义廉耻、传统道德规范的楷模，圆滑，谨慎，殷勤，心机"，"眼里心里盯住一个宝玉，却不懂宝玉的心"；平、袭两人，袭人输在"气度"，同为"似妾非妾"，相比平儿的"自持自爱"，袭人"凭侍弄娇"；平、袭、钗三人，共同点是智慧与理性，但袭人的智慧是"充满愚蠢的奸计"，袭人的理性有"钓鱼"之嫌。

萱羽在《夜话红楼》之《袭人》④ 中将袭人置于即将"鱼眼睛"化的位置进行分析，认为袭人是作者心中的正面人物，尽管她有攻击黛玉、控制宝玉的行为，但是作者只将以上行为归于生存之需，而在萱羽自己的研究中，将袭人与宝玉的关系定位于"精神倾诉"，得出袭人与宝玉立场相悖的结论，还说袭人最终也不是"贤妻良母"，因为袭人对

---

① 李婍. 红楼女儿梦 [M]. 南京：南京大学出版社，2011：118－121.

② 刘世芬. 看不够的红楼梦，品不完的众人生 [M]. 沈阳：辽宁人民出版社，2019：71－79.

③ 刘世芬. 看不够的红楼梦，品不完的众人生 [M]. 沈阳：辽宁人民出版社，2009：80－91.

④ 萱羽. 夜话红楼 [M]. 南京：江苏人民出版社，2016：147－150.

宝玉有"控制"行为，可见对于袭人，萱羽是否定多于肯定的。

2. "贤"中小"陋"

聂绀弩在《略谈〈红楼梦〉的几个人物》① 中提及"袭人不是坏人"，相反是拥有"高贵的灵魂"的封建社会的"贤妻"，因为"她悲悯宝玉，要把他从邪路上，从'丑祸'中抢救出来"，他把袭人与宝玉的相持定义为一场封建与反封建的斗争，同时也看到了袭人崇高中的庸俗，"一碰到恋爱，一碰到性灵生活的要求，身心解放的要求，稍为远大的理想，它就暗然无光，成为人的累赘"；袭人出嫁时仍给予宝玉留住麝月的建议，算是"一心念着宝玉"，尤其宝玉落魄后袭人还和蒋玉菡一同"供奉"宝玉夫妇，这是袭人的"有始有终"，也是袭人的高尚之处，但又认为此"崇高"，是"封建社会的崇高"，"是封建社会把她（也是把一切妇女）的权益剥夺得一丝不剩了，才使她（她们）不得不完成的"，还说袭人是"封建道德的牺牲者"，即袭人既是封建道德的代表者，同时又是牺牲者。

徐子余认为袭人是封建社会下层的贤女子，同时又说袭人有"好名"之病，是"一个有好名之病的贤人"②。

华世屏③将袭人定位为"称职的忠于主子的出色奴才"，但也挖掘了袭人"丰富复杂"的社会属性和自然属性，看到了袭人"温柔和顺"和"巧言令色"的双面性、对宝玉"真切深情"和"自觉按主子旨意，拿封建礼法有意无意地束缚"宝玉的双面性及"对同类佼佼者的不露声色的妒忌"和"对同气相投的同类者不幸和失误的同情"的双面性，同时也有"对主子放债纳妾等行径的不满与轻责"和"讨好'上头'巴结'上头'的诸种媚态"，是"一个被统治者及统治思想奴化了的但

---

① 聂绀弩. 略谈《红楼梦》的几个人物［M］//红楼梦研究集刊编委会. 红楼梦研究集刊：第一辑. 上海：上海古籍出版社，1979：61 - 64.

② 徐子余. 花袭人新论［J］. 红楼梦学刊，1992（1）：95.

③ 华世屏. 也说花袭人［J］. 牡丹江师范学院学报（哲学社会科学版），1995（2）：52 - 54.

人性的诸种光辉又不曾完全泯灭的女孩子"。

曹立波在《红楼十二钗评传》之《袭人——花飞莫遣随流水》① 中提及袭人之情、袭人之才及袭人的结局:对宝玉的痴情、对弱者的同情及不乏友情和亲情之情;"心思缜密,体贴他人"的"贤中之明","忍气吞声、顾全大局"的"贤中之德","遇事镇定、处事有方"的"贤中之能"之贤才;被迫嫁给蒋玉菡之结局。其中也穿插对比研究,认为"袭人之贤近似宝钗,袭人之情则更像黛玉",比晴雯多了"韧性和张力"。他对袭人的态度是肯定为主,但也看到了袭人"不厚道的做法",并将之归因为"私心"及"自保",而不是道德层面上的谴责。

3. "贤""陋"均等

林文山在《枉自温柔和顺——论袭人》② 一文中首先肯定了袭人是个忠心耿耿的丫头,尤其是心里眼里只有宝玉的忠心,表现为"尽力把他(宝玉)拉回封建主义的""正轨";其次不否定袭人身上"有着讨厌的奴才品格":

> 津津乐道地赞赏美妙的奴隶生活并对和善好心的主人感激不尽(列宁)。她已经不仅仅是"劳作较少,并且失去了悲愤",还能"从奴隶生活中寻出美来,赞叹,抚摩,陶醉","使自己和别人永远安住于这生活"。鲁迅把这种人归入"万劫不复的奴才"。袭人只能是这一种奴才。

他将袭人总结为"一个驯服的奴才"和"一个枉自温柔和顺的奴才"。

伍爱霞③认为袭人是有"奴性"的,但她"信守主流道德",不必受苛责;她安分守己、息事宁人、忠于职守,也非"小人"。

---

① 曹立波. 红楼十二钗评传 [M]. 北京:清华大学出版社,2007:218 - 227.
② 林文山. 枉自温柔和顺——论袭人 [J]. 红楼梦学刊,1984 (4):163 - 178.
③ 伍爱霞. 花袭人形象浅析 [J]. 咸宁学院学报,2009 (5):55 - 57.

李庆信在《说不完的红楼梦》之《袭人的二重人格角色》① 中将袭人定义为"不好不坏、亦好亦坏、中不溜儿的常人",还从与宝玉关系的角度,提出其"扮演的人格角色及所遵循的道德准则""具有某种二重性"的观点。他从袭人既照顾宝玉的日常起居,又尽力"保全"宝玉"一生的声名品行"的行为论证了其人格的二重性,即贴身丫头和守护人;从袭人律己和律人的不同标准论证了其道德准则的二重性,即以奴性十足来律己,以正统的做人之道来律宝玉。他还分析了袭人呈现双重性的原因在她"人格自我、个人欲望和个人感情"以及"身份地位、生存环境及其思想意识所受影响",他肯定了袭人的秉性、心眼及品行,把袭人坏的一面归结为"某些思想意识"及"受这些思想意识支配的个别行为",且这些坏的思想意识并非袭人所有,而是当时社会尤其是贾府的影响,故他将袭人总结为"思想意识上深受封建统治阶级影响、能自觉顺应其不同角色需要及不同道德规范的温驯奴才",而非"居心叵测、道德败坏的奸人和坏人"。

李希凡、李萌在《传神文笔足千秋——〈红楼梦〉人物论》之《情切切良宵花解语——花袭人论》② 中不仅肯定了袭人作为怡红院中主事的大丫头的称职,"她忠心耿耿、任劳任怨,做事妥帖周全,把个怡红院管理得井井有条;她很会做人处事,在自己的位置上做得游刃有余。她有着'心中眼中只有一个宝玉'的'痴忠',还有着时时用封建礼教'箴规'宝玉的'贤德',更有着念念不忘维护封建伦理道德和骨子里反对宝黛爱情的坚定不移的立场。在她'温柔和顺'的外表下,深藏着一颗以改变贾宝玉为己任的百折不挠的坚韧的心"。他们也批评了袭人除"痴忠"和"贤德"之外的"思虑长远的心机,甚至排除异己的手腕",认为袭人总体上是个"工于心计、性格复杂的人物"。

---

① 李庆信. 说不完的红楼梦 [M]. 银川:宁夏人民出版社,2009:160-167.
② 李希凡,李萌. 传神文笔足千秋——《红楼梦》人物论 [M]. 上海:东方出版中心,2017:390.

第三章 袭人形象研究述论

093

林方直①看到袭人"既有朝阳的一面","更有朝阴的一面",且袭人的"阴面"是其本质的一面,"阴面"包括袭人花心、变节、狐媚、讨好上层、告密、嫉妒等。

刘润芳在《从袭人性格的前后变化看高鹗续书的得失》② 一文中将袭人形象分前八十回和后四十回两个阶段进行研究,认为前八十回中的袭人是"求'进取'而不行刻薄之举,存'争强'之念而不怀奸诈之心,既循礼卫道而又不失温柔娇媚,即集'德'、'谋'、'情'于一身";后四十回中的袭人尽管有动人之处,但较之前八十回有变异,如"尽职不尽'情'","写'情'不近'情'","见柔不见谋"。

(四)袭人中性形象研究

阙名《笔记》说"袭人、熙凤似吴用"③。

蒋瑞藻在《小说考证》一文中提到:"怡红、潇湘之言论,晴雯、袭人之举止,乃至大观园中之风景道路,亭台楼馆,无不历历心目间。"④

史任远在《贾宝玉的出家序》中将袭人、宝钗归为贾雨村一类,"拼命的委屈自己,向上面爬去,挣个一官半职,一以荣宗耀祖,一以无负此生"⑤。

王蒙在《不奴隶,毋宁死?——王蒙谈红说事》一书中论及李嬷嬷吃酥酪时提到:"袭人已经可以用'要回家去了'的言辞辖制宝玉、教训宝玉了。良好的无微不至的无可替代的服务可以成为控制辖制的手段,这很惊人,也很深刻。无微不至的服务使被服务者舒服得习惯得再

① 林方直. 斧钺下的花袭人 [J]. 阴山学刊,2017(1):30-35.
② 刘润芳. 从袭人性格的前后变化看高鹗续书的得失 [J]. 红楼梦学刊,1982(4):295-304.
③ 阙名. 笔记 [M] //一粟. 红楼梦资料汇编. 北京:中华书局,1964:423.
④ 蒋瑞藻. 小说考证 [M] //一粟. 红楼梦资料汇编. 北京:中华书局,1964:425.
⑤ 史任远. 贾宝玉的出家序 [M] //吕启祥,林东海. 红楼梦研究稀见资料汇编. 北京:人民文学出版社,2001:1126.

离不开这种服务了，于是服务者变成了控制者。"①

二、袭人本我形象外的"影子"形象之研究

自第八回"脂批"提出"袭乃钗副"的说法后，后世研究者便循着"影子"的议题不断深挖，或继续纵深发掘"钗副"的内涵，或横向拓展"影子"的范围。

（一）袭人为宝钗影

张新之在《红楼梦读法》中提及"袭人、晴雯乃二人（宝钗、黛玉）影子也"②，陈其泰在《红楼梦回评》第三十一回回评中说"袭人是宝钗影身"③，可作为对"林风""钗副"的进一步说明。蔡元培在《石头记索隐》中提及"袭人为宝钗影子"，并认为"此等曲笔，唯太平闲人（张新之）评本，能尽揭之"④。

解盦居士在《石头臆说》⑤一文中将碧痕、秋纹、琦霞、麝月归为"袭人一党"，"可作宝钗品题"，认为袭人"袭取宝钗之花貌者也，是雪花也；又掩人不备曰袭，谓薛氏之暗攻颦颦也"，是"宝钗化身"。

洪秋蕃在《红楼梦抉隐》中论及袭人时说"能袭人婚姻以与人者也"，且"并不明张旗鼓，如潜师夜袭者然，故曰袭人"，为"宝钗小照"⑥。

---

① 王蒙. 不奴隶，毋宁死? ——王蒙谈红说事 [M]. 北京：北京十月文艺出版社，2008：34.

② 张新之. 红楼梦读法 [M] //一粟. 红楼梦资料汇编. 北京：中华书局，1964：155.

③ 陈其泰. 红楼梦回评 [M] //朱一玄. 红楼梦资料汇编. 天津：南开大学出版社，1985：717.

④ 蔡元培. 石头记索隐 [M] //三大师谈红楼. 南京：译林出版社，2015：57.

⑤ 解盦居士. 石头臆说 [M] //一粟. 红楼梦资料汇编. 北京：中华书局，1964：189 - 191.

⑥ 洪秋蕃. 红楼梦抉隐 [M] //一粟. 红楼梦资料汇编. 北京：中华书局，1964：239.

孙渠甫在《石头记微言》之《释影》中认为"宝蟾侍金桂影袭人之侍钗",且"袭影钗"属于"近影"①。

孙静庵在《栖霞阁野乘》一文中提到:"宝钗之影子为袭人,写宝钗不能极情尽致者,则写一袭人以足之,而袭人两字析之固俨然龙衣人三字。"②

(二)麝月为袭人影

王梦阮在《〈红楼梦〉索隐提要》中曰:"书中袭似钗,麝似袭,而麝口吻终逊于袭,袭终逊于钗。"③

(三)多姑娘为袭人影

解盦居士在《石头臆说》中认为袭人"又袭人者夕人也。《诗》有所谓'莫敢当夕'也者,此则专敢当夕者也。两夕为多,多姑娘者即袭人之影子也"④。

096

(四)袭人为高澹人影

平步青的《霞外攟屑》中说袭人指高澹人。

(五)袭人为雍正影

萱慕的《红楼说丛》从索隐的角度对袭人进行研究,认为袭人"亦雍正影子也","袭人二字,有乘虚掩袭之意,喻雍正……袭取帝位也"。又说蒋玉函(菡)者,"乃藏玺之函椟也,故名曰玉函,且住紫檀堡,明言玺函以紫檀为之","其袭人所赠之猩红裤带,与宝玉换赠

① 孙渠甫. 石头记微言 [M] //一粟. 红楼梦资料汇编. 北京:中华书局,1964:267.
② 孙静庵. 栖霞阁野乘 [M] //一粟. 红楼梦资料汇编. 北京:中华书局,1964:421.
③ 曹雪芹、高鹗著,王梦阮、沈瓶庵索隐. 红楼梦索隐 [M]. 北京:北京大学出版社,1989:30.
④ 解盦居士. 石头臆说 [M] //一粟. 红楼梦资料汇编. 北京:中华书局,1964:196.

玉函之松花带子，皆明指玺绶也”，“至宝玉与玉函，发生暧昧关系者，以喻争储诸皇子外，与传国玺有特别恋爱者，惟此函椟耳”，“袭人后嫁玉菡，极言清室玉步已移，此袭人所争得者，亦只空函而已”①。

（六）袭人为小琬、陈圆圆影

王梦阮在《〈红楼梦〉索隐提要》②中提及“袭人亦指小琬”，又说“分写小琬者七人，人各得其一体”；因袭人本名珍珠，故又说袭人“亦兼指圆圆”。

（七）多人互为影子

权雅宁③认为袭人、宝钗、元春互为影子，并具体为“同一个人身处不同境遇时的影子”，她们三个人分处三个阶层，“但都忠心维护着封建文化的种种规范”，“有着相同的悲剧命运”。这种论述对以往袭为钗影既是继承，又是突破，甚至还具体为“袭人是出身贫贱的宝钗，宝钗是成为贵族的袭人，元春是进入权力顶峰的宝钗，宝钗是时运不济无缘进宫的元春。袭人渴望成为宝玉的姨娘，元春就是宝钗进京时的梦想”。她们尽管属于不同的社会阶层，但她们“努力成为各自小圈子中的最高统领”的目标是相同的，且为了实现各自的目标，她们都做出了牺牲，如袭人“放弃了重获自由的赎身机会”。她们对“自由的争取都从属于奴性灵魂”，表现在对封建法则的主动适应、认同与维护，然却又同时都沦为封建文化的牺牲品，且是“自我祭献”式的。权雅宁还认为曹雪芹极力表现对她们的同情和热爱。

---

① 萱慕. 红楼说丛［M］//吕启祥，林东海. 红楼梦研究稀见资料汇编. 北京：人民文学出版社，2001：672.

② 曹雪芹、高鹗著，王梦阮、沈瓶庵索隐. 红楼梦索隐［M］. 北京：北京大学出版社，1989：18－24.

③ 权雅宁. 封建女性自我祭献的悲剧——论《红楼梦》中的一组“贤”女性［J］. 洛阳大学学报，2005（3）：24－26.

第三章 袭人形象研究述论

第二节 文献中有关袭人形象成因 与袭人遭误解原因研究

一、袭人形象形成原因探究

东郭迪吉在《袭人的身份》[①] 一文中将袭人的"邀宠""肆虐""进谗",甚至"不为宝玉守,出嫁蒋玉函"等问题的关键都归结为袭人"不上不下不奴不主"的特殊身份。

王国维在《〈红楼梦〉评论》之《〈红楼梦〉之美学上之价值》[②] 中分析悲剧的种类时认为袭人没有站在宝、黛之立场是因为"惩尤二姐、香菱之事,闻黛玉'不是东风压了西风,就是西风压了东风'之语,俱祸之及,而自同于凤姐,亦自然之势也"。在得出"《红楼梦》者,可谓悲剧中之悲剧也"的结论的同时也"洗白"了袭人。因为既归为悲剧,则袭人无论怎样做都是这样的结局,流行的"告密说"便失了攻击袭人的立足点。

夏日云在《试谈花袭人的堕落》[③] 一文中分析了袭人堕落的原因,认为主观原因为"极端个人主义和利己主义思想",客观原因为"封建统治阶级的腐蚀拉拢起了极其重要的作用",还认为袭人"对于我们积极开展反修防修、反对资产阶级腐蚀的斗争是颇有教益的"。

---

① 东郭迪吉. 袭人的身份 [M] //吕启祥,林东海. 红楼梦研究稀见资料汇编. 北京:人民文学出版社,2001:879–884.

② 王国维.《红楼梦》评论 [M] //三大师谈红楼. 南京:译林出版社,2015:24.

③ 夏日云. 试谈花袭人的堕落 [J]. 山东师院(社会科学版),1975(5):44–46.

范沟①从心理学范畴分析袭人的性格，否定"袭人对宝玉的尽心竭力"只是为了"谋求、巩固为妾的地位"，而是从"袭人的自身心理因素去分析、认定她这种感情"是"一种年长者对待操心孩子的情态，虽如同姐姐对弟弟一般，却更似母性特有的那种抚爱的表现"，而袭人之所以热衷对宝玉的"操心"和"偏爱"，除了女孩子共同的母性外，主要还因为"袭人自幼被卖到贾府，得不到应得的父爱和母爱，这就必然使她正常的对爱的需求得不到满足，而对他人之爱也得不到释放"，遇到宝玉这个不省事的大孩子，"爱的欲望，就从这个出口集中释放出来了"，"宝玉就成了她补偿心理欠缺的对象"，相比情爱，袭人更看重对宝玉的"照料"及"庇保"。

二、袭人形象研究的矛盾

（一）矛盾现象

1. 相同研究者对袭人形象的矛盾解读

姚燮在《读红楼梦纲领》②一文中提到"王嬷嬷（应是李嬷嬷之笔误）妖狐之骂，直诛花姑娘之心"，然后将宝玉之婢袭人与晴雯、麝月作对比，得出"阴险莫如袭人"的结论，但于结尾处以"各有所短，然亦各有所长"收笔；又将袭人与紫鹃进行对比，"皆出自太君房中，一与宝玉，一与黛玉，迨至宝玉僧，黛玉死，而袭人嫁玉函为妻，紫鹃从惜春逃佛，孰是孰非，知者辨之"；还强调袭人出场时特用一个"者"字，认为"作者有微意"。但同时提到回目上出现的"俊袭人"

---

① 范沟. 寡欲之人有奇情——谈花袭人性格 [J]. 东北林业大学学报, 1987 (15): 71 -74.

② 姚燮. 读红楼梦纲领 [M] //一粟. 红楼梦资料汇编. 北京: 中华书局, 1964: 170 -171.

"俏平儿"等称谓"皆能因事立宜，如锡美谥"，这与他之前对袭人的态度颇有矛盾。

刘心武对袭人认识的矛盾主要集中在袭人到底是不是"告密者"。刘心武在《红楼梦八十回后真故事》之《袭人、麝月之谜》①中认为袭人存在告密行为，且告密的动机是"作为一个女性的内心里坚守的底线，尊严底线，你搂着我你跟我好的时候你的性幻想对象不能是别人"，并认为袭人告密的行为是恶劣的，"实际上就沦为了王夫人的鹰犬"；而到了《金陵十二钗又副册之谜》②一文中又否定了袭人的告密者身份，说"她很真诚，她觉得那是汇报，不是告密，她只是报告事实，没有陷害谁的意思，既没造谣，也没夸大渲染，而且仅供王夫人参考，她心安理得"。

除此以外，俞平伯及聂绀弩等人也对袭人形象有类似的前后矛盾之评，前文已提及，此处不再赘述。

2. 相同研究者对袭人形象的客观分析与主观情感的矛盾

闫红在《误读红楼》之《桃色袭人》③中用大段的篇幅否定了袭人的告密者身份，但字里行间能发现她对袭人的"讨厌"，她将袭人描写为"读书时那特别招人烦的团支部书记"，"她的杀伤力"体现于"在跟老师'汇报'的时候"。尽管闫红也认识到袭人与众人有"迥然不同的美丽"，但在《十年心事梦中人：红楼梦中的情怀与心机》之《大观园里的"宫心计"》④中仍坚持"见识不高，做人拘泥，偏偏又很自信，认为自己那点规矩是宇宙真理，待人温和亲热，关键时候却未必仗义"的评价。闫红理智上坚持客观地分析袭人，然仍不免对袭人带有偏见，

---

① 刘心武. 红楼梦八十回后真故事 [M]. 南京：江苏人民出版社，2010：93.

② 刘心武. 金陵十二钗又副册之谜 [M] //刘心武. 刘心武揭秘红楼梦1－2部. 南京：江苏人民出版社，2012：419.

③ 闫红. 误读红楼 [M]. 天津：天津教育出版社，2007：44－45.

④ 闫红. 十年心事梦中人：红楼梦中的情怀与心机 [M]. 长沙：湖南文艺出版社，2016：70.

根源是传统袭人研究中负面评价的影响及袭人形象多面性的存在。

（二）袭人形象研究矛盾的焦点

袭人形象研究存在矛盾的关键在哪里呢？概括之，主要集中在告密及嫁人两处关键情节的不同认知和解读上。

1. 袭人告密

有关袭人的研究中，很多研究者，甚至"一些学问大家，都把袭人这个告密者坐实了看"①，而"告密"正是历来对袭人的误解之源。

（1）袭人是告密者

涂瀛将黛玉、晴雯之死，芳官、蕙香被逐，秋纹、麝月被离间全部归罪于袭人，坐实了袭人告密的行为，其实就是隐晦地暗示袭人告密求荣。持相似观点的还有青山山农，他认为"袭人通于宝玉，而以无罪谮黛玉，死晴雯"②。

陈其泰在《红楼梦》第七十七回回评中提及："晴雯被谮，不必显言而可见者，某机械皆藏而不露也。而取悦王夫人，则一味揣摩迎合，如应声虫。写袭人正是写宝钗，故观于晴雯之死，而黛玉可知矣。"③

胡文炜认为袭人是"巴结主子，有告密的嫌疑"的小人④。

张燕翔在《〈红楼梦〉中妾群体心理分析》⑤中称袭人故意陷害晴雯，将她的"拉拢下人和排除异己"归为"政客心理"，还提出袭人"挖空心思，帮助贾母和王夫人和王熙凤完成宝玉的终身大事，从而确保自己二姨太的地位不受到威胁"。

① 闫红. 误读红楼 [M]. 天津：天津教育出版社，2007：51.
② 青山山农. 红楼梦广义 [M] //一粟. 红楼梦资料汇编. 北京：中华书局，1964：214.
③ 陈其泰. 红楼梦回评 [M] //朱一玄. 红楼梦资料汇编. 天津：南开大学出版社，1985：738.
④ 胡文炜. 论袭人形象的矛盾 [J]. 红楼梦学刊，1999（2）：110.
⑤ 张燕翔.《红楼梦》中妾群体心理分析 [D]. 保定：河北大学，2013.

吴世昌在《红楼梦探源》之《宝玉的婚后生活》①中提及"晴雯被她（袭人）用恶计撵出园子郁郁而死后"，宝玉便"不喜欢袭人"了，吴世昌视袭人为告密者。

李丽霞认为袭人为了保全宝玉，更为了自己的将来的私心，选择了告密，将袭人归为"传统、务实、自私、精于算计"之人②。

（2）袭人不是告密者

聂绀弩在《略谈〈红楼梦〉的几个人物》③中认为袭人不是告密者，只是"要把她的宝二爷和林姑娘这对痴男怨女从'不才之事'和'丑祸'中抢救出来"，所以"前面说的她对王夫人说的那一段话，就是她从这时起'暗度'出来的'处治'，除了这，其实也未必有别的办法。可是她说得多么委宛呵，只是从宝玉方面说，只是'防患未然'；接触到林姑娘时，还拉上宝姑娘作陪，宁可让宝姑娘背点黑锅来替林姑娘打掩护。忠肝义胆，仁至义尽"。

林文山④认为袭人不是告密者：黛玉方面，以与王夫人谈话中"没有漏过半句"及"拉上一个不相干的宝钗作陪"、没有"踩"贾环等为据，认为袭人在讲"大道理"，而非打"小报告"；晴雯方面，以"一直到下令抄检大观园的时候，王夫人还不晓得哪一个叫做晴雯"为据，得出王夫人原先所说"你（晴雯）干的事打量我不知道"这类话，"只不过是一种讹诈"，那么袭人的告密者身份就无从谈起了。

刘杰、苗怀明否定袭人的告密者身份，原因有三：一是没有陷害晴雯的主观动机；二是袭人在"金陵十二钗又副册"第二名的位次和"贤"字的定评；三是袭人与王夫人的单独谈话仅是就宝玉前途而言

① 吴世昌. 红楼梦探源 [M]. 北京：北京出版社，2013：136.
② 李丽霞.《红楼梦》中信物的叙事功能 [J]. 红楼梦学刊，2020（6）：218.
③ 聂绀弩. 略谈《红楼梦〉的几个人物 [M] // 红楼梦研究集刊编委会. 红楼梦研究集刊：第一辑. 上海：上海古籍出版社，1979：60－61.
④ 林文山. 枉自温柔和顺——论袭人 [J]. 红楼梦学刊，1984（4）：163－178.

的，与告密行为不沾边。

欧丽娟的《袭人论》①中第五部分是对袭人"告密说"的评析，通过梳理袭人主动向王夫人建言宝玉搬出大观园之时间顺序和因果关系，得出袭人进言是"础润而雨，履霜坚冰至"之"防微杜渐的箴言"，袭人"以人情世理之大局着眼"，"以釜底抽薪之根本方式思考"，称得上"客观公允、掌握要点"，且"并无夹讼谗害之意"。同时，欧丽娟通过对"灯"意象之解读，将袭人"惟有灯知道"的告白释为"是心灵在最清晰状态中的一种标记，具有热情和力量，也代表着燃烧自己照亮世界的人生品格，同时在夜的背景下，又体现出一种具有挑战意义的抗争精神，整体便展现出智慧的象征"。紧接着第六部分分析抄检大观园的信息提供者是以王善保家的和费婆子等为代表的邢夫人派、赵姨娘、夏婆子与何婆子姐妹、各房婆子及小丫头奶娘和王夫人处的管家奶奶，而对袭人的怀疑纯属是宝玉"乍然遇到灾难时，强烈的心理震荡之下非理性的表现，是一种寻找'替罪羊'的潜意识反应"，袭人只是承担"莫须有"之冤。

孙玉明再次否定了袭人的告密和对晴雯的出卖与迫害。王琪也提供了一条颇为有力的证据——在抄检大观园之前，王夫人还不认识晴雯②。其实如果结合王夫人撵金钏时的雷厉风行，也不难推断，如果袭人真是在王夫人面前说了晴雯的坏话，那么晴雯被撵的时间一定会提前。

所以可以肯定的是袭人确实有"告"的行为，但并无"密"可言。宝玉住在大观园，喜欢与众姐妹、丫头厮混是大家有目共睹的事实，第三十四回袭人在王夫人处"告"话，也只谈及此两点，至王夫人问宝玉与谁作怪，袭人都回道"没有的事"，之后袭人委婉地解释让宝玉搬

---

① 欧丽娟. 袭人论 [M] //欧丽娟. 大观红楼 4：欧丽娟讲红楼梦. 北京：北京大学出版社，2018：441-455.

② 王琪. 晴雯之死与袭人之冤 [J]. 中共成都市委党校学报，2006（5）：77.

出园子只为防不然，因为大家年纪都大了，姐妹中还有两姨关系的宝钗及姑表关系的黛玉，毕竟"男女授受不亲"，句句属实，其中既无指名道姓的告状，也无夸大其词的渲染，更无密事之迹，袭人如何就成告密者了？反而是王夫人因为金钏儿之事多次试探袭人，袭人也并未将自己发现的宝、黛"不才之事"和盘托出，尽管她对宝、黛之事深感可惊可畏。她只是想借王夫人之力快刀斩乱麻，因为在她的认知里，让宝玉搬出园子就切断了"丑祸"的根源。

宝玉因晴雯被撵曾怀疑袭人是告密者，怀疑的理由十分牵强——别人都能挑出错，为何独挑不出袭人、麝月与秋纹的错？袭人极度自律与恪守职责，本来就挑无可挑，麝月、秋纹是袭人一手调教的，也出不了大错，所以挑不出她们的错实属正常，但正是此处宝玉的无端怀疑，令读者对袭人误会颇深。细究之，首先，袭人并无告发晴雯的动机，尽管袭人有"争荣夸耀"之心，但是晴雯从来不是她向上走的阻碍，因为二人无论从资历还是在宝玉心中的地位，都差太多，且彼时袭人已是领着二两银子一吊钱王夫人亲选的"准姨娘"，故袭人并无生事之必要。其次，袭人个性善良，金钏儿之死，她作为旁观者尚且会暗自流泪伤心，又怎会允许自己成为另一个刽子手？倒是晴雯，心比天高，常寻袭人的不是，袭人都不与之计较，甚至在宝玉生气要撵走晴雯时还带头下跪为晴雯求情。如果袭人真容不下晴雯，那时借宝玉之手"除之"即可，何必拖到现在？袭人对晴雯有过一句之评，说她是一个糊涂人，此处"糊涂人"并无贬义，只是表明袭人对晴雯为人处世的态度——谁会与糊涂人计较？固然晴雯模样出挑，掐尖要强，可每回争吵，宝玉都是向着袭人，且袭人本也非"拈酸吃醋"的性格，告密之举真不知从何说起。

2. 袭人再嫁

（1）再嫁"有罪"

二知道人讽刺袭人再嫁琪官，是"青楼梦矣"[①]。西园主人则将袭

---

① 二知道人. 红楼梦说梦［M］//一粟. 红楼梦资料汇编. 北京：中华书局，1964：98.

人的这种行为比作"琵琶别抱"①。涂瀛在《红楼梦论赞》之《紫鹃赞》中用紫鹃之"至新交情重，不忍效袭人之生"② 讽刺袭人独生。

朱作霖在《红楼文库》之《紫鹃芳官袭人》③ 中提到"之三人者，皆出于生而不出于死者也，而其所以生者亦异焉"，"若有不可不死之义，不可不死之事与情，人方疑其必出于死，即彼亦未尝不以死誓，乃卒屡欲死而终不能舍其生，且伈伈睍睍恶为玉函之妇如袭人者，则是以不死而身愧生者也"，然后将三者对比，认为紫鹃和芳官"之所为，克顺其变者也，虽不死而心独苦矣。惟是为人而至求死不得如袭人者，此际柔情似水，正不知何以为怀也。呜呼！可以讽矣"。朱作霖认为袭人之不死与紫鹃、芳官的"不死而心独苦"不同，袭人是不死且心也不苦，袭人此举对不起宝玉。

许叶芬的《红楼梦辨》一文则认为："袭人之娇嗔婉妒，未尝非学问也，所可深惜者，不能为玉也守耳。辗转柔肠，弗遽引决，昵为情色，遂不自持，一反手间，前功皆罪案矣。吾正不知罗帐四垂，玉菡在侧时，当局者何以自解。第素有好人之目，一朝变相，乃复如此，假惺惺终可恃哉？抑吾闻宝玉之与蒋玉菡狎也，艳句偶拈，罗带亲解，作者如此有深意焉。落花无心，随风位置，造物者弄人，抑人之自取乎？吁可畏已！"④

姚燮在《红楼梦》第一百十九回回评中说"作者极力写袭人痛哭发晕，正深恶其水性杨花，讨好巴结，搬唆他人，为狐媚子，自己再嫁小旦也"；第一百二十回回评中说"此书中人，凡薄命结局处，异样俱

① 西园主人. 红楼梦论辨［M］//一粟. 红楼梦资料汇编. 北京：中华书局，1964：203.
② 涂瀛. 红楼梦论赞［M］//一粟. 红楼梦资料汇编. 北京：中华书局，1964：129.
③ 朱作霖. 红楼文库［M］//一粟. 红楼梦资料汇编. 北京：中华书局，1964：162 – 163.
④ 许叶芬. 红楼梦辨［M］//一粟. 红楼梦资料汇编. 北京：中华书局，1964：230.

全。其背恩再嫁者，惟花袭人一人耳"①，他将袭人别嫁定性为"背恩"。

哈斯宝的《新译红楼梦回批》认为袭人嫁给蒋玉菡的行为属于"不节不贞"②。对任何时代的任何一位女子而言，"不节不贞"这样的评价都是最恶意的中伤，显然哈斯宝对袭人别嫁怀揣了最深的恶意。

沈瓶庵、王梦阮在《红楼梦索隐》③中以袭人嫁玉菡为例，将袭人归为"倚门人物"，"写袭人，其先愈不能舍宝玉，愈足见其后来之无耻。小宛别辟疆时，是何情况，作书人殆不免想像存之"，把袭人当成小宛的"一体"。他们又将袭人指"圆圆"，说"圆圆身侍正伪数朝，其圆熟可想。以袭人譬之，殆女中冯道一流也"。冯道历经后唐、后晋、后汉、后周四朝及后唐庄宗、后唐明宗、后唐闵帝、后唐末帝、后晋高祖、后晋出帝、后汉高祖、后汉隐帝、后周太祖、后周世宗十代君王，被称为"十朝元老"，以"忠君"观念论之，则属不守节之人，本处将袭人喻之，讽刺之意可见。

境遍佛声在《读红楼梦札记》一文中对袭人出嫁的态度是"诋"，且将出嫁行为等同于失身。

柳馀在《红楼梦抉微》④中提到"《红楼梦》于花袭人一类人，深恶痛绝"，然后列举袭人的三次不肯死说明其"靠不住"，并认为书中"不得已"三字是"言言斧钺，字字风霜"，属史家之笔，可见他对袭人的出嫁是持否定态度的。

① 姚燮. 红楼梦回评 [M] //朱一玄. 红楼梦资料汇编. 天津：南开大学出版社，1985：681.
② 哈斯宝. 新译红楼梦回批 [M] //朱一玄. 红楼梦资料汇编. 天津：南开大学出版社，1985：831.
③ 曹雪芹、高鹗著，王梦阮、沈瓶庵索隐. 红楼梦索隐 [M]. 北京：北京大学出版社，1989：21–24.
④ 柳馀. 红楼梦抉微 [M] //吕启祥，林东海. 红楼梦研究稀见资料汇编. 北京：人民文学出版社，2001：366.

题咏形态下的评论①更是将笔触集中于袭人没有为宝玉守节，而是嫁给蒋玉菡的行为，且予以否定。如凌承枢的《红楼梦百咏词》涉及袭人的词牌名为《好事近》："掩泪问东风，何事便抛人去？羞说当年情事，怎商量去住？可怜花也为人疼，人少疼花处。难道罗巾倒换，已将侬分付？"姜祺的《红楼梦诗》在李嬷嬷一诗中提到袭人是"妖狐"，在袭人一诗中也是不留情面地谩骂："商妇琵琶种宿因，移情献媚逐浮尘。请君细按谐声谱，花面丫头花贱人。"周澍的《红楼新咏》之《笑花袭人》篇曰："偶闻细语故生嗔，暗脱青衣备下陈。漏泻春光缘底事，引开情窦竟何人。倾心似觉非争宠，惑主原来善效颦。嫁得优伶是嘉耦，不会终弃紫罗巾。"《红楼梦圆咏》中收集了罗凤藻的《袭人》篇："一种奴星备小星，粲花妙舌惯将迎。嘉肴特赐偏承宠，罗帕深藏早缔盟。郎貌自然饶妩媚，妾身从此始分明。人生一死谭何易，却笑痴儿误用情。"黄昌麟的《红楼二百咏》之《袭人》篇曰："奸雄自古用心长，媚主偏能混善良。卧榻不容人鼾睡，恐惊妖气蔽和光。"卢先骆的《红楼梦竹枝词》曰："姊妹何人数独先，花家娘子自神倦。近来新得夫人宠，不共傍人领月钱。"黄金台的《红楼梦杂咏》之《袭人》篇曰："金箱留着茜香巾，会否前生未了因。从古艰难惟一死，桃花庙内是何人？"杨维屏的《红楼梦戏咏》之《袭人》篇曰："惯将软语激秦嘉，博得闺中众口夸。谁识小心能窃玉，不须绝色便称花。多情欲效鸳鸯死，转念翻怜燕子差。羡煞郑樱桃有福，红巾亲拭守宫砂。"西园主人的《红楼梦本事诗》之《花袭人》篇曰："诗会花气记分明，莫唤珍珠旧有名。谗间姻缘林下美，偷尝云雨梦中情。吃脂屡劝郎多病，护玉先知妾不贞。报道怡红人去也，茜罗带已订三生。"朱瓣香的《读红楼梦诗》之《袭人》篇曰："鼙娘死去郎花烛，公子不归侬上头。郎肯负心侬负义，红罗金锁各恩仇。"东香山人在《红楼梦百美合咏五言排律

---

① 以下题咏评论都选自一粟主编，1964 年由中华书局出版的《红楼梦资料汇编》。

五十韵》中咏到袭人为"桃花怅古祠"。邱炜菱的《红楼梦分咏绝句》之《袭人》篇曰:"燕子筵前罢蹴花,惊心已是夕阳斜。何当迥首春风日,争似秋来未有家。亦思同命学鸳鸯,一着谁教误窨乡。笼络国人多善术,如何不自计收场?"徐枕亚的《红楼梦余词》之《忆秦娥·袭人试梦》曰:"梦昏昏,者番初沐主恩新。主恩新,此时如水,后日如云。爱郎年少解温存,芙蓉帐底试芳春。试芳春,不知狐媚,竟是何人?"沈幕韩的《红楼百咏》之《袭人》篇曰:"茜罗一幅旧温存,箧底寻来也是恩,香梦惊回痴蝶影,柔乡伴住落花魂。爱河枉道盟无负,洛浦空归泪有痕。轻拂宫砂泥郎笑,羞将往事共评论。"

(2) 再嫁"无罪"

冯家胥在《红楼梦小品》中专列袭人,说自己"为千古忍一死者惜,吾为袭人惜",且提出对袭人"勿用深责","读《红梦》者率以不能自决责袭人,吾不能无异议。杜老《新婚别》不云乎:'妾身未分明。'袭人当日或亦碍于旁观者,以至于此"[1]。

108

江顺怡[2]尽管不赞同袭人之为人,但是对袭人别嫁采取了宽容之态:"袭人之不死,则明斥其非曰:孤臣孽子,义夫节妇,不得已三字,不是一概推诿得的。""惟袭人可恨,然亦天下常有之事,而已贬之不遗余力,屡告阅者以申明之。苟非袭人,使金谷园中皆从绿珠坠楼乎?"季新在《红楼梦新评》中也说"至于袭人,虽为小人,然在宝玉,则无以自解于始乱终弃之咎矣"[3],将袭人离开的原因归咎于宝玉,对袭人出嫁给予理解。

聂绀弩认为"封建伦理所要求的守节,是对妻而言;对于妾,几乎

---

① 冯家胥. 红楼梦小品 [M] //一粟. 红楼梦资料汇编. 北京:中华书局,1964:234.

② 江顺怡. 读红楼梦杂记 [M] //一粟. 红楼梦资料汇编. 北京:中华书局,1964:207 – 209.

③ 季新. 红楼梦新评 [M] //一粟. 红楼梦资料汇编. 北京:中华书局,1964:307.

没有什么要求"①，所以不能要求袭人守节，更不能以此否定袭人。

成侼从袭人的出嫁是建立在宝玉离家的前提下，认为"不应该以封建礼教的传统观念去责难这位满带伤痕的弱女"②。

梁归智在《香菱花袭人结局之谜》一文中认为后二十八回佚稿中花袭人是不忘旧主、有情有义之人，从侧面表明他不认为袭人嫁给蒋玉菡有错。

三、袭人形象遭误解的原因探究

（一）袭人本身之故

1. 袭人复杂的性格。孙玉明在《贾府中三个温柔的大丫鬟：平儿、袭人、紫鹃》③ 中认为袭人形象的评价历来褒贬不一，袭人遭贬的原因是众人对袭人有误解：第一，偷试云雨情是"宝玉勾引了袭人，而非袭人勾引了宝玉"，"袭人只是受害者"，且袭人是贾母给了宝玉的，即便发生云雨情，也"并未超越当时的封建礼教"；第二，袭人改嫁罪不在她，因为袭人本来没有嫁给宝玉，这样封建社会的"失节观"也作用不到袭人身上，且嫁给蒋玉菡又在宝玉失踪后，袭人"有权利选择自己的人生之路"。他认为袭人遭人误解的原因主要在其"复杂的性格"。他以袭人有"争荣之心"为例，认为这样的人必有"不讨人喜欢的地方"；又以宝玉、晴雯吵架，袭人劝说的口气为例，认为袭人的"这种自夸的口气，确实容易让人产生反感"。

2. 袭人的"反其道"之举。孙伟科认为袭人形象之所以被误解为

① 聂绀弩. 略谈《红楼梦》的几个人物 [M]. 红楼梦研究集刊编委会. 红楼梦研究集刊：第一辑. 上海：上海古籍出版社，1979：57.
② 成侼. 试论花袭人 [J]. 兰州大学学报（社会科学版），1984（2）：85.
③ 孙玉明. 贾府中三个温柔的大丫鬟：平儿、袭人、紫鹃 [M] //张庆善，蔡义江，沈治钧，等. 红楼梦中人. 北京：中华书局，2008：199 – 200.

耍奸、奴性和虚伪的真正原因是"在《红楼梦》的两大矛盾——父子矛盾、金玉良缘与木石前盟的矛盾中,她都站在了作者所崇扬价值的反面上。缺乏牢荣固宠之术使她失去宝玉,而类似于雪雁似地效忠主子又导致了薛宝钗对于她这个贰臣式人物的扫地出门"①。

(二)宝钗之故

程建忠认为有些研究者受"袭乃钗副"的观点影响,"而传统对宝钗的评价就一直是贬多于褒"②,故对袭人的评价自然也就贬多于褒。

(三)曹雪芹之故、时代之故

范洵提出本来曹雪芹对袭人是"极尽称颂之辞"的,只是因为"在人物塑造方面运用了朦胧美的表现手法,只给读者以感觉和推断的迹象、条件",故"人们对《红楼梦》中人物的把握十分困难"③。

胡文炜④看到袭人形象的矛盾性,并分析了原因:袭人属早期小说中的人物,原本贤淑温柔,脂砚斋对她的印象很好;曹雪芹之后改写时增加了晴雯这一新人物,于是对袭人形象作了较大的改动,但也未对原来的袭人推倒重写,而是适当保留小说原稿的某些写法,故造成了袭人形象的矛盾。他还认为脂砚斋之所以对袭人有肯定性的批语是由于仍停留于原来那个袭人的印象。

王琪将袭人被冤枉的原因归为曹雪芹的笔法:"曹雪芹写得极为高明之处,曹雪芹总是虚虚实实,真真假假,似是而非,似非而是。"⑤

梁归智在《红楼疑案:红楼梦探佚琐话》之《红楼丫头》中分析

① 孙伟科.《红楼梦》与诗性智慧 [M]. 北京:北京时代华文书局,2015:194.
② 程建忠. 纯良的心　不幸的命——也说花袭人 [J]. 成都大学学报(社科版),2008(2):78.
③ 范洵. 寡欲之人有奇情——谈花袭人性格 [J]. 东北林业大学学报,1987(15):74.
④ 胡文炜. 论袭人形象的矛盾 [J]. 红楼梦学刊,1999(2):110-117.
⑤ 王琪. 晴雯之死与袭人之冤 [J]. 中共成都市委党校学报,2006(5):78.

了袭人被冤的原因：一是曹雪芹"虚虚实实、真真假假、似非而是"的写法，他"故意误导读者，造成误读，让读者去琢磨、争论，重新阅读"①；二是时代之隔，读者无法懂时代，自然就读不懂曹雪芹笔下的袭人。同时，梁归智还进一步在《〈红楼梦〉里的小人物》之《怡红院五大丫鬟之二：花袭人》②中进行了解释，认为"曹雪芹写小说爱用写诗的技巧"创作"意境人物"，故"不同时代不同水平不同趣味的读者，从不同的视角，不同的思路，都可以做出诠释，而且都能说得似乎头头是道"。

魏颖、梅先亚③认为对袭人评价的分歧源于作者运用了"春秋笔法"塑造袭人形象，说曹雪芹"总是正面描写袭人温柔、贤淑、容忍、克制、含蓄的传统美德"，而对袭人坏的一面则采用了"削笔"，即一面用"春秋笔法"为袭人掩"非"，表现出明显的"褒"袭人的倾向，又一面"褒中含贬"，表达自己"爱而知其恶"的倾向。曹雪芹"让自己的价值判断、爱憎褒贬沉淀在对人物形象的客观叙述中，将许多彼此矛盾的细节相反相成地组合在袭人身上"，是"造成长期以来人们对袭人性格内涵把握的巨大差异"之源头。

（四）高鹗之故（版本之故）

张爱玲曾在《红楼梦魇》之《红楼梦未完》④中提到续本中秦可卿和尤二姐、尤三姐都被改写了，只剩下袭人，故成了程甲本"唯一的攻击目标"，然后以脂本第六回宝玉"遂强袭人同领警幻所训云雨之事"为例：

① 梁归智. 红楼疑案：红楼梦探佚琐话 [M]. 北京：中华书局，2008：267.
② 梁归智. 《红楼梦》里的小人物 [M]. 太原：三晋出版社，2018：9.
③ 魏颖，梅先亚. 春秋笔法与花袭人的形象塑造 [J]. 中国文学研究，2013（1）：57–59，66.
④ 张爱玲. 红楼梦魇 [M]. 北京：北京十月文艺出版社，2012：31–32.

至甲本已改为"遂与袭人同领警幻所训之事",入袭人于罪。全抄本前八十回是照程本改脂本,所以我们无法知道原续书者是否已经改"强"为"与"。但是因为甲本对袭人始终异常注目,几乎可以断定是甲本改的。

乙本大概觉得"强"比"与"较有刺激性,又改回来,加上个"拉"字,"强拉"比较轻松,也反映对方是半推半就。又怕人不懂,另加上两句"扭捏了半日"等等。一定嫌甲本的"诛心之笔"太晦。

第一百十八回甲本加上一段,写宝钗想管束宝玉,袭人乘机排挤柳五儿麝月秋纹。此后陆续增加袭人对白、思想、回忆,又添了个梦,导向最后琵琶别抱。嫁时更予刻划。

旧本虽也讽刺袭人嫁蒋玉菡,写得简短。他的简略也是藏拙,但是因为过简,甲本添改大都在后四十回。

张爱玲还在《红楼梦魇》之《红楼梦插曲之一——高鹗、袭人与晚君》①中分析高鹗对袭人特别"注目","从甲本到乙本,一改再改,锲而不舍,初则春秋笔法一字之贬,进而形容得不堪",其原因是高鹗将袭人当作自己曾经"势利的下堂妾"晚君,他不愿意面对的晚君的"负恩",在袭人这里却不必避讳,故"大张挞伐"。

白盾②将对袭人研究的种种分歧归结于脂本和程高本版本不同之故,依程高本,袭人是"大观园中的女特务";依脂本,袭人便是"贤袭卿"。他又将袭人遭憎恶的原因归为六大方面,并以客观分析予以一一击破,不啻为袭人"正名"之论。

刘润芳通过对比前八十回和后四十回中的袭人形象,认为袭人前后

① 张爱玲. 红楼梦魇 [M]. 北京:北京十月文艺出版社,2012:44-52.
② 白盾. "贤袭卿"与"大观园中的女特务"——论两种版本两个花袭人 [J]. 济宁师专学报,1998(2):14-19.

有"变异"，并将这种变异归于高鹗的艺术功力与曹雪芹相比相差太远之故。

梁归智在《红楼疑案：红楼梦探佚琐话》之《红楼丫头》中也提到由版本问题引发了有关袭人的审美歧异，后四十回续书作者很明显通过息夫人情节将袭人反面化了，曹雪芹原稿中的袭人尽管比不上晴雯，但是有情有义的。

欧丽娟对"千古艰难惟一死，伤心岂独息夫人"诗句进行解读，指出续书者不仅误读了该诗，也误解了袭人，"是对人性的简单化、评论的庸俗化"[①]，更是续书者"续貂败笔"的证明。

（五）研究者（读者、接受者）之故

闫红[②]结合自身的鉴赏经验，认为大家对袭人的讨伐只是"证明自己不但品质高尚，而且见识不凡"，"这种对个人的刻意证明"自然使得袭人"成了口舌之下的牺牲品"。难能可贵的是，闫红还对自己曾经讨伐袭人的行为作了反思，因为"这样写文章，比较省事与安全，强调道德的立论，总是容易获得呼应，不惮于偏激的文字，总是容易赢得激赏"。

程建忠认为接受者"对文本理解片面、无意误读，或是对人物早存偏见、有意曲解，或是时代政治的影响，或是阅读水平的限制"，这些是袭人"长期受到诟病和贬斥"的部分原因[③]。

梁归智在《怡红院五大丫鬟之二：花袭人》中剖析得更加深入，他从无论在封建正统观念下，还是在革命意识形态下，袭人都受到抨击的现象着手分析，认为社会意识形态和实际操作面的矛盾即社会的虚伪

---

① 欧丽娟. 大观红楼4：欧丽娟讲红楼梦 [M]. 北京：北京大学出版社，2018：416.
② 闫红. 误读红楼 [M]. 天津：天津教育出版社，2007：51-52.
③ 程建忠. 纯良的心　不幸的命——也说花袭人 [J]. 成都大学学报（社科版），2008
　（2）：79.

性和人性的两面性是造成袭人形象分化的原因。

　　人物形象研究本也属研究者发挥主观能动性的产物，很大程度上带有研究者的烙印。即便同一研究者，在不同的阅读阶段，也有可能对人物形象有不同的认知，尤其面对像袭人这样本身就很复杂的人物形象，得出不同甚至相反的结论实属正常，这也正是袭人形象富有层次性的集中表现。

第四章

袭人形象之横向广角研究

通过前面几章的分析和研究，可知袭人形象的研究依然是"常解常新"的论题，那么袭人形象究竟应该采取怎样的研究思路呢？

栾日成在《评王昆仑的〈红楼梦人物论〉》一文中提出："我们应该象（像）王昆仑先生发现'袭人的忠实'那样，挖掘出每个人性格侧面，客观地评判其价值。要当医生，不做法官！"①

白盾在《"贤袭卿"与"大观园中的女特务"——论两种版本两个花袭人》② 一文提出评价袭人的方法：理顺两种版本的关系，"分清它的脉络，就程评程，就脂评脂，就其导向，论其得失"，同时要排除"凡脂皆好、凡程皆劣"的观念。其之后的《花袭人辨》③ 中又增加了于"无私、无我的自由心境中"，"方能从审美中获得心灵的净化、神智的提高和精神的升华"，这样才能对袭人的"全面丰满的生活魅力"达到"深醇的审美享受"之境界。

彭国亮针对袭人的大多数功利性评价提出"从'人'的角度，以'了解之同情'法观照"的研究方法④。

程建忠认为需要"认真阅读小说文本，反复品读，深刻领会，既不主观片面，也不随意曲解"，这样才能"对作家的创作思想、创作方法以及作品的深刻内涵、描写艺术有一个全面的了解和把握"，唯此方能正确解读袭人形象⑤。

梁归智在《〈红楼梦〉里的小人物》之《怡红院五大丫鬟之二：花袭人》中明确提出要适应曹雪芹"用写诗的方法写小说"的特点，要

---

① 栾日成. 评王昆仑的《红楼梦人物论》[J]. 红楼梦学刊，1988（3）：327.

② 白盾. "贤袭卿"与"大观园中的女特务"——论两种版本两个花袭人 [J]. 济宁师专学报，1998（2）：14－19.

③ 白盾. 花袭人辨 [J]. 红楼梦学刊，2003（2）：61－78.

④ 彭国亮. 从袭人形象的评价略探人物形象的研究方法 [J]. 湖北教育学院学报. 2007（4）：10－13.

⑤ 程建忠. 纯良的心　不幸的命——也说花袭人 [J]. 成都大学学报（社科版），2008（2）：79.

用"读诗的方法读小说",即用"读诗的方法读袭人"①,而不是用程高本之"俗"去读。

钟馨将袭人的形象定位于温顺、聪慧、克尽职任及随缘应物,从其比较好的结局中看到曹雪芹对袭人的喜爱之情、偏爱之心,提出对袭人要"正确、理性、客观地分析和看待"②。赵惠莲提出要用辩证的思维认识袭人。

以上方法无疑为解读袭人形象提供了多种思路,简言之,即以客观辩证的态度,抓好文本这一切入点,重视版本差异和作者用于袭人之笔法,要之,是以袭人最为关键的形象为突破口,正如周思源③在解读袭人形象时列举袭人的几个"第一",并以此作为"解读袭人形象的几把重要的钥匙":一是从袭人有名有姓,原名"珍珠"中"可见曹雪芹对她的喜爱",且对袭人的介绍也不吝笔墨,"可见袭人在曹雪芹心目中的重要性";二是袭人"在所有的丫头中戏份最重";三是袭人"是惟一和他实际发生性关系的少女",但仅此一次。

袭人作为曹雪芹及"脂批"笔下饱受赞美之人物,她的"贤"是其形象的重要基调,忠于宝玉的"花解语"形象是她前期的主形象;到了后期,尤其是晴雯被撵冤死、黛玉病死后,袭人与宝玉相处过程中显露出了力不从心的一面,其形象也多表现为"陋"。尽管她的"贤"之形象始终如一,但是随着在荣府地位的变化及与宝玉关系的变化,在一些小细节方面还是表现出了不变中之变。而最有利于对袭人形象深度解读的莫过于对比研究,故本章对袭人形象的分析采取有侧重的横向广度与有深度的纵向对比两种方式进行。

---

① 梁归智.《红楼梦》里的小人物 [M]. 太原:三晋出版社,2018:15.
② 钟馨. 袭人形象小议 [J]. 辽宁师专学报(社会科学版),2011(5):27.
③ 周思源. 周思源看红楼 [M]. 武汉:长江文艺出版社,2013:205-206.

第一节 袭人"花解语"形象解读

袭人的"花解语"别称源自《红楼梦》第十九回回目，这是作者曹雪芹对袭人形象独具匠心又颇具深度的定评。袭人"花解语"的特质首先是如花一般柔美俏丽，却又美而不俗、美且端庄；其次是基于善解人意和识大体、讲策略之品性。究袭人"花解语"之本质，还在她侍主的忠诚与无私，她凭借进退有度的生存智慧及顺中敢争、柔中有刚、稳中带趣的个性特色，使"花解语"之内涵臻于丰富。然"花解语"袭人"解语"无数，却无法"解语"自己的困境，这样的反差不仅为她的人生做了悲剧注脚，也使袭人的"花解语"形象有了更深层次的内涵。

"花解语"一词出自王仁裕《开元天宝遗事》中唐玄宗称赞杨贵妃之语："明皇秋八月，太液池有千叶白莲数枝盛开。帝与贵戚宴赏焉，左右皆叹羡。久之，帝指贵妃示于左右曰：'争如我解语花。'"① 结合莲花意象及史书记载中的杨妃形象，此处"解语花"的含义为善解人意的美女。"花解语"与"解语花"同义，第十九回回目中用"花解语"是为了与回目下联中"玉生香"形成对应关系，且袭人本姓花，将"花"放在"解语"之前，也有双关袭人的"花"姓之意。本回还有针对"花解语"的"脂批"，"然在袭人能作是语，实可爱可敬可服之至，所谓'花解语'也"②，为我们解读袭人"花解语"的特质提供了基本依据。

---

① 张固. 说库（第八册）[M]. 上海：文明书局，1915：78.
② 曹雪芹著，脂砚斋批评，大江校点. 脂砚斋批评本红楼梦 [M]. 南京：凤凰出版社，2010：153.

第四章 袭人形象之横向广角研究

然正如孙源鸿①所论及的那样，"在作品传播过程中，评论家们对袭人呈现出褒贬明晰的二元对立性"，"不管是清代评点，还是近现代论文，袭人成为叛徒、狡诈、虚伪的代表词"，他明确指出这样的袭人形象属于"再造形象"，且"与原作描写几乎呈现出'相反'的样貌"。同时，他提出"回归原典，回到作品自身，结合创作时代，尽可能抛却自我代入"的观点，为客观解读袭人"花解语"的特质提供了基本遵循。

一、"花解语"之花容

在论及袭人"花解语"的特质时，首先应从袭人的容貌进行分析，因为"花解语"之"花"，除了双关"花"姓外，也在暗示袭人如花的美貌，如果缺少"花色"，那么"花解语"只能称为"解语"了。

有关袭人的容貌，文中共有四回提及。第六回以宝玉的视角概括了袭人"柔媚姣俏"②的容貌总特征。"柔"有柔和、柔美之意，侧重性格，但也可归为气质，"温柔可亲"是也；"媚""姣"都有容貌美之意；"俏"除了指容貌美之外，还有体态轻盈、性格活泼有趣之意，那么袭人的长相首先是柔美俏丽的。第二十六回贾芸眼中所见袭人为"细条身材，容长脸面"③。"细条身材"形容身材苗条；"容长脸面"之"容长"始见于《离骚》"羌无实而容长"，朱熹释"容长"为"徒有外好耳"④，即外表好看之意，本处"容长"和"脸面"并列，联系前一句"细条身材"中"细条"修饰"身材"，那么"容长"也应该修

① 孙源鸿. 鸿沟与弥合：论《红楼梦》中的袭人书写与品评策略 [J]. 明清小说研究，2020（1）：121 – 133.
② 曹雪芹著，脂砚斋批评，大江校点. 脂砚斋批评本红楼梦 [M]. 南京：凤凰出版社，2010：50.
③ 曹雪芹著，脂砚斋批评，大江校点. 脂砚斋批评本红楼梦 [M]. 南京：凤凰出版社，2010：211.
④ 朱熹. 楚辞集注 [M]. 上海：上海古籍出版社，2001：26.

饰"脸面"，显然"外表好看"的释义与脸面搭配并不恰当，据前后文推断，本处"容长"应释为"长方"，"容长脸面"即长方脸型之意。巧合的是贾芸本人即为"容长脸儿，长挑身材"，宝玉曾用"着实斯文清秀"[①] 评论贾芸的长相。第二十四回描写小红之貌也说是容长脸，并以"却十分俏丽甜净"[②] 作结，"清"可释为"洁净，纯洁"，"秀"有"美而不俗气"之义，两相印证，可见袭人的长相是美而不俗的。再结合第三十六回薛姨妈"模样儿自然不用说的"[③] 夸赞及第七十八回王夫人"放在屋里，也算是一二等的了"[④] 的评论，能被薛姨妈和王夫人看中的长相，一定不是"妖妖趫趫"式的，因为王夫人最嫌弃这种类型的女子，那么袭人之貌应是美且端庄的。

袭人俏丽、秀气、柔和、端庄之貌无疑具备了"解语花"之美的表象特征。"俏"是脂砚斋所评"可爱可敬可服"之"可爱"的体现，那么"花解语"之"可敬""可服"又该作何解？这便要从袭人的性格、品行方面进行探析。

二、"花解语"之优品

（一）基于善良本性的善解人意

解语的特质首先是善解人意。第三回，黛玉因宝玉摔玉流泪时，袭

---

① 曹雪芹著，脂砚斋批评，大江校点. 脂砚斋批评本红楼梦 [M]. 南京：凤凰出版社，2010：190.

② 曹雪芹著，脂砚斋批评，大江校点. 脂砚斋批评本红楼梦 [M]. 南京：凤凰出版社，2010：196.

③ 曹雪芹著，脂砚斋批评，大江校点. 脂砚斋批评本红楼梦 [M]. 南京：凤凰出版社，2010：284.

④ 曹雪芹著，脂砚斋批评，大江校点. 脂砚斋批评本红楼梦 [M]. 南京：凤凰出版社，2010：618.

人用"比这个更奇怪的笑话儿还有"① 进行疏导，使初来乍到的黛玉很快释然。第二十九回，黛玉和宝玉拌嘴，宝玉又一次摔玉，袭人忙来劝，说两人拌嘴，不干玉事，"倘或砸坏了，叫他（黛玉）心里脸上怎么过的去"②，此处黛玉有一处心理活动，认为袭人的话说到自己心坎儿上了，并得出宝玉不如袭人的结论。这句劝语也为劝和宝、黛两人奠定了基础。袭人也是黛玉在荣府为数不多的知心人。第六十七回，宝玉因宝钗送黛玉家乡之物，怕黛玉睹物伤情而计划派袭人过去作陪就是明证。黛玉清高，能与袭人交厚，足见袭人的善解人意与"解语"之本事。第二十回，李嬷嬷"排场"袭人，黛玉对袭人评价的"也罢了"三字后马上接"脂批"："袭卿能使颦卿一赞，愈见彼之为人矣。"③ 第三十二回，宝玉因湘云无心说了"仕途经济学问"之语，当即给湘云下"逐客令"，在湘云进退两难之际，袭人想到用同样说过此事，且同样遭遇宝玉"不体面"对待的宝钗做比，证明宝玉只是对事不对人，为湘云解了"无妄"之围。

袭人的善解人意源自其善良的本性。第八回枫露茶事件，宝玉因乳母李嬷嬷"倚势"生气摔茶钟惊动贾母，遣人问话时，袭人秉着大事化小的原则回说是自己失手打了茶钟；为挽留无辜受李嬷嬷牵连被撵的茜雪时，不惜以自己做注，使一时冲动的宝玉没有继续下去（尽管茜雪最终被撵）。第三十一回，晴雯寻事挑衅，袭人本来"恼愧交加"，待要行使自己弹压手下丫头的权利，但见宝玉已生了大气，不得不自己先忍了性子好言劝晴雯，晴雯却抓住袭人"我们"的口误，进一步挑衅，使袭人羞愧难当。晴雯继续咄咄逼人，宝玉待打发晴雯出去，袭人用自

① 曹雪芹著，脂砚斋批评，大江校点. 脂砚斋批评本红楼梦 [M]. 南京：凤凰出版社，2010：31.

② 曹雪芹著，脂砚斋批评，大江校点. 脂砚斋批评本红楼梦 [M]. 南京：凤凰出版社，2010：241.

③ 曹雪芹著，脂砚斋批评，大江校点. 脂砚斋批评本红楼梦 [M]. 南京：凤凰出版社，2010：156.

己的一跪挽回了残局。第五十九回，春燕娘打女儿，袭人劝说反遭抢白，待平儿准备将春燕娘发落出去时，春燕娘向袭人求情，袭人"又心软"了。第六十二回，香菱与丫头们玩闹，弄脏了裙子，袭人听了事情的来龙去脉后不仅毫不犹豫地将自己的新裙子拿出来让她换上，还为了避免香菱遭人盘问，体贴地提出帮她把脏了的裙子处理干净再给她。

任谁也无法拒绝带着善意的"解语"，况且袭人也并非只会一味地"善"，她在以善为本"解语"的基础上还有大局观念下讲策略的"解语"。

（二）基于识大体的讲策略

第十九回，宝玉私下里去看回家过节的袭人，袭人乍听宝玉来家，是"忙"跑着出去迎接宝玉的，这个"忙"字描绘了袭人身在自己家心在怡红院的心理。接着"一把抓住"的动作更表现了袭人关心则乱的状态。当听宝玉说只是为解闷出来时，袭人才放下心来，转而为笑。尽管没有长篇之论，却抓住了几个关键词，将袭人的心态从乍见之欢到莫名担忧再到逐渐心安表现得十分生动。当袭人知道宝玉是私自出门时，"复又惊慌"，对宝玉的小厮茗烟一顿数落和问责，其识大体的形象跃然纸上。宝玉违反荣府规矩在先，是该问责，然袭人的身份只为丫头，又当着自己家人的面，显然不能问责宝玉，所以就选择茗烟作为问责对象，先用"这还了得"告知宝玉、茗烟事情的严重性，再以"遇见了老爷""若有个闪失"分析事情的严重后果，借此敲打过于胆大冒失的宝玉、茗烟主仆二人。袭人一边对着茗烟"指桑骂槐"，一边用受茗烟调唆为此事定性，既为宝玉找回面子，又适时为宝玉开脱。送宝玉回去的时候，袭人更是考虑周全，先嘱咐她哥哥去雇小轿或小车，后对此事的知情者茗烟恩威并施，给他些钱买花炮是恩，叮嘱他别走漏了风声，否则他也逃不了干系是威。宝玉私自出门是大事，识大体的袭人通过骂茗烟，既让主子认识到自己的错误，又不伤及他的脸面。袭人遇事

不慌，宝玉已然私自出门，那就尽量确保宝玉在外的安全，并想方设法为宝玉善后。

回荣府后，为劝谏宝玉"迷途知返"，袭人"步步为营""稳扎稳打"的策略也可见其"解语"技术之高超。袭人首先巧借姨表姊妹出嫁之事引出自己也将被放的话题，引得宝玉大惊，从一开始便把握了话语主动权；及待宝玉反驳袭人，罗列其不可能离开荣府的三个假设——"我不叫你去也难""老太太不放你也难""多多给你母亲些银子，他也不好意思接你"① 时，袭人用朝廷宫里都"没有个长远留下人的理""不是没了我就不成事""老太太、太太断不肯行的"② 对三个假设一一破解，且条条说到理上，直把宝玉气到上床睡觉。其实在这之前袭人早已拒绝了自己母、兄要赎她的念头，此处只是欲借赎身之说探明宝玉之情，然后好"下箴规"。而在"下箴规"之前，必须先压住宝玉的气势才能"下"得有意义。宝玉赌气睡觉和满脸泪痕的行为已显出了"情有不忍，气已馁堕"③，与袭人预想的一致，且也明确了自己在宝玉心中的分量，然后才开始步入正题，对宝玉说如果宝玉真心留她，她自然不出去，给了宝玉一线希望后，最后才顺势与宝玉约法三章，果然宝玉当即连用几个"都改"来表示自己改过自新的决心。

第二十一回，袭人因宝玉和姊妹们不顾"黑家白日"地厮闹而担忧，当着宝钗的面发出"姊妹们和气，也有个分寸礼节"之言，也令不轻易夸人的宝钗心中暗夸——"倒别看错了这个丫头""有些识见""言语、志量深可敬爱"④。然后袭人并没有照搬第一次直接"下箴规"

---

① 曹雪芹著，脂砚斋批评，大江校点. 脂砚斋批评本红楼梦［M］. 南京：凤凰出版社，2010：150 - 151.

② 曹雪芹著，脂砚斋批评，大江校点. 脂砚斋批评本红楼梦［M］. 南京：凤凰出版社，2010：150 - 151.

③ 曹雪芹著，脂砚斋批评，大江校点. 脂砚斋批评本红楼梦［M］. 南京：凤凰出版社，2010：152.

④ 曹雪芹著，脂砚斋批评，大江校点. 脂砚斋批评本红楼梦［M］. 南京：凤凰出版社，2010：165.

的方法，因为话说两遍淡如水，且袭人深知宝玉的性子，不能直劝，故改变了策略，用"不劝来劝"的方法引导宝玉"改过自新"，先用生闷气的柔情警示他，再用娇嗔的语言警醒他，后来宝玉果真明白了她的一番苦心，并以玉簪起誓要听她的劝。一向任性恣情、放荡弛纵的宝玉能臣服于袭人，足见其"解语"的本事，也验证了脂批的"可敬"之赞。

三、"花解语"之本色

（一）以忠诚为本的恪尽职责，忠心事主

能令袭人使尽浑身解数规劝宝玉的缘由其实唯有"忠诚"二字，这也是袭人"花解语"特质之本质所在。袭人作为宝玉的贴身丫头，以服侍宝玉为天职，宝玉的吃穿用度一应都在心上：宝玉随身之玉是她"用自己的手帕包好，塞在褥下"，这样第二天佩戴时"冰不着脖子"[①]；给宝玉吃松子穰，要先细心地吹去细皮，再用手帕托着；宝玉的衣物针线活一应亲自上手，偶遇身体不适，也从不敷衍，不惜"越位"央求针线好的湘云代劳；宝玉的扇套旧了，赶着重新打络子；园子里起诗社，惦记给宝玉送茶；宝玉被贾政叫走训话，袭人"倚门立"等；宝玉出去应酬，袭人安心守家；宝玉午休，袭人在旁一边为他赶小虫，一边为他缝肚兜；袭人偶尔外出办事，必要提前安排妥帖伺候宝玉的事宜。第三十九回，李纨说宝玉屋里要是没有袭人，不知要到个什么天地，即是对袭人忠心、尽心的高度褒扬。

第五十七回，紫鹃用黛玉要家去的话私探宝玉的心意，宝玉伤心欲绝，失去心智，情急之下袭人请来李嬷嬷，结果李嬷嬷一句"不中用"使袭人举止大变，来到潇湘馆后不顾紫鹃正在服侍黛玉吃药，上前就是

---

① 曹雪芹著，脂砚斋批评，大江校点. 脂砚斋批评本红楼梦 [M]. 南京：凤凰出版社，2010：73.

一顿责问,"满面急怒,又有泪痕"①,连说的话都夹枪带棒,将紫鹃称为"姑奶奶",说宝玉那"呆子眼也直了,手脚也冷了,话也不说了,李妈妈掐着也不疼了,已死了大半个了"②。"脂评"的"奇怪之语!从急怒娇憨口中描出不成语之话来,方是千古奇文"③ 更是对呈现非常态下袭人形象的点睛之笔。

袭人的出奇、出格之举正流露出她待宝玉的一片赤诚之心,因为关心则乱。

袭人侍主的忠心不仅表现在将宝玉的生活日常放在心上,更加表现在对宝玉名誉的维护和前途的忧虑上。宝、黛间的情愫,袭人是最早的知情者,宝玉错把袭人当成黛玉"诉肺腑",袭人吓得魂飞魄散,当时袭人有一段心理活动,"将来难免不才之事,令人可惊可畏",竟"不觉怔怔的滴下泪来"④。袭人此处所思既不是杞人忧天,更不是小题大做,因为在当时宝玉所言所行已不是离经叛道那样简单,而会使宝玉名誉受损,甚至家族蒙羞,正如欧丽娟所分析的那样"对于完全以'父母之命,媒妁之言'为依归的婚姻规范而言,待月西厢之类的淫欲行为固然会导致身败名裂而万不可行,连心中的所思所想也会因为抵触了'父母之命,媒妁之言'而同为悖德表现,因此,无论只是'私情密恋'或对于婚姻归属的心理想望,都属于'淫滥'的定义范围……换言之,在阀阅大家的眼中,'顺情''风流'即属'越礼'而'伤风教',而不为该等阶级环境所容"⑤。

126

---

① 曹雪芹著,脂砚斋批评,大江校点. 脂砚斋批评本红楼梦 [M]. 南京:凤凰出版社,2010:447.

② 曹雪芹著,脂砚斋批评,大江校点. 脂砚斋批评本红楼梦 [M]. 南京:凤凰出版社,2010:447-448.

③ 曹雪芹著,脂砚斋批评,大江校点. 脂砚斋批评本红楼梦 [M]. 南京:凤凰出版社,2010:448.

④ 曹雪芹著,脂砚斋批评,大江校点. 脂砚斋批评本红楼梦 [M]. 南京:凤凰出版社,2010:259.

⑤ 欧丽娟. 大观红楼1:欧丽娟讲红楼梦 [M]. 北京:北京大学出版社,2018:396.

即便如此，袭人也不过一介丫头，完全可以置身事外，但因之对宝玉的忠诚无私，袭人不仅没有装糊涂，反而积极酝酿避免"丑祸"的对策。恰在第三十四回王夫人叫宝玉身边的人问话，袭人一反常态亲自去回话，就是要行未雨绸缪之策，而她提出的让宝玉搬出大观园住的建议无疑是快刀斩乱麻之举，尽管没有被立刻采用，但至第七十七回亲近宝玉之丫头全部遭撵就验证了袭人当时所言不差，这也正是袭人平时真心为宝玉思虑之故。袭人来见王夫人，有一处"想了一想"的细节，因为尽管袭人所言非虚，但稍有不慎就会使自己陷入"两头为难"的境地，毕竟宝玉是第一个不愿意离开园子的，王夫人但凡疑心她的用心，她将死无葬身之地，如若不是对宝玉的忠诚与无私，袭人何必以身试险，又何必冒险"解语"？不言其他，袭人作为丫头能以这份"痴心"待主，也毋怪能焐热一向以"冷面"示人的王夫人的心，也毋怪王夫人内心喜爱袭人不尽。

（二）以不逾矩为底线的进退有度

能"解语"是袭人的本事，能被宝玉选中"解语"才更见袭人的智慧。袭人之所以能成为宝玉的贴身丫头，除了她的美好品性外，还得益于她安分守己，不缺位更不越位的讲原则、有分寸的生存智慧。她对宝玉忠心可鉴，但从不逢迎宝玉的淘气，更不伙同宝玉胡闹。比如前面论及的两次规劝宝玉，都是她在尽力将宝玉往她认知范围内的正途上引，在"劝不醒"宝玉时还会积极寻求外援，如前文论及主动回王夫人问话，其实就是想借王夫人之力将自己发现的"不才之事"消灭在萌芽阶段。她借宝玉挨打之事向王夫人说出自己的担忧，并将落脚点放在让宝玉搬出园子、不与姊妹们厮混上，这样不仅于宝玉的声名、品行有益，也于王夫人有益。袭人身为丫头，能有这样的觉悟实属可贵，且言语间既无僭越自己身份之语，也无指名道姓的挑拨之言。所以很多研究者把袭人当成告密者，还有研究者说袭人"为摆脱卑贱的身份和苦难的命运，苦心经营了那么久，也是令人同情的，然而断不该为了自保而出卖他人"①，实际是误解袭人的一番苦心了。

贾母曾认为袭人不爱言语，还将袭人比喻为没嘴的葫芦，其实袭人不仅"有嘴"，还是个嘴上有把门的、内心有想法的"葫芦"。袭人常与湘云轻松地开玩笑，却与宝钗只是亲厚，与黛玉只是排忧；袭人与鸳鸯、平儿私下玩闹，但在其他场合却从不逾矩；袭人也与宝玉房中的丫头逗趣，但很注意分寸的拿捏。袭人曾经待候过湘云，主仆关系融洽而亲密，通过湘云家去后还惦记专门给袭人送戒指及袭人也总不忘给湘云送吃食可见一二。袭人年纪长于湘云，加上湘云爽朗恬阔的性格，故袭人敢于也乐于跟湘云开玩笑。宝钗是典型的封建淑女，从不逾矩，黛玉心思细腻，敏感多思，袭人便用亲厚和善意待之。袭人与鸳鸯、平儿是从小无话不谈的闺中姐妹，所以她们之间有很多"促狭"之语，但即便如此，在碰上月钱没有按时发放这样的公事，袭人也只是私下里打听了原因，而没有借用平儿的关系搞特殊。袭人与晴雯都是宝玉身边的丫头，一开始晴雯对袭人多有不服和总是冒犯之时，袭人只用自己的善良和容忍对之，待两人关系融洽后，互相打趣倒也成了日常的消遣了。第三十七回，秋纹得了王夫人赏赐，与众人分享喜悦时，晴雯笑着"打击"秋纹，两人言语间就说到了上次袭人得赏赐的事情，晴雯使坏，秋纹不知就里将袭人与狗相论，大家都起哄，还将袭人比作"西洋花点子哈巴"狗，袭人也只是"笑"，戏说她们是"烂了嘴的"。本回的"吵闹"也是晴雯带头，但显然不同于第三十一回晴雯带头挑衅的"吵闹"，此处的"吵闹"更见"闹"，是一派和乐的、调皮的"闹"。袭人和晴雯的关系不再针锋相对，及至袭人主动与晴雯开玩笑之前，有袭人与晴雯携着手回来的情节暗示，因此袭人才与晴雯开玩笑。

---

① 侯宇燕. 细笔新悟《红楼梦》[M]. 北京：新世界出版社，2016：61.

四、"花解语"之绝妙

"花解语"的以上特质是令人"可敬"的,而能长久作为宝玉的"花解语"的袭人更是令人"可服"的。

(一)柔中有刚

宝玉曾在袭人家中与袭人的两姨姊妹有过一面之缘,当宝玉因这样美好的女子竟没在荣府当差而遗憾感叹时,一向温柔和顺的袭人发出了冷笑,并很不客气地指出"我一个人是奴才命罢了,难道连我的亲戚都是奴才命不成"[①],可见袭人尽管身为奴才,却并未完全奴化,她是因家境之艰被卖到荣府做丫头的,善良懂事的袭人也是考虑到没有个看着亲人饿死的道理,且自己确实还能卖几两银子救急,无奈之下顺从自己被卖的命运。但顺从并不代表认命,袭人在贾府为奴,处处恪守本分,事事谨慎小心,看似谦卑低下,实则自尊、自爱、自强。对故意找茬的李嬷嬷和晴雯,袭人拒绝宝玉替自己打抱不平,而选择委曲求全、息事宁人,从无半点恃宠而骄的做派。自己的母亲过世了,未见她为自己及家人求取过丝毫恩典,反而是因她平时的正直做派深得荣府上层的体恤,得到了超过正牌姨娘的待遇。对比同样是面对家人的丧事就无餍足的赵姨娘,袭人的这份沉稳与自爱更令人叹服。故薛姨妈对袭人的做事大方、柔中带刚的夸赞是中肯的。

(二)稳中带趣

尽管袭人的沉稳让人钦佩,然她的可爱俏皮却更深入人心。宝玉晚归,独袭人有装睡引宝玉来"怄她"玩的娇憨行动;雨天有人敲门,

---

① 曹雪芹著,脂砚斋批评,大江校点. 脂砚斋批评本红楼梦 [M]. 南京:凤凰出版社,2010:150.

袭人去开门，既有"可开就开，要不可开，就叫他淋着"的俏皮语言，又有开门后看见是淋得像落汤鸡一样的宝玉时"又是着忙""又是可笑""笑的弯腰拍手"① 的俏皮行动。

袭人也乐意与人玩笑。第三十二回，因湘云定亲之事，引出十年前曾与湘云的小女儿之话，湘云害臊，转移话题，说袭人待自己不似之前亲厚了，袭人笑答是因湘云拿的主子的款，故而自己不敢亲近，带着几分青年女儿的狡黠，将实心眼的湘云逗得又是发誓又是"表心迹"。第四十六回，袭人在园子里撞见鸳鸯、平儿谈心，她调皮地藏到山石背后，待鸳鸯说出即便是娶自己做大老婆也不去的话时，才"哈哈的笑"着出来，并打趣鸳鸯是"好个没脸的丫头""不怕牙磣"②，待明白了鸳鸯的苦恼后，还故意"伙同"平儿为鸳鸯出"歪"主意，让老太太亲自跟贾赦说鸳鸯已经许给宝玉做姨娘来打消贾赦的念头，多么促狭，又多么可爱，使鸳鸯又急、又气、又臊，一幅亲密无间与有趣的闺中姐妹玩闹图跃然纸上。第六十二回，晴雯戏说自己无用，让芳官一个人侍候宝玉就够了，袭人先"夸大其词"，说别人去了使得，独她去不得。晴雯拿出摔坏扇子时宝玉生气的话反驳袭人，说自己懒笨，性子不好，是第一个要去的，袭人便顺势引出晴雯带病为宝玉补孔雀褂子之事，还打趣晴雯，平时尽跟她"拿三撇四"，"懒的横针不拈，竖针不动"，偏偏她离家之际，晴雯自己又病得"七死八活"，竟"一夜连命也不顾"③地为宝玉补孔雀褂子，这是何故？一番逗趣的话把伶牙俐齿的晴雯说得只能"佯憨"和"笑"了。

安分守己、忠于职守的袭人，用她特有的温柔与善意、稳重与刚

① 曹雪芹著，脂砚斋批评，大江校点. 脂砚斋批评本红楼梦 [M]. 南京：凤凰出版社，2010：247.
② 曹雪芹著，脂砚斋批评，大江校点. 脂砚斋批评本红楼梦 [M]. 南京：凤凰出版社，2010：361.
③ 曹雪芹著，脂砚斋批评，大江校点. 脂砚斋批评本红楼梦 [M]. 南京：凤凰出版社，2010：489.

强、幽默与俏皮的人性光辉为其"花解语"的特质做了完美诠释。然即便袭人有如此魅力，也并不代表她的人生因此能够圆满。比如尽管袭人全心全意地为宝玉"解忧"，却从未真正走进过宝玉的心灵世界；尽管宝玉对她千依百顺，却无法给她有归所的爱。袭人与宝玉尽管是在红尘生活中关系最近、朝夕相伴的主仆、情人，但因出身之故，宝玉的内心是她无法企及的。至于萨孟武先生凭袭人对宝玉说过"作出个爱读书的样"就认为其在教导宝玉虚伪、欺骗，是误会袭人了，袭人委实不明白读书究竟有什么好，只是她所见的"正常人"都在读书，所以本着为宝玉好的赤诚就"死"劝宝玉读书，恰恰这句寻常话暴露了袭人只能是宝玉生活上的得力助手，而达不到精神层面的相通。况且宝玉博爱，钟情于每一个美好的女孩，他待袭人和黛玉的爱尽管与众女孩不同，然正如他对黛玉可以"原宥黛玉的千万个误解以表示他坚贞、专一的爱情，但是在严酷的婚姻现实面前，则唯有俯首听命而已"① 那样，他也同样给不了袭人寻常男子可以给的庇护与安宁，而这恰是袭人毕生之所求。

刚柔相济、幽默风趣的"解语花"能为身边人解语、解忧，独对自己的困境无能为力，这不能不说是一种悲剧。而这一悲剧的"演成"竟在她与宝玉"人生见地之冲突"，即"所爱各有不同，而个人性格与思想又各互不了解，各人站在个人的立场上说话，不能反躬，不能设身处地，遂至情有未通，而欲亦未遂。悲剧就在这未通未遂上各人饮泣以终。这是最悲惨的结局"②。

① 贺信民. 红深几许:《红楼梦》面面观 [M]. 北京: 中国社会科学出版社, 2015: 22.
② 牟宗三. 红楼梦悲剧之演成 [M] //吕启祥, 林东海. 红楼梦研究稀见资料汇编. 北京: 人民文学出版社, 2001: 609 - 611.

第二节　袭人"陋"之形象解读

如果说"解语花"是袭人最闪耀的形象，那么"花不解""花无解"就是袭人耀眼形象后的暗淡，可以归之为其形象之"陋"处。《红楼梦》第二十回脂砚斋针对湘云咬舌曾有"美人方有一陋处"之论，实则不独湘云，大凡美人，都不出此论。"一陋"之"一"为约数，泛指"陋"处；"陋"与"美"相对，作"丑"解，或指相貌，或指性格等缺陷。尽管"解语花"袭人极尽贤惠之能事，但也不脱"美人方有一陋"之规律，那么袭人作为宝玉心中所喜"柔媚娇俏"的美人代表，王夫人、薛姨妈等长辈心中"第一稳妥"的贤人，究竟"陋"在何处？

一、袭人之"陋"

（一）袭人的身份之"陋"

袭人本清白小户之家出身，后被家人卖到荣府为奴，这是其出身之一"陋"。她在荣府先后服侍过贾母、湘云及宝玉，一仆侍三主，这是出身之二"陋"。作为宝玉的准姨娘，又嫁与蒋玉菡为妻，一女侍二夫，这是出身之三"陋"。

（二）袭人的相貌之"陋"

袭人脸长。对袭人相貌的直接描写，乃是借初次与其碰面的贾芸之眼——细条身材，容长脸面。"容长"修饰脸面，作形容词，释为长脸。中国传统美人历来以鹅蛋、瓜子脸型为美，当时作者生活的清代更加崇尚纤瘦柔媚美，袭人的长脸型显然不合时宜。巧合的是贾芸本人也是"容长脸"，宝玉还给予斯文清秀的赞美。长脸在贾芸这样的男子身上可算清秀，然对于女性就未必。且本回还以宝玉的视角描写同样是长脸型的小红的容貌后以"却十分俏丽甜净"① 做结，一个"却"字，就暗示了一般情况下这种脸型应该是不很俏丽的。此处长脸于袭人犹如"丹凤三角眼"及"柳叶吊梢眉"于凤姐，不影响整体的美，但会使美打折。

（三）袭人的性格之"陋"

袭人薄情。第三回袭人第一次亮相，作者点出袭人有一"痴"——侍奉哪位主子，心中眼中便只有哪位主子，看似在褒扬其心无旁骛、忠心事主，然细思量，袭人此举对前主子而言终究有些凉薄。湘云就在第三十二回以玩笑的口吻委婉提出过袭人待她不比从前，其实袭人也有过给湘云送吃食的关心之举，但是与以往相比应该是差了许多，乃至以"憨"出名的湘云都有所觉察。袭人的痴心之极竟也是无情之至。

（四）袭人的才能之"陋"

袭人少才学。尽管袭人一直苦劝宝玉读书，然其本人却是"睁眼瞎"，更不明白读书的意义，只是为让宝玉讨长辈的喜欢，就将之作为日常的"事业"。这样她与宝玉只能是生活上的伴侣，而达不到精神上的契合，那么她对宝玉的伴读也就无法达到红袖添香式的境界，只剩下端茶递水式的服务了。

袭人少驭人之才。作为怡红院的大丫头，袭人不能严格约束下属，晴雯经常跟她"磨牙"，小红、四儿等人也"蠢蠢欲动"，既是她宽容所致，也是其无驭人之术所致。芳官一干人吵架，袭人因自己"不会和

---

① 曹雪芹著，脂砚斋批评，大江校点. 脂砚斋批评本红楼梦［M］. 南京：凤凰出版社，2010：196.

人拌嘴"，竟要派麝月出马震慑。身处丫头之首，却不能人尽其用：晴雯女红之妙众所周知，足以应付宝玉在穿戴上的"刁钻"要求，平素却懒得不动针线；小红作为管家林之孝之女，从小耳濡目染双亲处理各种事务，本人处事也老道爽利，本应是怡红院的"外交人才"，却只在后院做些喂鸟、烧水等无关紧要的活计。

袭人不善理财。第五十一回，正值袭人回家去看望病重的母亲之际，晴雯生病，大夫给晴雯瞧病后应付一两银子的诊金，而袭人一手调教的麝月竟不识戥子，将至少二两的银子当成一两的给等候拿诊金的婆子，婆子提醒后，麝月仍然坚持将放银子的柜门掩住走出来，除了不缺钱的因素外，其实就是麝月"不识钱"。正如平儿自作主张将凤姐的衣裳给邢岫烟后众人所评论的那样"若是奶奶素日是小气的……姑娘那里还敢这样了"①，若袭人但凡在钱财上管得紧些，麝月如何敢这样大意？第六十二回，作者也借袭人给香菱衣服之机，说她是个手中"撒漫"的。

二、"陋"之所由

袭人的相貌之"陋"，实属客观所在，然也并非闲笔。"脂批"曾对"近之野史中，满纸羞花闭月"及"莺啼燕语"现象提出批评，因为这种笔法使美人美则美矣，却美得不近情理，也美得毫无特色。作者笔下的众多女子，凭何做到"特而不犯"？鲁迅曾对《红楼梦》中人物之"真"不吝赞辞，认为如实描写和无讳饰是作者描写人物的秘诀。故袭人相貌之瑕疵实既是袭人有别于他人之特色，又是袭人作为真的人物之常情。

袭人的身份之"陋"，多由客观所致。她的被卖是出于要帮家里渡

---

① 曹雪芹著，脂砚斋批评，大江校点. 脂砚斋批评本红楼梦［M］. 南京：凤凰出版社，2010：399.

难关的考量；她的易主，是因其"心地纯良，克尽职任"，深受贾母信任所致；她的别嫁，是因宝玉离家，碍于其"没过明路"的身份，在王夫人的安排下不得不为之。袭人的身份之"陋"，竟是由于她的"位置及关系而不得不然"①。

袭人的性格之"陋"，一由天生，一由生存环境使然。儿时被卖为奴，见弃于家人，袭人用超出年龄的忍耐与尽心事主为自己挣得一席生存之地，始料未及的是，自己的踏实努力没有成为自己进步的阶梯，反倒成了易主的理由，家人不可靠，主人心思不可测，袭人的心慢慢也就"凉"了。连换三个主人后，再勤谨的丫头也不免懈怠，再忠实的丫头也不免有了自己的小算盘。袭人只忠实于现主人，其实就是她由单纯的恪尽职守向急功近利达成自己目标转变的开始，抓住当下机会，利用现有主人，让自己尽快安定下来，别再像物件一样任人送来送去，她痴心事主的背后藏着她想要一个归属的渴望，那些为她提供不了归属感的前主人她便无暇顾及了。

袭人的才学之"陋"，客观上，其原生的家庭环境和次生的成长环境决定了她不可能像黛、钗、湘那样接受良好的教育，加上当时"女子无才便是德"的观念，身份"下贱"的袭人便与才学无缘了。少驭人之才一是因其性格宽容和能忍，二是宝玉身边不乏晴雯、小红这样的"人中翘楚"，稍得重用，就有越过袭人的可能，故袭人看似辖治不了下人，其实是用宽容来纵容，用不闻不问来让其自生自灭——晴雯更加释放天性，终食被赶的恶果；小红不甘寂寞，终被凤姐中途相走。

袭人少理财之才，乃是宝玉不必如凤姐一样在荣府中管家，故袭人也不必如平儿般在钱财上费神；且宝玉吃穿用度的花销无须操心，加之宝玉在钱财上也是"撒漫"的，所以袭人也就乐得多一事不如少一事了。

---

① 王国维.《红楼梦》评论［M］//三大师谈红楼［M］.南京：译林出版社，2015：23.

第四章 袭人形象之横向广角研究

那么这样"陋"的袭人是如何做到宝玉的贴身大丫头的？又是如何很早就被王夫人内定为宝玉的姨娘的？

三、"陋"之所伏

（一）贤能补陋

首先是极尽贤惠、温柔之能事，并以媚、娇憨、俏皮辅之，来笼络宝玉。偷试云雨情，在宝玉的半犹豫半试探和袭人的半推半就中完成，从此袭人在宝玉心中有了"不同于别的丫头"的地位。然后袭人对宝玉"谏箴规"，看似以自己的赎买为借口，其实是以肉体关系为要挟，宝玉不仅无条件就范，而且对其产生了敬意：一个丫头能冒大不韪为自己的前途担忧，这份胆量和见识真正让人叹服，且袭人劝他读书的理由简单到只为讨政老爷喜欢。当然以袭人的身份和见识也说不出"仕途经济"这些大道理，然最朴素的理由却最能打动宝玉。袭人通过能忍、识大体，使宝玉对自己的喜爱之情慢慢变成依恋之情，于宝玉，袭人不仅是丫头，更是情人、亲人和知己。

其次是不遗余力地树立自己贤良的人设，形成良好的人脉圈。比如薛姨妈本是亲戚，并不能常常见到袭人，但因为袭人常能与其女儿宝钗相处，通过宝钗就知道袭人"行事大方""和气里头带着刚强"，并在其妹王夫人前不吝对袭人的赞美。书中第二十一回袭人也确实给宝钗留下了"言语、志量深可敬爱"的印象，两相印证，宝钗为薛姨妈了解袭人搭起了桥梁，薛姨妈客观上为袭人得到王夫人的信任穿针引线。丫头们对袭人也是众口一致地称赞，诸如佳蕙这样不起眼的小丫头都知道袭人"殷勤小心"，并真心钦佩袭人，说袭人哪怕"得十分儿"也是"原该的"，袭人的贤良名声已然有"不胫而走"之势。

再次是取得王夫人的信任。有了良好的舆论做基础，王夫人在与袭人正式"交心"前对袭人已经是誉满于耳了，再加上袭人主动向王夫人靠拢，很快王夫人就"感爱袭人不尽"。第三十四回是袭人取得王夫人信任的关键一回，袭人向王夫人进言的主题本是避免"丑祸"，但是袭人在铺垫的前期就展现了自己是如何苦劝宝玉读书的，表明自己与王夫人乃至政老爷是一条心，为了宝玉步入正途也是殚精竭虑。在袭人发出一番有见地的言论后，王夫人不仅印证了之前有关袭人的良好风评，更对其刮目相看，在王夫人心里，袭人不是通过百般讨好宝玉从而获得宝玉依赖的，而是通过安守本分和坚持原则获得宝玉信赖，有这样贵重人品的丫头在宝玉身边还有什么不放心的？因此王夫人私自将袭人的月银调整到姨娘标准，这既是对袭人最好的褒扬，也是王夫人对袭人最大的信任。

袭人能博得王夫人的信任，还因为她深谙王夫人的喜好。因赵姨娘之故，王夫人平生最厌恶长相妖艳、举止轻佻的女子。赵姨娘年轻时就是凭着出挑长相及甜言蜜语的本事独得政老爷宠爱，王夫人这个正妻人前尊贵，人后寂寥。王夫人既把自己的不幸归因于赵姨娘类的女人，那她就决不能容忍自己及儿子身边再出现这样的女子。金钏儿因为露出了轻佻的苗头，立遭王夫人驱逐；晴雯因为生得太好且言行不稳，也被王夫人寻机撵出了园子，故袭人从来不在衣着打扮上费神，而是坚持安静守拙，苦练贤良内功，用表面的"粗粗笨笨"换来王夫人的放心。

（二）善缘藏陋

袭人宽容能忍、稳重踏实的性格为她带来了好的人缘，好的人缘又为她藏拙提供了坚实基础。

1. 袭人深得小丫头们敬重。袭人对跟自己一样出身但地位低下的小丫头们从来都是以宽容和维护为主：茜雪摔杯被撵，袭人为之求情；芳官被干娘为难，袭人为之做主；坠儿偷窃，被晴雯提前撵走，袭人尤嫌操之过急。正因为和善，袭人受到众人的交口称赞，真正是誉满于耳。小丫头佳蕙说的"袭人那怕他得十分儿，也不恼他，原该的""别说他素日殷勤小心，便是不殷勤小心，也拼不得"① 就代表了绝大多数人的想法。袭人有陋处，但瑕不掩瑜；袭人有陋处，但贤能补陋。

2. 袭人深得上层人物认可及庇护。于贾母，袭人多年勤勉侍候，寡言少事，深得认可，故有赏给宝玉之举；于王夫人，袭人深得信任；于宝玉，袭人深得其心；于黛玉，袭人能以密友处之；于宝钗，袭人能以"见识不凡"居之；于湘云，袭人是半仆半姐的存在；于凤姐，袭人有病中探望之情。李嬷嬷"排场"袭人，黛玉为袭人仗义执言，说李嬷嬷"老背晦"。贾母因为袭人偶尔没有贴身伺候宝玉，埋怨袭人有些"拿大"时，凤姐站出来为袭人辩解，说她只是为了看好屋子，搞好后勤，避免宝玉回去只有冷茶、冷床，几句话说得贾母不仅忘了对袭人的不满，反倒想起了袭人昔日的好处来。

袭人还有一群得力的姐妹们为她护航。在第四十六回，借鸳鸯之口透露了袭人与鸳鸯、平儿、金钏儿是从小厮混的闺中姐妹。鸳鸯之于贾母、平儿之于凤姐、金钏儿之于王夫人犹如袭人之于宝玉，贾母、凤姐、王夫人作为贾府的实际掌权者，在内帏的地位自不用多言，她们的贴身大丫头不仅时时侍奉在侧，事事也能起到不容小觑的作用。袭人与她们不仅有从小的情分做基础，而且袭人严于律己，待人宽容，有忍性，有韧性，日久见人心，加上袭人的主动维护，她们的关系愈发紧密。凤姐生病，袭人探望，于凤姐是情义，于平儿是脸面。凤姐私放印子钱，平儿敢对袭人和盘托出，袭人也敢当着平儿的面说凤姐"没个足厌"，她俩的这种反常之举恰是她俩非凡友情的明证。俗话说"县官不如现管"，事实上这些贴身大丫头们的想法也会影响到她们的主子：凤姐在王夫人和薛姨妈面前对袭人的肯定，少不了平儿吹的耳边风之功；鸳鸯随口说的袭人"跟宝玉一辈子"之语，就是她内心想法的流露，且可以推断平时定也少不了在贾母面前反复提及，否则王夫人想要抬举

---

① 曹雪芹著，脂砚斋批评，大江校点. 脂砚斋批评本红楼梦［M］. 南京：凤凰出版社，2010：209.

袭人之举不会轻易得到贾母的支持，因为贾母心中宝玉的姨娘人选一直是晴雯而非袭人。袭人的"上位"，是多方合力的结果。

（三）"陋"中求进

袭人能得多方助力，并不代表她可以坐享其成；袭人安于守拙，也并不代表她能安于现状。以宝玉乳娘李嬷嬷为代表的长辈仆人寻机就要为难袭人，以晴雯为代表的小丫头们乘机也想造袭人的反，袭人深谙人情世故，如果自己不努力向上爬，只能成为别人的垫脚石。袭人的"争荣夸耀"之心，既是她活下去的动力，更是保命之需。

袭人出身低贱，但胜在稳妥忠心、恪尽职守，故得服侍宝玉的机会；她貌不夺目，但胜在柔美娇俏、温柔可人，故深得宝玉之心；她才能平凡，但胜在明理大方、老实贤良，故提前预定了宝玉姨娘之位。袭人之陋，陋于明处，既是她安分守己、安于守拙之根源，又使她免受"木秀于林风必摧之"之苦，甚至"歪打正着"，暗合了王夫人的心意，为她挣得姨娘之位多添一份保障。

尽管袭人在身份、相貌、性格、才能上都有所"陋"，然她通过贤惠来补拙，用广结善缘来藏拙，化"陋"为美，并以"陋"为武器，实现自己"争荣夸耀"的目标。

四、袭人"陋"之本质

正如之前所提，解读袭人形象应该分段。简单说来，以第五十一回为界，无论是她准姨娘的身份，还是在宝玉心目中的地位，都达到了"至尊"，袭人带着"至尊"荣耀回家奔母丧后逐渐进入"盛极而衰"阶段。与之形成映衬的是晴雯通过病中挣命为宝玉补裘后在宝玉心中的地位逐渐上升，至晴雯被撵冤死，宝玉作《芙蓉女儿诔》后，晴雯在宝玉心中的地位达到至高点，且定格于至高点。麝月也逐渐由袭人背后

的影子转入"台前",独当一面。如果说五十一回之前可算作袭人"花解语"阶段,那么之后便为"花不解"阶段,因为之后袭人与宝玉相处中远比不上"花解语"式的自如,甚至表现出了无能为力的"陋"处。前文所提芳官干娘大闹怡红院,袭人已经表现出了辖治下人方面的"陋"处,及至第七十七回面对宝玉的独挑不出袭人、麝月和秋纹三人错来的疑问,素有"花解语"之称的袭人竟出现了"低头半日,无可回答"① 之举,可见袭人本性老实,遇到无端的猜忌,并无化解之力。

第八十一回,宝玉因迎春引发了人生之叹,无聊之际随手拿书翻看,袭人见宝玉看书便赶紧"沏茶伺候",见宝玉"忽然把书掩上",便"摸不着头脑,也只管站在旁边呆呆的看着他",及宝玉冒出"好一个'放浪形骸之外'"之句时,袭人"又好笑,又不敢问他"②,这一过程将袭人与宝玉人生见地不同、感悟不同、心灵不通的矛盾刻画得非常生动,此处袭人之"陋"实在是"无能"也。袭人前期之所以能为宝玉"解语",大体是基于她的聪明、善解人意和周到细致以及年纪长于宝玉的客观条件之故,袭人凭借自己比宝玉成熟的心智充当宝玉年少时的引航者;而随着宝玉心智的成熟和见识的增长,袭人便逐渐丧失年长的优势,暴露出文化素养的短板,与宝玉在思想上的差距越来越明显,故不仅不能为宝玉"解语",还成为宝玉前进路上的"绊脚石"。第九十一回,宝玉与黛玉通过禅语交流,袭人知道后说黛玉和宝玉两个人"没个计较",宝玉回道"我们有我们的禅机,别人是插不下嘴去的"③,明确指出在思想意识层面袭人也是"别人"。宝玉与宝钗成亲后,宝玉曾纠结于黛玉之死、探春之嫁无法自解,面对宝玉疯疯傻傻之

① 曹雪芹著,脂砚斋批评,大江校点. 脂砚斋批评本红楼梦 [M]. 南京:凤凰出版社,2010:611.

② 曹雪芹著,脂砚斋批评,大江校点. 脂砚斋批评本红楼梦 [M]. 南京:凤凰出版社,2010:643.

③ 曹雪芹著,脂砚斋批评,大江校点. 脂砚斋批评本红楼梦 [M]. 南京:凤凰出版社,2010:717.

态，袭人一度束手无策，只剩下一哭，很明显，在解劝宝玉方面，"先来"之袭人竟比不上"后来"之宝钗了，因为袭人比宝钗少一层"知书"，所以在高难度的劝解层面袭人也就无法使宝玉"达理"了。第一〇八回，宝玉想进园子里祭奠黛玉，袭人只有苦苦地劝、死死地拽；第一一七回，宝玉要将玉还给和尚，袭人唯有"两只手绕着宝玉的带子不放松，哭喊着坐在地上"①，袭人已然不再是先前那个有谋略、有算计，会下箴言的"解语花"了。她在劝解宝玉方面显出的"陋"处，归根结底是她在思想意识方面不再能与宝玉比肩，二者的人生见识存在差异。

袭人之陋，人之常情；袭人之贤，少有人及。贤惠是袭人的标签，同时也是她的武器和铠甲。她性格中的柔弱，通过贤惠，变成了"温柔老实"；性格中的凉薄，借助贤惠，变成了"和气里头带着刚硬要强"。袭人善于藏拙，更善于用"拙"，如果所遇非"离经叛道"的宝玉，如果宝玉最终不曾出家，她的姨娘之位是坐稳了的。袭人之"陋"，又是察言观色和深思熟虑后的有意之为，她表现的"陋"，正是王夫人等人求之不得的"好"，示陋示得恰到好处，也足以化陋为美了。

第三节　袭人贤中有"变"形象解读

前文在袭人生平研究中提及"变"贯穿她的一生，与"变"相随的还有她的形象。然俗话说"江山易改，禀性难移"，袭人在各个阶段表现出的不同的品性与处世方式，仍是基于"贤"的小"变"。

---

① 曹雪芹著，脂砚斋批评，大江校点. 脂砚斋批评本红楼梦［M］. 南京：凤凰出版社，2010：887.

一、原生家庭中的女儿形象

（一）被卖之前的孝顺、懂事形象

从第十九回对袭人身世的补述文字可知，袭人认命于自己的被卖，尽管也有无可奈何，但她对父母的决定予以理解，一句"没有个看着老子、娘饿死的理"① 就凸显了她善良懂事、孝顺明理的形象。

（二）被卖之后回家"省亲"阶段的果敢形象

袭人少时见弃于父母，由清白出身的自由女儿变成了荣府无人身自由的奴婢。尽管从理性出发袭人对自己的被卖是一片理解之情，但情感上却也是有恨有怨的，故在她被卖多年后的一次回家之际，其家人想要赎她出去，她以死明志，于母、兄面前说出"权当我死了"之语。袭人当初被卖，家人实属无奈，现在家里元气恢复就迫不及待地想要帮她脱离奴籍，也是一片想要补偿之心，结果被她死拒，她在向曾经抛弃她的家人表明态度——彼时行为可以理解，但无法谅解。此行为也是她与宝玉有了云雨情的实质性关系，认准自己坐稳了姨娘之位后的任性之举，但她不跟家人推心置腹，只用荣府从来不作践下人搪塞，她用自己的方式让家人处于想赎罪而不得的不安与自责之中。此时袭人的形象是果敢的，甚至带有破釜沉舟式的决绝，为了抓住来之不易的机会，袭人选择在奋力一搏之前先断了家人赎买自己的后路，但仍不可忽略其"贤"的主色调，因为袭人敢于做这样的决定的前提是她家已经恢复了元气，不再需要用自己掏澄钱了。

有研究者因袭人拒绝家人的好意而责怪其凉薄，其实袭人任性、决

① 曹雪芹著，脂砚斋批评，大江校点. 脂砚斋批评本红楼梦［M］. 南京：凤凰出版社，2010：151.

绝的背后有无法言说的苦衷。袭人被卖，不仅缺失了家人之爱，她的命运更是发生了不可逆转的改变。尽管荣府待下人极好，但奴才身份与猫狗无异，袭人从一个贫穷但自由的人变成了主人身边一件"精雕细琢"但无自由、无灵魂的物什，随主人心意，愿意送给谁就送给谁。贾母将她赏赐给宝玉，所幸是待女孩儿一片赤诚的宝玉，万一赐给的是贾环、贾琏那样的人物呢？做了奴才，不仅没有人身自由，连同自己的喜怒哀乐都不能自主，如袭人的母亲去世，袭人受了莫大的体恤和恩典可以回去奔丧，但悲伤的情绪要适可而止，尤其不能带到侍奉主子的日常中。第五十一回，凤姐等人给奔丧前的袭人"盛装"一番，那是为匹配袭人准姨娘的身份而有意为之，本质上装点的还是荣府的脸面。袭人回家奔丧时的一言一行、一举一动都有专人负责，看似贴心伺候的背后既有对外宣扬荣府"知礼"有德、有义的一面，同时又有对袭人无情的盯梢和警示：家人去世，略表孝心即可，毕竟奴才是主人的私有物，奴才的家人并不能越过主人去。准许袭人回家奔丧，也只是王夫人等因袭人准姨娘的身份给予的抬举，并有借机收买袭人的目的，与让袭人尽人伦、照顾袭人丧母的情绪干系并不大。而且完成"表演"的袭人应该马上收起悲伤的情绪，以感恩戴德的姿态投入到自己的工作角色中，如若不然，便会遭到"不知礼"和"拿大"的责难。

奴才本不配有七情六欲，但袭人作为一个鲜活的生命体，压抑自己的情绪是多么痛苦。第十九回，宝玉对袭人的两姨姊妹没来"咱们家"（荣府）无意中流露出颇为遗憾的情绪时，袭人先是"冷笑"，然后是颇为犀利的"奴才"之问。在宝玉表露遗憾情绪之前，他只问"穿红的"是谁，然后赞叹，袭人本能地忽略"赞"，而专在"叹"上做文章，从而揣测宝玉的心意，认为她们这样的无名女子不配穿红，此处既是袭人久做奴才的惯性心理，也是袭人变为奴才身份后自卑心理在作祟。待宝玉说出本意后，袭人用一个"冷笑"、两个"奴才"和一个反问句将自己做奴才后的压抑情绪彻底爆发。宝玉话里话外全是对美好女子由衷的赞及与之无缘的叹，其中也不乏因为敬爱袭人而进行爱屋及乌的讨好，但在袭人听来就格外刺耳，袭人在荣府已经做了多年奴才，其中不易是不足为外人道的，宝玉偏还要继续拉自己家人下水，真真是可忍孰不可忍。袭人此举不是因为宝玉当着自己的面夸另一个女孩子的拈酸吃醋，而是对"奴才"的血泪诠释，是对自己深知奴才不易而仍得为做稳奴才苦心经营的无奈与自嘲。

所以袭人不可能对卖自己的家人毫无怨言，拒绝家人为其赎身可当作是袭人无声的反抗。

二、荣府中的奴才形象

（一）贾母身边忠诚尽职、稳重踏实的丫头形象

袭人被卖入荣府后就成了贾母身边的一名丫头。贾母阅人无数，给予袭人"心地纯良""克尽职任"的评价，应较中允。袭人也正是凭借此逐渐在贾母身边站稳了脚跟。因为无依无靠、单枪匹马在荣府讨生活，袭人更加注意谨言慎行，以至于被贾母戏称为"没嘴的葫芦"。贾母生性喜欢言语爽利、活泼有趣之人，如鸳鸯、凤姐和晴雯，所以原本安静守拙的袭人并不是贾母的心头好，但瑕不掩瑜，她的优点也被贾母尽收眼底，故指派袭人伺候湘云，最终赏赐给宝玉。如果贾母提前发现袭人"花解语"的潜力，不知是否还肯将其赏与别人。

站在贾母的角度，将袭人赏给自己最疼爱的宝玉是对袭人的认可与信任，更是褒扬与抬举；而之于袭人则是奔向未知的命运，战战兢兢却又无可奈何。袭人的讷言敏行形象换来的是贾母的信任，而非如对鸳鸯和晴雯等人那样的偏爱。初来乍到的袭人，只能借踏实稳重却不讨喜的形象来树立自己的"旗帜"。

(二) 宝玉身边最得宠的大丫头及渐失宠的准姨娘形象

宝玉天真地以为袭人和他都是"咱们家"人，但袭人清醒地知道荣府非自己家。那么哪里是袭人的家？娘家显然不是，荣府更不是，宝玉之处应该才是她的家，这是袭人奴才生活中唯一能看到的出路，所以她将经营与宝玉的关系当作毕生的"事业"。袭人与宝玉的关系经历了深受宝玉敬爱阶段、郎有情妾有意阶段、遭宝玉怀疑阶段、被宝玉"抛弃"阶段，这几个阶段同时也是袭人性格和行为发生较大变化的阶段。

第一个阶段是袭人刚由贾母赏赐给宝玉之时，如书中所言"到底是老太太、太太的人"，即便是她们屋里的猫狗都轻易伤不得，何况人哉？加上袭人本人无比的忠心和耐心的服侍及时不时流露出的小女儿之态，如装睡哄宝玉来玩的适度玩闹的有趣之举，此时袭人深受宝玉的敬服和喜爱，宝玉对袭人的称呼是"袭人姐姐"，袭人在与宝玉如仆如姐的关系中表现出了稳中有趣的形象。宝玉善待女孩儿的同时也对女孩儿格外挑剔，故在宝玉这里，袭人光有侍奉贾母时的少言尽职的能耐是远不够的，她得沉稳中带情趣，尽职中有余地，尽管不易，但袭人的用心倒也慢慢打动了宝玉，成了宝玉心中"最喜"，她的大丫头之路格外顺畅起来。

第二个阶段是与宝玉发生云雨情后，宝玉待袭人是"更喜"，"更与别个不同"，袭人也开始对宝玉产生依恋之情。在前一阶段，袭人以留心宝玉的吃、穿、睡、行等低层次的需求为要任，进入本阶段最大的不同便是袭人将关注点放在宝玉的读书和规矩、礼节这些高层次的需求上了。她多次对宝玉下箴规，比较有代表的事件如以自己要家去的条件劝宝玉有个读书样，以不理宝玉的方式劝宝玉收敛总喜欢与姐妹们厮混的性子。袭人越界而不自知，她越是将宝玉当成自己最终的依靠，就越渴望宝玉能早日变成"当家男儿"的模样；宝玉在此时"蜜里调油"的阶段，自然而然接受袭人的越界，不仅不以为忤，反更加叹服袭人，一切为难袭人的人，他都想一除而后快。牙尖嘴利、眼中不揉沙子的晴雯，倚老卖老的李嬷嬷，多次为难袭人，宝玉都曾站出来想为袭人解决困扰，尽管结果是越帮越忙，因为他越维护袭人，同类丫头就越会"拈酸吃醋"，他越抬举袭人，长辈仆人就越会羡慕、嫉妒、恨，无异将袭人置于炭火上炙烤，但是其待袭人之诚意与真心实实可鉴。

云雨情的发生实属突然，却也是必然，袭人用童贞换来了她对人生的另一种规划。她维护与宝玉的密切关系，协调与众丫头的关系，将不和谐的因素尽量控制在最小的范围。她主动与上层搞好关系，尽力按照上层的心意来"塑造"宝玉。宝玉和上层对自己不一样的待遇让袭人看到了当姨娘的曙光，甚至给了她一种"非她莫属"的错觉。

在这种姨娘光环的照耀下，她的内心发生了改变，反映到行为上首先便是与宝玉"心近行远"。第七十七回中有一处细节描写，"原来这一二年间，袭人因王夫人看重了他了，越发自要尊重"，尤其是背人之处"总不与宝玉狎昵"①，她主动开始用大家门户的姨娘标准要求自己，也不会再有装睡哄宝玉玩的小情趣了。其次，将心思由小儿女方面转移到关心宝玉的正事上面。第十九回和第二十一回，袭人不断给宝玉下箴规，要将心思全在姐妹、女儿身上的宝玉劝到读书的"正途"上来。关于读书，袭人本没有什么识见，只是本能地感觉读书能给宝玉挣得安身立命之本，宝玉稳当了，自己也就稳妥了。袭人的劝谏有勇有谋，可圈可点，用力颇深，将自己的韧劲发挥到了极致，甚至有些不像笨嘴拙舌之袭人所能做出的壮举，其实那是久溺于水中之人忽然看到救命稻草后拼命自救的本能反应，袭人视宝玉为自己的救命稻草，故有全力以赴的执着。再次，她开始选择性地"社交"，这种选择是针对宝玉将来的准奶奶而言，由安静守拙形象变得"多动"起来。姨娘本质上还是主人的奴才，宝玉一旦正式成家，袭人还会增加一位女主人，所以袭人往

---

① 曹雪芹著，脂砚斋批评，大江校点. 脂砚斋批评本红楼梦［M］. 南京：凤凰出版社，2010：615.

后的命运至少有一半是在女主人的手中掌握着，故袭人对宝玉婚事的关心程度不在贾母、王夫人等人之下。在另外一半的赌注中，袭人也没有坐以待毙，她在利己心理的驱使下有意识地选择符合上层心中的、能体恤下人的准奶奶交往，如向宝钗示好。在长期相处的过程中及揣摩"上"意的基础上，袭人的内心更青睐宝钗，并曾为宝钗与宝玉的相处创造过机会，如第三十六回，宝钗来看望宝玉时，她有意出去，留给两人单独相处的空间；袭人也曾主动为宝钗蓄造好的舆论优势，如第三十二回，在为湘云解围时就不失时机地赞扬了一番宝钗，说宝钗有涵养，心胸宽广，叫人敬重。后来宝钗做了宝二奶奶，果真是上下一片和美，袭人前期的"洁身自好"和识礼懂事似乎也为自己赢得了宝钗的信任，袭人仍在宝玉身边贴身伺候，她的努力似乎已见曙光。

在与宝玉如情人如仆的关系中，袭人表现出了"花解语"识大体、顾大局的一面，同时又变静为动，显示出在"花解语"形象掩饰下善于"进攻"的一面。

第三个阶段是袭人经过前期与宝玉无话不说、无事不做的极度信任、亲密关系后，无端被宝玉怀疑的阶段。随着晴雯被撵，四儿、芳官等众丫头被遣，宝玉身边的丫头就剩下袭人和类袭人的麝月、秋纹等人，宝玉怀疑留下的人就是"进谗言"之人。尽管袭人是清者自清，但是一旦被宝玉怀疑，就"万劫不复"了。尤其宝玉在疯疯傻傻后对袭人做出了很多无情之举，还告诉麝月说袭人是靠不住的。袭人把自己的归宿全部系于宝玉一身，却不曾想到宝玉早就生了贰心。在此阶段，袭人表现出了力不从心的一面，即前文提到的"陋"之形象。她没有了情切切"花解语"时的自信和多智，在与宝玉相处中更多地只能用"哭"这样最无力的方式来牵制宝玉，尽管无力，袭人仍在辛苦坚持。

第四个阶段是宝玉顿悟后出家，袭人遭弃出嫁阶段。宝玉只顾及自我解脱，于袭人是既无心也无力了。宝玉的爱曾多么博大，连未曾谋面、只是别人信口开河中的一位姑娘，他都能去为之奉上一支香来略尽心意，而对身边尽心竭力的袭人，他竟不管不顾了。袭人将宝玉视为终身依靠，宝玉只将袭人当成趁自己心意的丫头。

宝玉决然出家，给予袭人致命的打击，遭宝玉抛弃远比遭贾母抛弃的后果要严重，这一次她的人生几乎没有任何出头的机会了。她越努力越不幸，越努力，命运就越要与她为敌。浑浑噩噩中，她退而求其次，希望能让自己留在荣府，尽管男主人宝玉已经无法依靠，但女主人宝钗贞静好相处，她自己勤勉老实，这样的日子尽管没有盼头，但也能继续。她发自内心地为宝玉的离去伤心，也为自己能留下做最后的努力，然她的悲伤在王夫人等人看来是不妥的，是不符合其身份的，即像她这种没过明路的屋里人，连伤心的权利都没有，留在荣府就更显尴尬了，她的最低的生存愿望也被无情扼杀了。

王夫人想过放袭人出去，但唯恐袭人不愿意，做出寻死觅活的举动；也想过将袭人留在身边，但又唯恐政老爷不准。正是两难之际，薛姨妈打着对袭人好的旗帜，建议王夫人委托袭人家人为袭人寻一门好亲事，且薛姨妈主动担任袭人的说客。"泪痕满面"的袭人，在薛姨妈的一番劝解下，只能感恩戴德地接受一切，还得说一些冠冕堂皇的谢辞。之前她在家人面前说过死也不回去的话，如今却只能由娘家人为自己操办婚事，袭人悲伤之余，更有羞愧与后悔，她的出路只能是赴死了。死亡对袭人来说不是抗争，只是改变自己无法控制的命运的唯一手段，但是依然无法成功，她的善良本性不允许自己辜负无论是真情还是假意的好意，因为她的死足以揭开荣府道德上的遮羞布，也会给哥哥一家带来不尽的麻烦。自杀不能在荣府和哥哥家中进行，也不能在处处对自己"抬举"的蒋玉菡家进行，所以袭人只能选择苟且地活。袭人换了生存的环境，本应该重拾生活的信心，但是生活的希望已然唤不醒袭人行尸走肉般的灵魂。失去依靠的袭人又恢复了以往柔顺的形象，但是这种柔顺带有不得不向生活低头的妥协与苟且，完全没有了和气外的"刚硬要强"。

第五章

袭人形象之纵向深度研究

伴随着袭人形象研究的深入，对比研究从众多方法中脱颖而出。常被用来与袭人对比的对象，或者是在地位上有相似之处，如晴雯、麝月、紫鹃等人；或者是在身份上有相似之处，如平儿、尤二姐、赵姨娘等人；或者是在性格上有相似之处，如宝钗。

西园主人在《红楼梦论辨》① 一文中将袭人与晴雯进行对比，认为两者"大相反"，"袭人之事宝玉也用柔，而晴雯则用刚；袭人之事宝玉也以顺，而晴雯则以逆；袭人之事宝玉也纯于浓，而晴雯则全于淡；袭人之事宝玉也竭力争先，而晴雯则偷安居后；袭人之事宝玉也或箴或劝，终日无不用心，而晴雯则一喜一怒，我身似不介意"，且将二人置于宝玉心中衡量，认为"晴雯虽似不介意而宝玉则时在意中"。

宋文戈②也将袭人与晴雯进行对比，认为袭人的似桂如兰、温柔和顺、"没嘴的葫芦"正对晴雯的风流灵巧、心比天高、一张巧嘴；与宝玉的关系，袭人是"公子无缘"，晴雯是"公子空牵念"；两人的结局不同，袭人嫁优伶有福，晴雯做了芙蓉花神，"一活一死，一实一虚"，"一个憨厚老实"，"一个活泼可爱"，但都是美的。

付遥③将袭人与平儿进行对比，认为二人均有"俏丽可人的外表""相似的身份地位""缜密智慧的行事风格"；二人之异表现在性格、为人处世、对地位的追求上，是直率与顺从之别、真善与伪善之别。付遥的这段评价可知其本人是贬袭派。

李芳④从妾的角度将袭人和平儿进行了对比，认为"为了改变自己奴婢的命运，平儿和袭人都用温和的外表，善解人意的聪明，步步为营

---

① 西园主人. 红楼梦论辨 [M] //一栗. 红楼梦资料汇编. 北京：中华书局，1964：199 - 200.

② 宋文戈. 这鸭头不是那丫头——以袭人、晴雯为视点 [J]. 红楼梦学刊，2006 (1)：302 - 316.

③ 付遥.《红楼梦》前八十回中平儿与袭人的比较分析 [J]. 戏剧之家，2018 (4)：171 - 172.

④ 李芳. 明清小说中"妾"形象研究——以《金瓶梅》《醒世姻缘传》《红楼梦》为例 [D]. 黄石：湖北师范大学，2019.

的心机一步一步的往上爬，努力成为二层的主子，主子的奴婢，在贾府这个大家庭中获得暂时的苟且"；她认为她俩将"隐忍温顺"的性格当作改变自己卑微命运的手段；也认为袭人有讨好王夫人、排除异己之行为，但不以此作为贬斥袭人的理由和攻击袭人的武器，客观分析袭人的身份后得出这只是袭人改变生存状态的手段，甚至还上升到"或许这也算是一种反抗，只不过很不彻底而已，但其间仍然包含一定程度的进步意义"的高度。

端木蕻良在《向红楼梦学习描写人物》① 一文中认为袭人与宝钗在本质上是一样的，不过出身有别，故表现有所不同——宝钗"富丽缠绵"，袭人"柔顺有心"。

还有如前文提到的周思源以"脂批""袭乃钗副"的评论为基础，对袭人与宝钗进行对比研究。

152

许绮②选取的对比角度比较新颖，她将《蝴蝶梦》中的丹弗斯太太与袭人进行比对研究，属于跨越国界的女奴形象对比范畴。相同之处是"丹弗斯太太和袭人都有着特殊的地位和举足轻重的作用"，她们对主人都是忠心耿耿，且把照顾主人当作自身价值的体现，隐藏着自己的私心和欲望："丹弗斯太太希望通过保住吕蓓卡在曼陀丽女主人的地位来为自己的前途搭桥铺路，而袭人则希望能成为宝玉的妾以达到自己永久富贵的目的"；不同之处在实现私心、欲望的方式不同，丹弗斯太太是直接的、"明目张胆"的，而袭人是"把计谋藏在心里"，"使尽手段但又不能让别人看出端倪"。许绮肯定了两人的忠于职守，批判了她们为了私利去伤害他人的行径。

---

① 端木蕻良. 向红楼梦学习描写人物［M］//吕启祥，林东海. 红楼梦研究稀见资料汇编. 北京：人民文学出版社，2001：795 - 796.

② 许绮. 忠心与私欲——《蝴蝶梦》中丹弗斯太太和《红楼梦》中袭人的形象分析［J］. 语文学刊，2008（2）：133 - 134.

马国权①采用三个人物对比的方式，揭示了袭人、晴雯和平儿不同的女奴形象内涵。比之晴雯的"觉醒"的女奴形象，袭人是"未失善良之心的奴才"；比之平儿的"性格丰满复杂，既维护主子又同情弱者"的性格，袭人是"对好心的主子感激不尽，柔媚和顺"的性格。

李金博、张进德②同样采用三个人物对比的方式，从"女儿性"的角度得出晴雯充分地享受了自己的"女儿"时期；袭人则缺失"女儿性"，并用封建伦理这样的"超我"埋葬"本我之欲"，"善良的天性与卑贱的奴性融为一体"，"'自轻自贱'与'自尊自重'矛盾而融洽地结合起来，'真我'不真，'真情'也变得不真了"；平儿则是"女儿"角色屈从于"奴隶"角色。

刘富夏③将袭人置于妾形象群体中进行比较研究，相对于名副其实的妾群像，如赵姨娘、平儿、尤二姐、香菱等，袭人属于特殊的"有实无名"的房里人；相对于另一位"难能可贵的清醒者"——誓不做妾的鸳鸯，袭人属于"钻营者"，她"希望借助成为妾的方式摆脱自己和家庭的贫困，或者将自己奴婢的身份升级为主子，起码算是半奴半主，这要比单纯的奴才高贵体面"，为了实现以上目标，不惜"袭击"晴雯、黛玉、五儿、麝月及秋纹等人，而她的"奸猾相"也被宝钗识破，故不仅"迟迟没有得到自己神往已久的姨娘名分"，还被嫁给了蒋玉菡。刘富夏认为袭人委身蒋玉菡是续书者对她的嘲讽。

正如在袭人形象横向探究中要以重点性格为切入点进行研究那样，在袭人形象的纵向探究中也应该选择有代表性的对比对象进行深入研究，故特选择晴雯和平儿作为与袭人对比研究的对象。

---

① 马国权. 晴雯袭人平儿简论——《红楼梦》人物论纲之二 [J]. 咸阳师范学院学报，2007（1）：74 – 77.
② 李金博，张进德. 被阉割的女儿性——从贾府丫鬟们情感世界的集体失落看《红楼梦》的悲剧主题 [J]. 明清小说研究，2011（2）：160 – 174.
③ 刘富夏.《红楼梦》中的妾形象研究 [D]. 曲阜：曲阜师范大学，2017.

第一节　袭人形象与晴雯形象之对比研究

　　袭人和晴雯作为怡红院最重要的两个丫头，外形各异，性格不同，才能各有千秋。浑厚有雅量的袭人使怡红院祥和安乐，嬉笑怒骂的晴雯又使怡红院生色添彩。她们相伴宝玉左右，通过宝玉的视角能对其有一个客观全面的认识：袭人胜在顾全大局、行事大方、明理尽责，但晴雯的快意恩仇、行事磊落、自在无忧同样令人折服；袭人安静守拙，以德代才，凭"贤"自保，晴雯明朗直爽，锋芒毕露，为才所误。真诚的袭人，无私的晴雯，于宝玉不可或缺，于审美不可多得，于艺术不可超越。

　　她们也常被研究者进行比较。"亲袭派"认为袭人忠诚稳重、言谨行慎，晴雯则心高气傲，过于"尖刻"要强。"亲晴派"认为晴雯活泼直爽，富有真趣，"是个豪爽的女子，又能做事，是《红楼梦》中数一数二的人物"①，而袭人则老气横秋、心思圆滑，是面貌温和的鹰犬。

　　即便是在作者曹雪芹心中，袭人与晴雯也难分伯仲。就以宝玉房中丫头的地位而言，袭人排名第一，位次前于晴雯；而以"金陵十二钗又副册"的地位论之，晴雯排名第一，位次又前于袭人。晴雯的代表形象是"满纸乌云浊雾"的一幅画，她的题诗为"霁月难逢，彩云易散。心比天高，身为下贱。风流灵巧招人怨。寿夭多因诽谤生，多情公子空牵念"②。袭人的代表形象是鲜花，题诗为"枉自温柔和顺，空云似桂

---

①　佩之. 红楼梦新评［M］//吕启祥，林东海. 红楼梦研究稀见资料汇编. 北京：人民文学出版社，2001：59.
②　曹雪芹著，脂砚斋批评，大江校点. 脂砚斋批评本红楼梦［M］. 南京：凤凰出版社，2010：43.

如兰。堪羡优伶有福，谁知公子无缘"①。册中题诗可看作作者对晴雯和袭人形象的一个纲领性概括，从中可见二人在形象、性格上的差异，同时题诗的结尾都落在与"公子"宝玉的关系上，又可窥见二人与宝玉超出主仆之外的别样情谊。袭人、晴雯与宝玉除了主仆的关系外，还兼朋友、亲人、情人关系，大多还是几种关系的叠加，不同关系中她们所呈现出的形象既是本色的，也是多样的，故以袭、晴与宝玉的关系为研究切入点，有利于对二者形象进行深入剖析。

一、外形之异

尽管常说人不可貌相，但是人与人之间最初的吸引往往正是源于外貌。袭人、晴雯本是从贾母处派来的丫头，能一跃成为宝玉的贴身丫头，在长相上无疑是出挑的。

袭人在与宝玉发生云雨情时，有一处细节提到宝玉选择袭人的原因为喜欢她的"柔媚娇俏"。"柔媚娇俏"便是以宝玉的视角对袭人外形的定评，其中"柔媚"侧重性格，从中也可见袭人的长相偏向柔和；"娇"本义即修长美丽，后形容容貌美好；"俏"用作形容词时有容貌秀美、体态轻盈之意。这正与贾芸所见袭人身材"细条"，脸型"容长"相互印证。第六十三回，袭、晴等人为宝玉过生日，中间玩占花名的游戏，袭人抽到桃花签，正与"金陵十二钗又副册"中有关袭人的鲜花图遥相呼应，结合判词中的鲜花形象，可知袭人的象征花为桃花。桃花艳丽，"桃花面"也常用来喻美人，袭人的长相当属上等。

不同于袭人，"金陵十二钗又副册"中晴雯的形象是既非人物亦无山水的云雾，正如晴雯本人的长相，书中并无具象式描写，只是在晴雯死后，一个最伶俐不过的小丫头为讨好宝玉说晴雯做了芙蓉花神，但其

---

① 曹雪芹著，脂砚斋批评，大江校点. 脂砚斋批评本红楼梦 [M]. 南京：凤凰出版社，2010：43.

中的描写也是格外的云山雾罩，既遵循了作者一贯的真真假假的风格，也呼应了判词中晴雯长相的模糊性。这个小丫头为验证自己所说之语的真实性，特强调是她亲眼所见，而促使她"恰巧"能眼见为实的理由是"晴雯姐姐素日与别人不同，待我们极好"，自己没有别的法子救她，亲自去瞧瞧，"不枉素日疼我们"①。此语一出便有谎话之嫌，晴雯"爆炭"脾性，加之心性极高，是不可能对这些小丫头"极好"的；但她接着说晴雯"平生为人聪明，至死不变"，"俗人不可说话，所以只闭目养神"②，又是晴雯本人无疑，确符合晴雯的个性，且她描述的晴雯所讲"玉帝敕命我去司主"及"天上的神仙来召请，岂可捱得时刻"③之语又明明不像一个小丫头所能信口胡诌的，似乎真是转述之语。且经她具体演绎，又与之前宝玉梦境中"只见晴雯从外头走来，仍是往日形景，进来笑向宝玉"④道别形成互补。宝玉梦境中的晴雯是开心、愉悦且洒脱的，表现真如去做神仙那般轻松。但紧接着宝玉问是做"总花神"还是"单管一样花的神"时，小丫头就诌不出来了，此时园中开的芙蓉给了她灵感，她便随口说是专管芙蓉花的神。此番回答于明处看似是小丫头"见景生事"的随机之语，然暗合晴雯的长相、品行，宝玉不仅不怪，转悲为喜的态度及认为芙蓉花也须得晴雯去司掌的话语也是对晴雯形象的认可，晴雯堪配芙蓉。"清水出芙蓉，天然去雕饰"不恰是晴雯形象的描摹？"出淤泥而不染"不正是晴雯之生存环境及品行的真实写照？

桃花是美人花，但相比芙蓉花，桃花便是世俗中的花，袭人形象既

156

① 曹雪芹著，脂砚斋批评，大江校点. 脂砚斋批评本红楼梦［M］. 南京：凤凰出版社，2010：620.

② 曹雪芹著，脂砚斋批评，大江校点. 脂砚斋批评本红楼梦［M］. 南京：凤凰出版社，2010：620.

③ 曹雪芹著，脂砚斋批评，大江校点. 脂砚斋批评本红楼梦［M］. 南京：凤凰出版社，2010：620.

④ 曹雪芹著，脂砚斋批评，大江校点. 脂砚斋批评本红楼梦［M］. 南京：凤凰出版社，2010：615.

为桃花，那她的美便是可以具象的世俗的美；晴雯配当芙蓉花神，本人更比芙蓉美，芙蓉性高洁，不与世俗同流合污，是世外之花，故晴雯的美是脱俗的。晴雯去世，宝玉为之创作《芙蓉女儿诔》，其中一句"为貌则花月不足喻其色"[①]，既是对其绝色容貌的称赞，也是对其美得不可方物的再次印证。以上是二人在外形上的不同。

二、品性之异

袭、晴二人最大的不同在品性上，袭人的"温柔和顺""似桂如兰"正对晴雯的"心比天高""风流灵巧"，而且作者在塑造二人性格时也有意采用对比的手法。如果再将二人置于与宝玉亦主仆亦朋友、亦朋友亦情人、亦情人亦亲人的关系中研究，更有利于全面把握二者品行之异。

（一）袭人顾全大局，晴雯快意恩仇

宝玉对袭人和晴雯的用心常从一些小细节中体现。他曾特意为袭人和晴雯留下她们偏爱的吃食，然特意为晴雯留的豆腐皮馅包子被李嬷嬷的孙子吃了，特意为袭人留的酥酪被李嬷嬷赌气吃尽。宝玉这种有心为二人留吃食的行为本身是超越主仆关系的亲人、情人关系，在这种特定关系下，面对同样本属自己的稀罕吃食被同一人"打劫"的情况，在宝玉问起可曾吃到时，她们的表现更见真性情，她们大相径庭的表现更见性格之异。

晴雯快人快语，实话实说："快别提。一送了来，我知道是我的，偏我才吃了饭，就搁在那里。后来李奶奶来了看见，说：'宝玉未必吃

---

① 曹雪芹著，脂砚斋批评，大江校点. 脂砚斋批评本红楼梦 [M]. 南京：凤凰出版社，2010：626.

了，拿来给我孙子吃去罢。'他就叫人拿了家去了。"① 晴雯在陈述事实的同时也无意中将自己的不满和委屈夹杂其中，很自然地激起当时喝了酒的宝玉的怒火。恰逢茜雪汇报李嬷嬷才自作主张吃了宝玉早晨沏的枫露茶之事，宝玉的情绪爆发了，又摔茶杯，又要撵人，甚至惊动了贾母。晴雯的"直言"无疑是这次事件的导火索和催化剂，也加大了宝玉和李嬷嬷的矛盾。

不同于晴雯，袭人使用了善意的谎言："前儿我吃的时候好吃，吃过了好肚子疼，足的吐了才好。他吃了倒好，搁在这里倒白遭塌了。我只想风干栗子吃。你替我剥栗子，我去铺床。"② 她深知宝玉的脾性，也明白李嬷嬷在怡红院的地位，如果她也实话实说，将又是一场内战，既伤和气，又伤脸面。她的处理方式是先轻描淡写地表示自己已经不很喜欢吃乳酪，接着给出一个不容驳斥的理由——上次吃了肚子疼，最后用想吃栗子转移宝玉的注意力，果真宝玉就弃酥酪剥栗子去了。袭人的"曲言"不仅化解了一场战火，而且也避免了与李嬷嬷的矛盾升级。此举可见袭人心思缜密，且顾全大局，她以高智商、低姿态换来怡红院的安宁。

袭人天性柔和，又身居大丫头之位，尽管几次三番被李嬷嬷为难，她都能以大局为重，想方设法化矛盾于无形，尽力不使事态恶化，堪当宝玉的"贤臣"。晴雯个性直爽，面对经常打着宝玉奶娘旗号倚老卖老的李嬷嬷，晴雯的不满久矣，恰遇李嬷嬷"做威"到自己头上，宝玉又专门过问此事，岂有隐瞒之理？晴雯恨不能借此事将这个不省事的李嬷嬷除之而后快，至于可能造成的后果则不在她的考虑之中，她的快意恩仇中没有拖泥带水的思前想后，只有一往无前的横冲直撞，所以晴雯

---

① 曹雪芹著，脂砚斋批评，大江校点. 脂砚斋批评本红楼梦［M］. 南京：凤凰出版社，2010：73.

② 曹雪芹著，脂砚斋批评，大江校点. 脂砚斋批评本红楼梦［M］. 南京：凤凰出版社，2010：149.

当配"猛将"之称。

(二) 袭人行事大方，晴雯行事磊落

第三十一回，宝玉因与黛玉话不投机而独自生闷气，恰逢晴雯失手摔坏扇股，宝玉便以主子的姿态和语气数落了晴雯一番。面对宝玉不同寻常的行为，晴雯先是"冷笑"，然后便是一通不客气的回击：晴雯称宝玉为"二爷"，先从称呼上给了宝玉一个下马威，然后罗列他近来的"罪状"，最后的"嫌我们，就打发了我们""好离好散"之句直击宝玉痛处，宝玉最是喜聚不喜散的，晴雯偏要用"散"来刺激宝玉。晴雯为何如此不知轻重地抢白宝玉？简言之，是宝玉高高在上的姿态伤害了晴雯的自尊。宝玉与袭、晴二人的主仆关系贯穿他们相处的全过程，尽管宝玉并不以主子自居，但是无意中表现出的恶主子"嘴脸"便会激发晴雯的反抗。再对比第十九回，晴雯因输了钱躺在床上生气，宝玉从外面回来，她既不起身迎接宝玉，也不接宝玉的话茬，宝玉倒毫不在意；本回晴雯主动帮回家的宝玉换衣服时无意摔坏扇柄，反遭宝玉一顿奚落，宝玉的"出其不意"不仅辜负了晴雯的一片热心，也给晴雯带来了巨大的心理落差，骄傲如晴雯，磊落如晴雯，不能因为宝玉的主子地位就隐忍不发，不仅要发，还要"句无虚发"。

反而是袭人能在宝玉借主子身份生事时凭借大方得体的行事风格、柔和宽容的态度令宝玉及时"悬崖勒马"。晴雯将宝玉气得"浑身乱战"之时，袭人带病出来劝架，然晴雯不仅不领情，还抢白袭人一番，"恼""悔"交加的袭人本要发作，顾及宝玉已经气黄了脸，只能忍了性子，好言好语劝晴雯，想要将战火熄灭。然晴雯不仅不依不饶，反而抓住袭人"我们"这样的语言漏洞"强追不舍"，打破了袭人努力维护的和平局面，还又将本已置身事外的宝玉拉入是非。袭人在晴雯的"夹枪带棒"下还能反思自己的错误，晴雯却要将咄咄逼人进行到底，直气得宝玉说了要打发晴雯出去的狠话时，晴雯才伤心流泪，但嘴上却仍不

服软。僵持不下之机，袭人继续收敛情绪，笑劝宝玉，本想让大家顺坡下驴，晴雯尤不嫌事大，仍不住指责宝玉，又一次使矛盾白热化，就在事态即将失控之时，袭人用一跪挽回了局面。本处也实见袭人的明理大方，因为但凡她存有私心，劝的力度小一些，气到极点，失去理智且没有台阶下的宝玉很有可能做出对晴雯不利的决定，此细节也足可去除袭人伪善的嫌疑了。

然尽管晴雯性格"卞急"①，何至于如此失礼、失态？细究晴雯异乎寻常行为的背后实大有深意。袭人称"我们"是口误，但也反映了与宝玉发生云雨情后袭人内心发生的微妙变化。乖觉如晴雯，不知忌讳如宝玉，宝玉与袭人的隐秘关系早已被晴雯看破，故袭人"我们"的口误事小，"失身"之德事大，在此晴雯意在敲打袭人，只是方式过激。晴雯会与宝玉一起淘气，也会与宝玉针锋相对，但绝无可能"无所不至"，她内心深处把女儿的自尊自爱看得比命还重，对袭人丧失原则的苟合行为自然无法理解和谅解，决绝的言语中更见她内心的光明与磊落。其实晴雯的提醒不错，与宝玉发生云雨情后的袭人多了一个"尴尬人"的身份，这个身份也是造成袭人无奈离开荣府的直接原因之一。被袭人当成"糊涂人"的晴雯恰是此时最清醒之人，只不过晴雯的坦率、磊落被误作草率、鲁莽了。当然也不排除晴雯对自己与宝玉只是朋友、亲人关系，而袭人与宝玉已经建立起情人关系的吃醋心理，这点在第七十七回晴雯弥留之际不甘心白担虚名，送给宝玉自己的贴身衣物和指甲的情节中也是可以验证的，光明磊落的晴雯即使吃醋也吃在明处，虚担恶名莫如明着留情。

（三）袭人明理尽责，晴雯自在无忧

第二十回，袭人生病，宝玉在旁照顾，晴雯出门寻人戏耍，麝月抹

160

---

① 涂瀛. 红楼梦论赞·晴雯赞［M］//一粟. 红楼梦资料汇编. 北京：中华书局，1964：129.

着骨牌，俨然一幅小户人家日常生活的图景。快到吃饭时间，病中的袭人犹催促宝玉去长辈跟前尽礼，说"你吃饭不吃饭，到底老太太、太太跟前坐一会子"①。饭后宝玉因惦记袭人匆忙返回，而彼时丫头们都自去寻热闹了，只剩下麝月守着屋子。麝月给宝玉罗列了必须自己守屋的理由，其实就是为别人找不看屋的理由。听了麝月的话，宝玉有一处心理活动，暗赞麝月的所言所行又是一个袭人，因为袭人一贯是这样勤勉尽心、默默付出的，此处明写麝月，实赞袭人。

如此尽责的行为似乎与晴雯绝缘，她本是不受约束的"野地"姑娘，她为了继续戏耍，"忙忙走进来"取钱，见宝玉为守屋的麝月篦头，她不仅没有为自己的"失职"而不好意思，反而先冷笑，然后对宝玉和麝月冷嘲热讽，宝玉忙用笑缓解尴尬，晴雯犹不领情，用"摔帘子"结束了宝玉的"婆婆妈妈"。富有挑衅的语言，加上"忙忙"的微动作、"冷笑"的微表情及"摔帘子"这样的发泄之举，活脱脱刻画了晴雯的一副"无赖"女儿样。晴雯作为怡红院仅次于袭人的领事大丫头，不仅没有在袭人生病之时主动分担责任，反无所顾忌，自顾自地赌钱玩耍，见了宝玉仍要理直气壮地挑衅。宝玉背后说她最"磨牙"，她还不服气，又折回来专门质问自己怎么磨牙，还留下"等我捞回本儿来再说话"的威胁之语，真是"淘气"到了极致。然宝玉并不为忤，是为何？"率其天真"② 的晴雯竟凭着少有的不为世事所纷扰的自在无忧让宝玉不忍责备。

（四）袭人内藏，晴雯外露

袭人在大多数人面前是寡言少语的，她自己也常把自己的蠢笨放在

① 曹雪芹著，脂砚斋批评，大江校点. 脂砚斋批评本红楼梦 [M]. 南京：凤凰出版社，2010：158.
② 陈其泰. 红楼梦回评 [M] //朱一玄. 红楼梦资料汇编. 天津：南开大学出版社，1985：703.

嘴边，且在大小场合也是善于藏拙的。第五十八回，宝玉在怡红院养病，芳官与干娘吵架，袭人作为宝玉的大丫头不能不管，但她只是先打发人去传话弹压；宝玉想要为芳官做主，袭人仅仅用给芳官新的洗发的东西解决表面矛盾；在芳官与干娘愈吵愈烈，最后还动起手，宝玉按捺不住准备出面时，袭人忙用"我去说他"的说辞转移宝玉的注意力，之后也并没有真的亲自出面调解，仍以"我不会和人拌嘴"为借口派麝月去震慑。

晴雯则不同，她是把厉害外现的。芳官和干娘吵架，本不需要晴雯出头，因为晴雯既非管家大丫头，又非芳官的亲戚或死党，甚至平时她还颇有些看不上芳官等人的行事做派，且这场闹剧前有"在其政谋其事"的袭人，后有袭人派出的"钦差"麝月一直跟进事情进展，晴雯完全有条件置身事外。然就在袭人安抚宝玉，晴雯眼见芳官被干娘"拍打"流泪之时，倒"忙先过来"为芳官做主，指着芳官的干娘一顿数落。袭人嫌她"性子太急"，压不住这位干娘，她仍要见缝插针地"冒尖"。芳官为宝玉吹汤，芳官干娘也要上赶着表现，晴雯忙喊"快出去！你让他砸了碗，也轮不到你吹"①。此等刻薄之语晴雯犹嫌不够，晴雯骂完芳官干娘，又当着其面骂放她进来的小丫头们"瞎了心的"，压根不给芳官干娘留脸面，挨骂的小丫头们又把晴雯给她们的不体面变本加厉地回送芳官干娘，直把个干娘羞得"又恨又气"②。

袭人和晴雯同为宝玉的丫头，袭人面对不得不管之事仍坚持内藏守拙，既设法大事化小，让宝玉静心养病，又设法避免为自己招得一身骚；而晴雯明明可以置身事外，却为追求一个"理"字，不惜将自己置于风口浪尖，树敌无数，埋下了日后遭陷害的祸种。

---

① 曹雪芹著，脂砚斋批评，大江校点. 脂砚斋批评本红楼梦［M］. 南京：凤凰出版社，2010：460.
② 曹雪芹著，脂砚斋批评，大江校点. 脂砚斋批评本红楼梦［M］. 南京：凤凰出版社，2010：460.

（五）袭人真诚，晴雯无私

袭、晴二人对宝玉都十分用心，但侧重点不同。袭人对宝玉的好是生活上事无巨细地关心及熨帖周到地服务。宝玉的吃穿用度袭人全装在心里，侍奉宝玉的细心及耐心程度几近忘我，没有娱乐，绝少社交，一切以宝玉为中心——别人玩闹，袭人惦记宝玉的鞋样子、荷包络子；别人寻朋访友，袭人甘于守家，只为随时能为宝玉递茶送水；即使出门办事，也定要安排妥帖伺候宝玉的相关事宜，乃至袭人偶尔去回王夫人话，王夫人尚且不放心，会有袭人出来了宝玉无人服侍的担心。袭人待宝玉的真诚之心和如亲人般的精心照顾，换得宝玉对她的无比信赖与依恋，在宝玉心中，袭人是仅次于黛玉的温暖存在。

晴雯对宝玉则是听从与无私地维护，正如密友之情谊。宝玉一时兴起说要写字，晴雯就研墨等候，直直等了一天。宝玉随口说让把自己写的字贴到门斗上，晴雯犹怕别人贴不好，不顾天冷，不怕麻烦，亲自上梯贴好。宝玉挨打后躺在床上动弹不得，心中惦念黛玉，想与黛玉通信息，有一处细节便是先支使袭人去宝钗处借书，然后派晴雯过去。为什么选择晴雯？"脂批"为"前文晴雯放肆，原有把柄所恃也"[1]，但其实不然。依晴雯刚烈的性子，把柄不把柄的无所谓，除非她自己甘愿受遣，否则谁也不能奈何之。为宝玉办事，她心甘情愿。只是初始宝玉让晴雯空着手、不带话去看望黛玉时，心思单纯如晴雯也觉不妥，但她并没有以此为借口拒绝宝玉的要求，只是替宝玉想搭讪的法子。后来宝玉随手拿了两条帕子让她以送帕子为由去，尽管晴雯觉得帕子半新不旧，怕惹恼黛玉，宝玉一说让她放心的话，她就安心去送了，到最后送完帕子，晴雯仍然一路盘算着，并不解其中之意，但因是宝玉所托，晴雯便可以无条件地为之"两肋插刀"。第五十二回，晴雯为宝玉补雀金裘，

---

① 曹雪芹著，脂砚斋批评，大江校点. 脂砚斋批评本红楼梦 [M]. 南京：凤凰出版社，2010：271.

晴雯本也工于女红，又是分内之事，并无渲染之必要，作者却在回目中特意称其为"勇"，何故？因为本回为宝玉补雀金裘的晴雯是在"头重身轻，满眼金星乱迸""头晕眼黑，气喘神虚"① 的重病之下挣命完成的，不仅堪当"勇"称，更可窥见其对宝玉的无私之心。她在挣命之前也有对宝玉的埋怨"没命穿"，但是抱怨过后是无怨无悔地付出，宝玉也正是深知晴雯的有嘴无心、嘴利心善，从不与她真计较，并有心庇护，让她这朵花中奇葩能肆意绽放。

袭人用特有的温柔和善带给宝玉润物细无声般的爱意，晴雯则用率真的张扬之美直击宝玉的灵魂。在宝玉眼中，如桂似兰的袭人是美的，不加雕饰的晴雯尤属难得，更何况袭、晴二人还各有"奇"才。

三、才能之异

（一）袭人才"陋"，贵能以德代才

论及才能，袭人表现的多是"陋"处：与人发生矛盾，袭人"笨口拙舌"，并不能占上风；辖制下人，袭人要派别的丫头进行弹压；为宝玉做鞋样子，袭人要请湘云帮忙。袭人最大的才能便是在劝宝玉"步入正途"上，或娇嗔，或下箴规，在"劝"的手段和技巧上也可圈可点，且正是凭借这点袭人坐稳了大丫头乃至准姨娘的地位。无论以主仆、朋友、亲人、情人中的任何关系衡量，袭人内在的温柔贤良都足以打动宝玉之心，袭人外在的"粗粗笨笨"正暗合王夫人之意。袭人的才能之"陋"，有些还是察言观色和深思熟虑后的有意之为，她表现的"陋"，正中王夫人下怀，示陋示得恰到好处。

袭人之"陋"，陋于明处，既是她安分守己、安于守拙之根源，又

---

① 曹雪芹著，脂砚斋批评，大江校点. 脂砚斋批评本红楼梦［M］. 南京：凤凰出版社，2010：411.

使她免受"木秀于林风必摧之"之苦，甚至"歪打正着"，暗合了王夫人的心意，为她的姨娘之位多了一份保障。

（二）晴雯才高，惜为才所累

与袭人不同，晴雯能进贾府乃至侍候宝玉是凭借自身的"伶俐标致"。第三十一回晴雯舌战袭人和宝玉及第五十二回晴雯病中补雀金裘事件，更是将她的雄辩之才和女红之才展示得淋漓尽致，此两处前文已有提及，本处不再赘述。除此以外，晴雯还有机变之才。第六十回，芳官等人和赵姨娘打架，袭人干着急没办法，晴雯一面笑，一面假意去拉，一面早派春燕回了临时管事的探春，当下探春就与李纨、尤氏及平儿把闹事者带走了。晴雯能抓住矛盾的关键，化棘手问题于无形。第七十三回，宝玉恐贾政查问功课，焦躁不安，连累满屋子丫头都夜不能寐，正是人仰马翻之际，恰遇有人从墙上跳下来，晴雯立时便有了主意，让宝玉打着被"唬着"的旗号趁机装病，然后虚张声势，又是派人各处查找跳下来的那个人，又是去上房取安魂丸药，直接将消息传递到王夫人和贾母耳中，坐实了宝玉生病的事实，使宝玉成功躲过"一劫"。

然可叹"千伶百俐"的晴雯仍不免遭撵冤死，应与她自恃其才、牙尖嘴利、树敌太多脱不了干系，正如涂瀛所评"有过人之节，而不能以自藏，此自祸之媒也……使善自藏，当不致逐死"①。一言以蔽之：晴雯确有机才，也毁于自恃其才。

四、两者形象所异之原因

袭人和晴雯都是"下贱"出身，同为贾母之婢，又同被赏与宝玉，

---

① 涂瀛. 红楼梦论赞·晴雯赞［M］//一粟. 红楼梦资料汇编. 北京：中华书局，1964：129.

为什么二人在性格上会有如此大的差异？除了性由天生的因素外，可从以下几个方面分析。

首先，袭、晴进入荣府的方式不同。袭人是被家人卖到荣府的，是生活到了穷途末路时的无奈选择，从某种意义上来说，荣府作为收留她的地方，是有恩于她的，且袭人在荣府无依无靠，一切都得靠自己，故袭人事事小心，步步隐忍。袭人本性老实，嘴巴也不会讨喜，但她有耐性和韧性，更贵有自知之明，且久处于危机之下，学会了察言观色及多思多虑，她选择了最适合她的安静守拙。晴雯本是赖嬷嬷用银子买的丫头，常跟赖嬷嬷进出荣府，因为伶俐标致，深得贾母喜欢，于是赖嬷嬷乘机把晴雯孝敬了贾母，可以说晴雯进荣府是因为本身优秀，被贾母看中。晴雯进荣府后"千伶百俐"，但却不忘旧，故赖嬷嬷对晴雯本人及家人也算是照顾有加。小丫头佳蕙曾打抱不平，说晴雯等几个是"仗着老子、娘的脸面"，即点明晴雯是有后台的，故晴雯敢于"嘴尖性大"。

其次，晴雯色艺双全，她的女红更是百里挑一。按照王夫人所言"有了本事的人，未免就有些调歪"[①] 的理论，晴雯认为自己凭本事吃饭，自尊的同时不免自大，不免自视清高与目下无尘，故有掐尖要强、眼不揉沙之举。袭人恪尽职责，忠心事主，行事大方的背后是她对自己既无夺人之貌又无夺人之才缺陷的清醒认识，她需要用贤藏陋。且因寄人篱下的身份，袭人反而养成了善思善虑、小心谨慎的个性。

再次，生存环境使然。晴雯本是宁折不弯的个性，偏遇上不公平之待遇。第一不公平是诸如李嬷嬷之流为显示自己的余威，隔三差五就要指桑骂槐，且专挑宝玉跟前有头脸的丫头们"醒脾"；另有一些曾经得意或仍居"高位"的老年奴仆，出于羡慕或嫉妒，动辄也要挑宝玉身边的丫头"作伐"，好显示她们的威风，满足其不足为人道的虚荣心；更有一些包藏贰心或祸心的人希望通过打击宝玉身边人来达到她们摆布

① 曹雪芹著，脂砚斋批评，大江校点. 脂砚斋批评本红楼梦 [M]. 南京：凤凰出版社，2010：618.

宝玉的不可告人的目的。袭人在受了李嬷嬷"排揎"后就曾冷笑着道出了无法言说的委屈，足可见看似优渥物质条件下隐藏的恶劣的生存环境。宝玉是个不善处事的，领头袭人一味隐忍谦让，麝月、秋纹又听命于袭人，晴雯如果再不"立起来"，难道任由这些"二主子"们摆布？故晴雯"出头"也是她守护怡红院的一种方式，晴雯堪当"勇"之称。

第二不公平是扬袭贬晴论与行为的存在。袭、晴一开始都是贾母身边的丫头，袭人深得贾母信任，晴雯深被贾母赏识，故同被赏与宝玉，然赏赐的目的却大不同。据第三回及第七十八回所述，因为贾母溺爱宝玉，且深恐宝玉身边缺乏尽心尽力服侍之人，而袭人本身恰有一般人所缺的"心地纯良，克尽职任"的品行，被贾母看中而与了宝玉；晴雯则是因为模样、言谈、女红出挑，被贾母挑来给宝玉"使唤"的。在贾母心中，袭人堪用，可司宝玉房中大小之事，匹配丫头领事之位；晴雯堪用，是做贴身侍候宝玉之事，匹配未开脸时的屋里人，甚至将来做名正言顺的姨娘。晴雯的心高气傲既是本性之故，又是先天的优越性之故，然面临的现实却不尽如人意：宝玉无论大事小情全要依靠袭人，怡红院上下丫头唯袭人马首是瞻，上级主子明里暗里抬举袭人，晴雯竟然无立足之处。高开低走的人生遭遇让晴雯如何自处？且晴雯的才貌都在袭人之上，地位却屈居袭人之后，这让晴雯如何甘心？袭人"篡权""篡位"于无形，更是让晴雯毫无招架之力。俗话说，物不平则鸣，第三十一回晴雯与宝玉和袭人的唇枪舌战就是晴雯对一切不平待遇的反击。站在晴雯的角度，宝玉对自己摔坏扇柄的嗔怪是对人不对事的有意找茬和区别对待，袭人好意的劝架是故作姿态，那么袭人的宽容便是收买，袭人的隐忍便是怯弱，袭人的主动示好更是不安好心，是为了博得宝玉更多好感的惺惺作态；晴雯"夹枪带棒"的抢白将宝玉气得"黄了脸"，袭人主动劝架的结果是被动与宝玉一起卷入舌战。更令晴雯不满的是宝玉一心维护袭人，甚至为了维护袭人还说了要将晴雯打发出去的无情之语。宝玉的态度是关键，心高气傲如晴雯，不是独一份的青睐

尚且看不上，况是比袭人低一等次的情意，那她宁肯不要。晴雯的不平之气得不到疏通，便变为戾气，是得不到便毁灭的冲动与"糊涂"。

晴雯的戾气终究还是小人物得不到关怀与爱护的结果，其实稍得安抚，戾气便可变为淘气，或者孩子气。宝玉喝完一顿酒，错把晴雯当袭人，顺势将晴雯拉在身边坐下，并与之心平气和地讲道理，晴雯就又"嗤"地笑了，用调皮可爱替代了之前的暴戾。

最后，这是作者刻画人物的需要。同为宝玉身边的丫头，凭何具有辨识度？丫头众多，凭何做到"千人千面"？袭人贤惠，晴雯刁钻；袭人安静，晴雯活泼；袭人笨嘴拙舌，晴雯巧舌如簧；袭人大度，晴雯刻薄；袭人古板，晴雯童真；袭人稳重，晴雯冒失；袭人内敛，晴雯外露；袭人安分守己中也有"争荣夸耀"的决心和委曲求全的妥协，晴雯掐尖拈酸中也不乏追求"名正言顺"的执着和保持清白的骄傲；袭人对跟自己一样出身的丫头的体谅与理解中也不乏纵容与放逐，晴雯对小丫头的颐指气使中也有"怒其不争"的真心哀叹。

袭人用几近苛刻的律己精神赢得宝玉的敬重和依赖，晴雯凭借"天性照人，自然磊落"[1] 的个性魅力令宝玉为之倾倒。"脂批"曰："但观者凡见晴雯诸人则恶之，何愚也！……若一味浑厚大量涵养，则有何可令人怜爱护惜哉！然后知宝钗、袭人等行为，并非一味蠢拙古版（板），以女夫子自居……故观书诸君子不必恶晴雯，正该感晴雯金闺绣阁中生色方是。"[2] 同理，我们更不必恶袭人，正该感袭人使闺阁中温馨安宁。然明理、内敛、识大体的贤袭人不免有糊涂之时，鲁莽、冒进、尖刻的晴雯也不乏大智之举，袭人、晴雯各自芬芳美好，何必要分伯仲？她二人在陪伴宝玉的过程中展示出的人性之美，不仅给予宝玉精神的慰藉，也滋润着历代读者；她二人形象的立体性、丰满性，更予人意犹未尽、

① 野鹤. 读红楼札记 [M] //一粟. 红楼梦资料汇编. 北京：中华书局，1964：287.
② 曹雪芹著，脂砚斋批评，大江校点. 脂砚斋批评本红楼梦 [M]. 南京：凤凰出版社，2010：159.

"意无止尽"之感，也鞭策着诸多研究者不断深挖细究，推陈出新。

第二节　袭人形象与平儿形象之对比研究

　　袭人与平儿无论是在身份、地位及处境方面，还是在相貌、品性及才能等形象塑造方面，都可见"犯不见犯"手法的印记。作者或者通过"明犯"，如在回目上二者成对出现；或者通过"暗犯"，如在不同场景、相似情节下二者遥相呼应的同中有异、异中有同的表现来揭示她们形象的异同。同时，"犯不见犯"笔法的运用也有助于深刻把握这两个相似人物形象的不同内涵。

　　"犯不见犯"属于中国古代小说批评理论的范畴，与"同而不同"是同义词，其提法始见于《李卓吾先生批评忠义水浒传》第三回总评。

　　如果说《水浒传》是"犯不见犯"笔法的开先河之作，那么《红楼梦》便是"犯不见犯"笔法的集大成之作。正如《红楼梦》第三回中"脂批"所评那样："是重不见重，犯不见犯。作者惯用此等章法。"①"脂批"有时也将"犯不见犯"称作"犯不犯""各不相犯""特犯不犯"，且在多处对此笔法有赞美之辞，如第八回中针对宝钗肖像的描绘，"脂批"为"与前写黛玉之传一齐参看，各极其妙，各不相犯，使其人难其左右于毫末"②，第十七回至十八回眉批"惯用特犯不犯之笔，真令人警心骇目读之"③，第十九回眉批"……前以黛玉，后以宝钗，特犯

---

① 曹雪芹著，脂砚斋批评，大江校点. 脂砚斋批评本红楼梦 [M]. 南京：凤凰出版社，2010：27.

② 曹雪芹著，脂砚斋批评，大江校点. 脂砚斋批评本红楼梦 [M]. 南京：凤凰出版社，2010：68.

③ 曹雪芹著，脂砚斋批评，大江校点. 脂砚斋批评本红楼梦 [M]. 南京：凤凰出版社，2010：138.

不犯，好看煞"①，可见"特犯不犯"笔法不仅能使各个人物"各极其妙"，且还能使人物或情节达到"好看煞"之艺术效果。尤其此法如果用在地位及身份相当、"势均力敌"的人物身上，更能达到细腻传神的艺术效果。正如本文选取袭人与平儿为研究对象，因为她们无论是在身份、地位，还是在相貌、品性及才能等形象方面，都可见"犯不见犯"手法的痕迹，通过细究"特犯不犯"笔法下二者形象的同中之异，有助于深刻把握这两个人物形象的本质，也有助于挖掘袭人形象的内涵。

有研究者从妾的角度分析两者的形象，如谢鹏雄认为袭人是通过"恋爱的手段""挤上姨太太的位置"，平儿是凭借"敏捷的思维，用心的服务""维持其姨太太的地位"②。相同视角的还有前文提到的刘富夏、李芳等人。王雅静则从情商的角度切入研究；李金博、张进德从"女儿性"的角度分析了袭人与平儿之不同，然又认为究其二人本质，又都同属于"女儿性"被阉割的悲剧形象；孔繁洁注意到曹雪芹在塑造人物方面使用对比手法，从而使"不同的人物在对比中显现出个性与共性"③，并以平儿与袭人为例，分析了二者相同身份处境下的不同形象，但并未对两人形象背后的内涵深入研究。

一、两者在身份、地位方面的"犯"与"不犯"

袭人和平儿在第二十一回回目中"贤袭人娇嗔箴宝玉，俏平儿软语救贾琏"的成对出现，其实就是运用了"犯不见犯"之"明犯"的手法。作者将二人置于同一回目中，首先是因为她们身份、地位的相"犯"，袭人对宝玉，平儿对贾琏，也暗对凤姐。袭人是宝玉的大丫头，

---

① 曹雪芹著，脂砚斋批评，大江校点. 脂砚斋批评本红楼梦 [M]. 南京：凤凰出版社，2010：155.

② 谢鹏雄. 红楼梦女人新解 [M]. 济南：齐鲁书社，2006：55.

③ 孔繁洁. 夹缝中的平儿与袭人 [J]. 牡丹江教育学院学报，2016（4）：1.

还是宝玉未"开脸"的"跟前人";平儿是凤姐的陪房心腹大丫头,同时又是贾琏房里的通房丫头。根据周汝昌在《新编红楼梦辞典》中的解释,"开脸"即"旧俗女子出嫁时用线绞净脸上的汗毛,修齐鬓角"①,"通房"即"名为丫头、实为姬妾的身份"②。袭人是未经"开脸"的,平儿是"通房",二者的身份本质上皆是有实无名的准姨娘,故大丫头的实至名归和姨娘的名不副实是二人身份、地位上的相"犯"之处。

而二人成为大丫头和准姨娘的方式却又是"不犯"的。袭人是被家人卖到贾府,先伺候贾母,后被赏赐宝玉的,凭借"心地纯良""克尽职任"一步步成为宝玉的贴身大丫头;平儿则是自小伺候凤姐,后作为凤姐的陪嫁来到贾府,历经其他三个陪嫁丫头或死去或离去后成为凤姐的心腹和左膀右臂。在准姨娘身份获得方面,袭人表面是在宝玉的软磨硬泡之下"强"发生云雨情在前,深得王夫人信任在后,因王夫人念及宝玉年纪尚小,怕贾政责怪,故袭人成为王夫人认定的却未过明面的"屋里人"。实质上,透过发生云雨情时袭人的一段"素知贾母已将自己与了宝玉的,今便如此,亦不为越礼"③的心理活动,可探知袭人既有底线,又有主动权,袭人如果宁死不屈,宝玉之"强"未必能够成功,所以宝玉之"半强"与袭人半推半就共同成就了云雨情。平儿则是被凤姐"强逼"着做了"房里人",正如兴儿对尤二姐嚼舌根时所言"又不是我(平儿)自己寻来的,你(凤姐)又浪着劝我,我(平儿)原不依,你(凤姐)反说我反了"④。较之袭人,平儿实属被逼无奈。

---

① 周汝昌,晁继周. 新编红楼梦辞典 [M]. 北京:商务印书馆,2019:284.
② 周汝昌,晁继周. 新编红楼梦辞典 [M]. 北京:商务印书馆,2019:517.
③ 曹雪芹著,脂砚斋批评,大江校点. 脂砚斋批评本红楼梦 [M]. 南京:凤凰出版社,2010. 50.
④ 曹雪芹著,脂砚斋批评,大江校点. 脂砚斋批评本红楼梦 [M]. 南京:凤凰出版社,2010:517.

二、两者在处境方面的"犯"与"不犯"

成为准姨娘后，袭人不得不面对诸如没有经过"明公正道""连个姑娘还没挣上去"的讽刺与"狐媚子"哄宝玉的责难，平儿也不得不面对"大约一年、二年之间两个（贾琏和平儿）有一次到一处，他（凤姐）还要口里掂十个过子"①的为难处境。然尽管如此，二者在成为准姨娘时的不同态度也反映了她们在生活处境上的"不犯"。

袭人的不易无非是来自诸如李嬷嬷和晴雯等一些"刁奴"的为难，然几乎每次总有宝玉的理解和维护。尽管袭人也有委屈和不易，但来自宝玉的体贴和真诚相待却也为袭人的苦中作乐提供了精神寄托。平儿面对的则是集"威"与"俗"于一体的凤姐与贾琏，其生存环境之劣透过第四十四回凤姐将贾琏和鲍二家的抓奸在床，凤姐和贾琏不好对打，同时对平儿又打又踢又骂，直逼得平儿找刀子寻死之情节可见一斑。这也是平儿当初担着"反了"的罪名也不愿为贾琏姨娘之缘由。

三、两者在形象方面的"犯"与"不犯"

不仅一向公允的李纨曾大赞袭人和平儿，连不轻易夸人的宝钗也难得发表评论说袭人、平儿等几个"都是百个里头挑不出一个来，妙在各人有各人的好处"②。那么袭人和平儿的"好处"究竟体现在哪里？

（一）"贤""俏"形象之"犯"

论及袭人和平儿的"好处"，应该重视的是作者在第二十一回回目

---

① 曹雪芹著，脂砚斋批评，大江校点. 脂砚斋批评本红楼梦［M］. 南京：凤凰出版社，2010：517.

② 曹雪芹著，脂砚斋批评，大江校点. 脂砚斋批评本红楼梦［M］. 南京：凤凰出版社，2010：307.

上对二人的一字之评——"贤"和"俏"。按照字面意思分析,袭人的"好处"在"贤",平儿的"好处"在"俏"。"贤"本义是"多财也"。《说文解字注》:"(贤)多财也。财各本作才。今正。贤本多财之称,引伸之凡多皆曰贤。人称贤能,因习其引伸之义而废其本义矣。"后用于人物品评时,其意义范围有所缩小,专指道德和才能两方面,可解释为"有德行,多才能"。"俏"据《康熙字典》的含义是"又好貌。俗谓妇容美好曰俏",后来除了形容容貌秀美之外,还增加了"体态轻盈"及性格"活泼有趣"之义。可见"贤"侧重品性,"俏"侧重相貌。袭人与平儿所侍奉的主子是集荣宠与特权于一身的,或是将来接班人的宝玉,或是当权派凤姐和贾琏,二人作为主人屋里的首席丫头兼准姨娘,怎么可能只"贤"不"俏",或者只"俏"不"贤"呢?显然此处贤袭人、俏平儿之"贤""俏"是互文,即既贤且俏的袭人与既俏且贤的平儿。

(二)"贤""俏"形象之"不犯"

正如宝钗所评"各人有各人的好处",袭人和平儿的"贤"和"俏"也是各不相同的。

1."俏"于相貌之"不犯":具象美与抽象美

有关袭人的容貌,文中共有四回提及,第六回借宝玉口吻给了一个"柔媚娇俏"的总评。据《说文解字》,"媚"是"说"之义;又据《说文解字注》"说今悦字也","媚,爱也",即"爱""喜爱"是"媚"之本义。后词性发生变化,由动词变为形容词,词义也随之发生改变,有了"可爱"之义。指姿态时,侧重于体态的"婀娜多姿";指容貌时,侧重于娇艳。后来"媚"还被假借为"魅",又具有了"魅力"之义。"姣"在《说文解字》和《说文解字注》中的释义都为"好也","好,美也",《说文解字注》中段玉裁注为"姣谓容体壮大之好也",徐灏的笺否定了"大"之义,认为是"高长","好"侧重体态,后又扩展到长相,有"容貌美好"之义,加之与"柔"并用,袭人相貌之俏偏重柔美与婀娜。第二十六回通过贾芸之眼对袭人做的"细条身材，容长脸面"这样轮廓式的勾勒，既是对袭人"高长"身材的印证，又将宝玉所评的"柔媚姣俏"具体化；且贾芸和小红也同样是容长脸和细条身材，如果单以这样的脸型和身材论之，是不足以得出容貌美丑之特点的，依据是对贾芸和小红的外貌介绍完毕后的一句点评，贾芸是"斯文清秀"，小红是"俏丽甜净"。"清秀"指清爽秀丽、秀美不俗；"俏丽"既可形容容貌的俊俏美丽，亦可形容体态轻盈美好；"甜净"形容容貌的甜美纯净。此处形容体态方面的"轻盈美好"，是对之前所提袭人"细条身材"与"媚"的印证，"清秀""甜净"可算作对袭人相貌的补充说明，即袭人相貌之"俏"，俏在身材的苗条、体态的婀娜及容貌的柔美。

关于平儿的相貌的描写，主要涉及第六回、第三十九回、第四十四回及第六十八回。第二十一回、五十二回的回目中先有作者对平儿"俏"的定评；然后是通过刘姥姥、贾琏及宝玉的视角将平儿的长相具体化，比如刘姥姥形容平儿是"花容玉貌"，贾琏喜平儿之"娇俏"，宝玉欣赏平儿的"清俊"，且是"极""清俊"；再借助李纨、贾母及尤二姐之嘴得出平儿"好体面模样""美人胎子"及"品貌不俗"的结论。刘姥姥眼中的"花容玉貌"和贾母嘴中的"美人胎子"形成印证，宝玉所评"清俊"和尤二姐所评"品貌不俗"形成印证，可见平儿的容貌之美颇具先声夺人之态。尽管不似袭人有确切的相貌描写，但真淫高手贾琏和意淫高手宝玉、阅人无数的贾母和尤二姐的评论也足见平儿美得不同凡响，即平儿的相貌之俏在清俊脱俗。相对于可以具象为容貌和体态美的袭人，平儿胜在抽象的、只可意会的风采。

2. "俏"于性格之"不犯"：安静与活泼

"俏"除了用以形容容貌和体态方面外，还可形容性格，有"活泼有趣"之含义。第四十六回，袭人和平儿一唱一和调侃鸳鸯，就将青春女儿们在一起时的促狭、有趣展露无遗。除此之外，袭人也不乏装睡引宝玉玩及与湘云开玩笑的有趣之举，比起平儿性格中自带的开朗活泼，袭人以上之举只算是安静性格外的一点小涟漪，因为袭人向来都是别人玩闹背后默默干事之"别个"，也是基本游离于热闹场合外之"别个"，袭人任劳任怨的形象背后实也是其喜静性格的体现。平儿则不同，论及忙碌，她事多且杂，远在袭人之上，然热闹之处总有她俏丽的身影。第三十八回，平儿遭琥珀奚落，她拿着螃蟹就照琥珀脸上抹，一边笑骂，一边打闹，好不有趣；第三十九回，平儿能被李纨拉住喝酒，本身就是因其性格有趣好玩之故，待凤姐派人说她"贪玩"，并劝她少吃一杯酒时，平儿不仅不听劝，还笑着说喝多了又能把她怎么样，调皮之态骤现；在第四十九回，作者就明确点出平儿是好玩的个性，碰上雪中吃鹿肉这等有趣之事，更是乐得玩笑，从她爽快答应湘云的邀请，到麻利褪去镯子准备先烧三块鹿肉大吃之举，足见其自得其乐，并乐在其中的状态，其有趣的个性也跃然纸上；第二十一回，平儿手拿贾琏偷情的证据，"指着鼻子，晃着头"①，笑着威胁贾琏的俏皮之态，不仅令贾琏丑态毕现，更令"批书人此刻几乎落笔"②，发出"好看煞"之叹。

故"俏"于平儿还专指其性格的活泼有趣，这是她与袭人在"俏"之于性格方面的"不犯"之处。

3."贤"之"不犯"：无私之德与无双之才

（1）"贤"于品德之"不犯"

如前所述，"贤"本身就有"有德行，多才能"两方面的含义，而袭人和平儿也都有"贤"的一面，且二人在行事的大方得体、顾全大局方面，为人的善解人意、善良宽容方面，伺主的恪尽职责、忠心不二方面，几乎不分伯仲，但其实二人之贤是各有侧重的，袭人之贤侧重品德，平儿之贤侧重才能，这也是她俩在"贤"方面的"不犯"之处。

袭人之贤的最高境界莫若侍奉主人的忠诚。她为了规劝宝玉"走上

---

① 曹雪芹著，脂砚斋批评，大江校点. 脂砚斋批评本红楼梦［M］. 南京：凤凰出版社，2010：170.

② 曹雪芹著，脂砚斋批评，大江校点. 脂砚斋批评本红楼梦［M］. 南京：凤凰出版社，2010：170.

正途"，不惜以己作伐，与宝玉约法三章：一是不说"傻言痴语"；二是"做"出个读书的样；三是不谤道毁僧，做弄脂粉。三件事，无一件是出于自己的私利，只是期望宝玉事事检点，不恣意任情，能够务正。为了宝玉的前途，袭人也曾冒险向王夫人进言，让宝玉搬出大观园，此后，袭人长期背负"告密者""僭越者"之类莫须有的骂名。袭人的行为是否逾越了？我们显然不能用现今之观念衡量袭人当时之思想，否则只会是误解。宝、黛二人尽管只是发乎情止乎礼，但是这个"情"在当时已然是洪水猛兽了。袭人在见证宝玉误把自己当成黛玉的表白情景时，当即吓得魂飞魄散，也并非夸张，因为作者在其他行文处还有一些伏笔，例如第三十四回对宝钗的描写。作为封建社会标准淑女的宝钗，总是落落大方，唯独在本回有一次失态。薛蟠酒后对宝钗发酒疯："你这金要拣有玉的才可正配，你留了心，见宝玉有那劳什骨子，你自然如今行动护着他了。"① 宝钗立时就"气怔"，且"拉着薛姨妈哭"，薛姨妈也一反慈爱、温和之态，立时"气的乱战"，宝钗在薛姨妈的安慰之下仍是"满心委屈气忿"②，无疑薛蟠的此番乱语不是普通的"歪话"，是足以让宝钗连立足之地都没有了的"毒言"，不仅于名声有损，更会使家族蒙羞。这些道理在当时几乎是人人皆知的，故有薛蟠酒醒后左作一个揖、右作一个揖这样特别隆重的道歉。因此，袭人非见王夫人不可，如果不是真心为宝玉，袭人何必置自己于险境？她的这些逆耳忠言，稍不留意就会落个无端毁谤主子的罪名；一旦传入宝玉之耳，口舌之战是小，心生介怀是大。促使袭人这样做的动机，无非是基于礼的认知前提下一片无私为宝玉的忠心罢了。

平儿对主人的忠诚则融合了她自己于卑微中求生之诉求。在耳闻贾琏偷娶外室尤二姐时，平儿选择告知凤姐；但是抓住贾琏在避痘期间与

---

① 曹雪芹著，脂砚斋批评，大江校点. 脂砚斋批评本红楼梦［M］. 南京：凤凰出版社，2010：273.

② 曹雪芹著，脂砚斋批评，大江校点. 脂砚斋批评本红楼梦［M］. 南京：凤凰出版社，2010：273.

灯姑娘偷情的信物时，平儿选择向凤姐隐瞒；凤姐偷放印子钱，差点就被贾琏撞破，平儿用香菱问话转移了贾琏的注意力；尤二姐吞金自杀，又是平儿背着凤姐偷出二百两碎银子帮助贾琏料理了其后事。是平儿圆滑，想在两个主子间左右逢源吗？非也。平儿视凤姐为主，却要与之分享一个男人；平儿视凤姐为友为亲，却要无端遭受凤姐的猜忌；平儿视贾琏为主，却要提防贾琏对凤姐使坏；平儿视贾琏为夫，却要顾忌凤姐的吃醋心理；平儿视贾琏为敌，却不经意间流露几多真情。平儿为了能体面地生存，始终保持清醒的头脑。贾琏不合时宜地求欢，平儿就选择"夺手跑"到院子来拒绝。平儿是通房大丫头，本有满足贾琏欲望的义务，但是平儿深知自己只是凤姐固宠的手段，平儿对贾琏用情深浅不由本心，而由理性支配，未经凤姐授意，平儿是不敢轻易俯就的。平儿的忠诚一头连着凤姐，一头牵着贾琏，其中还有自己于夹缝中卑微求生的诉求，所以她必须把握好原则，稍有不慎便会引得凤姐"不待见"、贾琏"踢骂"，若非她周全熨帖，早就随先时陪凤姐的四个丫头或死或离去了。没有忠诚，平儿不会始终陪伴凤姐左右，若只有毫无原则、不知变通的忠诚，平儿不会安然生存，所以忠诚于平儿已然是护她自身周全的武器了。

（2）"贤"于才能之"不犯"

袭人在辖制下人上显出的力不从心反映了她管理才能之不足。她辖制下人多靠严格律己的品德影响力。第七十七回宝玉说的"你是头一个出了名的至善至贤之人，他两个又是你陶冶教育"[①] 中的"陶冶教育"，是对袭人管束下人的中肯之评。她的"陶冶"之教对于大多数听话的丫头们是有效的，但是对于晴雯等不服约束的丫头，袭人的"内修"治人法就失灵了，她的一味退让只是让这些丫头得寸进尺，怡红院的几场闹剧袭人难辞其咎。李嬷嬷、晴雯、芳官作为闹剧的主角，显然没把

---

① 曹雪芹著，脂砚斋批评，大江校点. 脂砚斋批评本红楼梦［M］. 南京：凤凰出版社，2010：611.

大丫头袭人放在眼里。袭人安抚不了前辈仆人李嬷嬷，因为她无法看透李嬷嬷针对自己的缘由。李嬷嬷多次去怡红院，袭人没有一次主动正面接待；李嬷嬷私自吃了宝玉为袭人留的酥酪，袭人只是本着大事化小的原则编了个肚子疼的理由骗过宝玉草草了事。这种避重就轻的处事方式只能让矛盾越来越深，袭人这样的"一丝不错"不如亲自送上一份酥酪"于事有补"，袭人缺一个向李嬷嬷主动靠近甚至示好的态度。

如果说袭人对李嬷嬷的忍让是碍于其长辈兼奶娘身份不得不如此，那么对于其他如晴雯、芳官等爱挑事的丫头们，袭人仍然不肯拿出其大丫头的"款"来弹压就有无能之嫌。第三十一回，晴雯摔坏扇柄遭宝玉责怪，晴雯不服，与宝玉对抗，袭人劝架不成反引火上身，晴雯抓住袭人"我们"的口误占据上风，但晴雯公然顶撞主子，把宝玉气到黄了脸，已然是逾矩和大不敬，作为丫头之首的袭人，凭此一条就可以定晴雯一个"僭越"之罪，何至于被晴雯逼得"往外走"？然即便晴雯步步紧逼，在宝玉动怒，想"打发晴雯出去"为袭人做主时，袭人只是拼命阻拦，不惜带头下跪为晴雯求情，事后所言"叫我怎么样才好！这个心使碎了，也没人知道"① 和流泪的行为也实属能力不足之表现。晴雯与袭人同为贾母的婢女，又被一同赏赐给宝玉，袭人不愿"拿大"也能理解，然芳官的身份却只是贾府买来的小戏子，是后来分配到宝玉屋中使唤的小丫头，针对芳官一贯的少规矩和淘气，袭人也从未对她有过教训，从未给她立过规矩，甚至芳官的干娘都敢在宝玉的院子里大声吵闹，难道不是因为身为大丫头的袭人无原则的宽容所致？有研究者说袭人"柔奸"，莫如说她善良无能恰当。

而平儿治理下人的宽严有度正是她无双之才的集中反映。王住儿媳妇的婆婆曾偷偷将迎春的累丝金凤典当了，王住儿媳妇当着众主子小姐的面试图讨好平儿为婆婆求情，平儿的表现先是"正色"，然后用"姑

① 曹雪芹著，脂砚斋批评，大江校点. 脂砚斋批评本红楼梦［M］. 南京：凤凰出版社，2010：251.

娘这里说话，也有你我混插口的礼"① 的言语将住儿媳妇说得红着脸退出去了。平儿一针见血地指出住儿媳妇贸然进小姐房中说话的行为就是错的，更遑论其他了，同时避免了住儿媳妇越过小姐主子向自己求情的尴尬。待平儿独自处理累丝金凤一事时，平儿且笑着且给与"口内百般央求"的住儿媳妇宽大处理，但最后说的"赶晚不来，可别怨我"②，也亮明了自己的底线。不多的言语中既有对住儿媳妇严厉的指责、将心比心的劝诫、开诚布公的分析问题，更有不露痕迹的敲打。

小厮们也常常来找平儿通融，平儿恩威并施，既给了他们极大的宽容，也告知他们底线，今天准假不代表明天早晨可以迟到，同时也要让他们知道自己的不容易，"前儿住儿去了，二爷偏生叫他，叫不着，我应起来了，还说我作了情"③，提醒他们别太不像话了。"明儿一早来"之语，是亮明原则，也是将丑话说在前面。平儿能不顾自己的为难给予小厮方便，足见她的宽容，而她不失时机地约定规则与趁机分派任务，又足见她的精明与处事的高超才能。如她还给小厮分派了"带个信儿给旺儿"的任务，看似送了情，遂了小厮的愿，其实也敲打了小厮，为避免他下次再提"不情之请"做好铺垫，同时还顺便完成了凤姐交办的催旺儿利钱的事情，避免发生上次刚把人放出去，贾琏就要找当事人，还得自己应的情况，这样即便凤姐或者贾琏再叫当事人，平儿也好为自己开脱。尤其王夫人的陪房周瑞家的恰巧也为小厮求情，平儿不能不给她面子，且平儿本也打算替小厮应着，正好顺水推舟送了周瑞家的一个人情。敲打了走捷径的小厮，小厮仍对她感恩戴德；同时，既给了小厮方便，更照顾了周瑞家的脸面。这样做的好处就是日后无论是凤姐还是平儿有什么差事需要周瑞家的配合，周瑞家的一定是心悦诚服的。凤姐

① 曹雪芹著，脂砚斋批评，大江校点. 脂砚斋批评本红楼梦 [M]. 南京：凤凰出版社，2010：576.

② 曹雪芹著，脂砚斋批评，大江校点. 脂砚斋批评本红楼梦 [M]. 南京：凤凰出版社，2010：579.

③ 曹雪芹著，脂砚斋批评，大江校点. 脂砚斋批评本红楼梦 [M]. 南京：凤凰出版社，2010：309.

在荣府管事之权是越过了王夫人的，年轻，辈分低，震慑像周瑞家的这样的奴才其实也颇为不易，有这样收买人心的机会，平儿当然不会错过。至于那个得到平儿批假的小厮，以后平儿使唤起来也定会得心应手。这便是平儿的高明之处，为人处事既有收买，又有弹压，真乃凤姐手下无弱兵也。

平儿在处理与贾琏乳母赵嬷嬷的关系时的表现也一样可圈可点。赵嬷嬷无事不登三宝殿，她唯一一次出场就是来贾琏处找凤姐为儿子们谋求差事。凤姐雷厉风行，即刻便向贾蔷要来两个采办之职，只待赵嬷嬷报上儿子们名字便可皆大欢喜时，赵嬷嬷却听呆了话，不接茬了。眼看凤姐之前的铺垫要落空，平儿忙暗中"笑推"了一把赵嬷嬷，赵嬷嬷如梦方醒，报出了凤姐口中的"两个在行妥当人"的姓名，这出戏才完美落幕。平儿这一"推"，不仅成全了赵嬷嬷的慈母心，更拉近了与赵嬷嬷的关系，相较袭人不容于李嬷嬷，平儿的主动经营才是成功的关键。且平儿之"推"，实属私下里的小动作，足以提醒赵嬷嬷，却又不至于抢了凤姐之风头。平儿有才且不逞才最是打动人心。

俏且贤的袭人与平儿，有几多"不犯"之处，便有几多"犯"之处，她俩之处境或如鸳鸯所叹"未必都遂心如意"①，然她俩的可贵就在无论生存环境多么艰难，都始终能保持本心的良善，奋力与命运周旋，活出了超越自身局限之精彩。

---

① 曹雪芹著，脂砚斋批评，大江校点. 脂砚斋批评本红楼梦［M］. 南京：凤凰出版社，2010：361.

第六章

与袭人相关的其他研究

除了袭人的生平及形象研究外，与袭人相关的研究还有笔法及意义研究。此外，袭人的结局也有必要再进行一番探究，尽管在前文袭人的生平研究中为保持研究的完整性已有所提及，但很多研究者发现前八十回《红楼梦》所留有关袭人的伏笔与后四十回《红楼梦》袭人的结局情节存在矛盾，百二十回通行本袭人的结局仍有待商榷及继续研究，故专辟章节深入探究。选择将结局研究置于最后一章的最后一节，也是为了呼应"花袭人有始有终"之伏线。

第一节　与袭人相关的笔法研究

如果说袭人的形象研究是袭人研究的重点内容，那么与袭人相关的笔法研究便是仅次于形象研究的次重点内容。笔法研究包括两部分，一是小说中有关袭人形象塑造的笔法研究，二是探究袭人过程中所使用的笔法研究。

一、袭人形象塑造的笔法研究

有关袭人形象塑造笔法的研究最早可追溯到"脂批"，王希廉后来居上，堪称笔法研究的集大成者。除此之外，其他研究者也有对笔法研究的精彩论断，如胡适提到包括"袭人的嫁"等事件"都是很有精彩的小品文字"①。张笑侠在《读红楼梦笔记》第四章中提及袭人与宝、黛、紫鹃四人的一场哭，"各有各的心事。层层写来，丝丝入扣，入情

---

① 胡适.《红楼梦》考证［M］//三大师谈红楼. 南京：译林出版社，2015：196.

入理，真乃一支妙笔也"①；袭人与宝玉夜谈，袭人从宝玉不喜欢听"死"之事说到春分秋月之事，又引起宝玉谈论文官武将之死，认为一层更比一层深，实属好笔法等。结合诸多研究，可将研究袭人的笔法分为如下几类：

（一）对照（关照）

周春在《阅红楼梦随笔》中认为册子中有"前后照应"之关系，推出"袭人在又副册，恰好与鸳鸯在正册对照"②。

王希廉的《红楼梦回评》第八十六回回评："蒋玉函久不提起，今离聘娶袭人为时不远，因借薛蟠途遇，邀同饮酒叙及，且即以当槽张三注视玉函，为次日薛蟠生气砸死张三根由，并宝玉闻知查问红汗巾，袭人嗔说，反挑将来聘娶情事。灵活关照，雕龙手笔。"③ 第九十三回回评："宝玉忖度谁家女儿得嫁蒋玉函，不为辜负。岂知嫁玉函者即是自己平日最爱、最亲之婢女，是侧笔映照法。贾府无数美婢，惟袭人得所。玉函《占花魁》一出，是正笔映照法。"④

（二）虚实（明暗、正反）

徐凤仪在《红楼梦偶得》中提及"第六回袭人初试是正面，上回之可卿乃是反面。此书妙文全在反面，然假梦幻犹是正面，如珍、蓉、蔷等种种暧昧始是反面"⑤，便是从正、反面进行的论述。

王希廉的《红楼梦回评》第六回回评："文章有暗写，有明写。不

---

① 张笑侠. 读红楼梦笔记 [M] //吕启祥，林东海. 红楼梦研究稀见资料汇编. 北京：人民文学出版社，2001：220.

② 周春. 阅红楼梦随笔 [M] //一粟. 红楼梦资料汇编. 北京：中华书局，1964：77.

③ 王希廉. 红楼梦回评 [M] //朱一玄. 红楼梦资料汇编. 天津：南开大学出版社，1985：609.

④ 王希廉. 红楼梦回评 [M] //朱一玄. 红楼梦资料汇编. 天津：南开大学出版社，1985：613.

⑤ 徐凤仪. 红楼梦偶得 [M] //一粟. 红楼梦资料汇编. 北京：中华书局，1964：78.

便明写者当暗写，宝玉于秦氏房中梦教云雨是也；不必暗写者即明写，宝玉与袭人初试云雨是也。"① 第三十三回回评："焙茗向袭人所说贾环是实，薛蟠是虚，故作猜疑之笔，为下回薛蟠剖辩地步。"② 第三十七回回评："王夫人给袭人碗菜月钱是明写，给衣服在众丫头口中说出是暗写，一样事两样写法，方不雷同。"③ 第六十二回回评："宝琴、岫烟、平儿生日是实铺，太祖冥寿，王夫人、贾琏、袭人是虚铺：笔法不同"④。

姚燮在《红楼梦回评》第五十一回回评中说"宝玉于睡梦中，便叫袭人，可知平素衾裯，一夜未曾离过者"⑤。

话石主人在《红楼梦精义》中将袭人当成"是梦境不是虚化"⑥ 的参照物。

哈斯宝在《新译红楼梦回批》第六回（译自百二十回本第十九回）回评中说"万儿之事，其实是要再度揭露贬斥袭人的可鄙可耻"，"所以我把袭人看作妇人中的宋江。深矣哉，作者之憎！把奸谄之辈比作怀妒藏诈的下女仆妇还不够，又从下女仆妇转而比作耗子精才罢手。宝玉讲笑话故事，虽然每句话都说的是黛玉，作者写的这部小说却每个字都是抨击奸谄之徒的"⑦。

陈其泰的《红楼梦回评》第七十七回回评："晴雯被谮，不必显言

---

① 王希廉. 红楼梦回评 [M] //朱一玄. 红楼梦资料汇编. 天津：南开大学出版社，1985：549.
② 王希廉. 红楼梦回评 [M] //朱一玄. 红楼梦资料汇编. 天津：南开大学出版社，1985：571.
③ 王希廉. 红楼梦回评 [M] //朱一玄. 红楼梦资料汇编. 天津：南开大学出版社，1985：574.
④ 王希廉. 红楼梦回评 [M] //朱一玄. 红楼梦资料汇编. 天津：南开大学出版社，1985：593.
⑤ 姚燮. 红楼梦回评 [M] //朱一玄. 红楼梦资料汇编. 天津：南开大学出版社，1985：660.
⑥ 话石主人. 红楼梦精义 [M] //一粟. 红楼梦资料汇编. 北京：中华书局，1964：180.
⑦ 哈斯宝. 新译红楼梦回批 [M] //朱一玄. 红楼梦资料汇编. 天津：南开大学出版社，1985：779 – 780.

而可见者,某机械皆藏而不露也。而取悦于王夫人,则一味揣摩迎合,如应声虫。写袭人正是写宝钗,故观于晴雯之死,而黛玉可知矣。"①第一百四回回评:"八十回后诸回,属稿者不甚体会前书之旨,每多舛谬。即如袭人与紫鹃,薰莸不同器。托袭人道意于紫鹃,犹托宝钗通款于黛玉矣。宝玉慧人,岂肯作此呆事。乃向袭人备诉衷曲,无一语非袭人所不入耳之谈,姑妄听之而已。决不代达之紫鹃也。费此笔墨,太觉无谓。安得能文者,一切芟除之,另出锦心绣口,为宝玉一白沉冤也。黛玉死后,宝玉欲自言心迹,竟无一人可与言者。即向紫鹃琐琐,亦复赘笔无味。吾意只须于旁敲侧击处,偶一提撮,即已醒豁,不必在正面着笔,为妙。"②

张其信在《红楼梦偶评》中将第六回定为"袭人事","此最是要紧之笔,以见宝玉此时于此事已做得惯熟,而成日家在女孩子队里闹,不可想而知乎?此通篇所以成镜花水月之文,而处处有惊鸿脱兔之妙也"③;一百二十回"袭人出贾府。宝玉情缘,以袭人始,故仍以袭人终。了结袭人处,尽态极妍,笔酣墨饱,意淫之神理,到底不懈。袭人无死所。袭人一面,也算是一落千丈强,作者命意与黛玉同"④。

吴宓在《红楼梦新谈》第六部分中提到陪衬法,也是将袭人看成宝钗的影子。

张笑侠在《读红楼梦笔记》第四章中由麝月不识秤子"可见素日怡红院的经济事故,全由袭人经手,此是暗补笔"⑤ 等。

平安在《明暗的描写法》中说"宝玉和袭人、可卿三人之情,就

① 陈其泰. 红楼梦回评 [M] //朱一玄. 红楼梦资料汇编. 天津:南开大学出版社,1985:738.
② 陈其泰. 红楼梦回评 [M] //朱一玄. 红楼梦资料汇编. 天津:南开大学出版社,1985:757.
③ 张其信. 红楼梦偶评 [M] //一粟. 红楼梦资料汇编. 北京:中华书局,1964:216.
④ 张其信. 红楼梦偶评 [M] //一粟. 红楼梦资料汇编. 北京:中华书局,1964:218.
⑤ 张笑侠. 读红楼梦笔记 [M] //吕启祥,林东海. 红楼梦研究稀见资料汇编. 北京:人民文学出版社,2001:259.

是一个明写，一个暗写"①。

（三）详略

王希廉的《红楼梦回评》第三回回评："专写黛玉形貌、神情，是此回之主。中间带写王熙凤、迎春、探春、惜春，因主及宾，故亦写及装束、仪容，又带出王夫人、邢夫人、李纨及宁荣二府房屋、家人、小使、丫鬟，即点出袭人、鹦哥、王嬷、李嬷等人。末后带起薛宝钗家。看他不慌不忙，出落次序，有极力描写者，有淡描本色者，有略言大段者，有宾有主，有宾中之主，宾中之宾：笔墨笼罩全部。"②

野鹤在《读红楼札记》中提到："袭人与宝玉苟且之事大书特书，与琏二爷多姑娘一节略似，真是史笔。作者之不与袭人也，至矣。"③

（四）伏笔

王希廉的《红楼梦回评》第十九回回评："袭人不肯出贾府心事，后文补写，却先于宝玉眼中看见他两眼圈红，问他哭什么为伏笔，则补写一层便不鹘突。"④ 第二十回回评："借李嬷吵骂，写袭人之能忍，即借袭人之病睡，逗起麝月、晴雯，为后文伏笔。"⑤ 第二十一回回评："宝钗听袭人说话，有心赏识，留神探问，为后文伏笔。"⑥ 第二十八回回评："蒋玉函于酒令中无意说出'袭人'二字，松花汗巾玉函先已束

① 平安. 明暗的描写法 [M] //吕启祥，林东海. 红楼梦研究稀见资料汇编. 北京：人民文学出版社，2001：711.

② 王希廉. 红楼梦回评 [M] //朱一玄. 红楼梦资料汇编. 天津：南开大学出版社，1985：546.

③ 野鹤. 读红楼札记 [M] //一粟. 红楼梦资料汇编. 北京：中华书局，1964：288.

④ 王希廉. 红楼梦回评 [M] //朱一玄. 红楼梦资料汇编. 天津：南开大学出版社，1985：559.

⑤ 王希廉. 红楼梦回评 [M] //朱一玄. 红楼梦资料汇编. 天津：南开大学出版社，1985：560.

⑥ 王希廉. 红楼梦回评 [M] //朱一玄. 红楼梦资料汇编. 天津：南开大学出版社，1985：561.

腰间，大红汗巾夜间宝玉又系袭人腰里，姻缘固有前定，伏笔构思甚巧。"① 第三十回："袭人一口鲜血，引起后文宝玉遍身是血。"② 第三十三回回评："蒋琪置买庄房，已伏后来娶袭人事。"③ 第五十一回回评："袭人母死，引起后文许多丧事，又为晴雯、麝月亲近宝玉之由及晴雯得病之根。"④ 第五十九回回评："晴雯偏说'打发出去'，心狠结怨，岂知后来婆子未逐而自己却遭捧逐。此等处俱是反伏后文，且梨园女子概行遣去，亦即于此埋根。"⑤ 第一百一十八回回评："袭人也愿意跟惜春出家，亦是反跌后文。"⑥

陈其泰在《红楼梦回评》第三十三回回评中提到："写宝玉吃此大亏，引出袭人在王夫人前浸润之言，为杀晴雯离黛玉之根苗也。而姐妹中情分之浅深，亦可一一写出。"第三十四回回评："袭人浸润之潜，足制黛玉死命。书中不见宝钗之迹，而写袭人处，自令人知宝钗一面。犹恐读者疏忽，故借薛蟠数语，大声疾呼以喝破之。笔墨之妙，巧夺天工。"⑦

哈斯宝在《新译红楼梦回批》第六回（译自百二十回本第十九回）回批中曰："本回中小书房风流韵事，是为袭人的故事张本的。宝玉若不见茗烟、万儿之事，怎会想去袭人家？不去袭人家，怎会见到穿红的

① 王希廉. 红楼梦回评 [M] //朱一玄. 红楼梦资料汇编. 天津：南开大学出版社，1985：566.
② 王希廉. 红楼梦回评 [M] //朱一玄. 红楼梦资料汇编. 天津：南开大学出版社，1985：568.
③ 王希廉. 红楼梦回评 [M] //朱一玄. 红楼梦资料汇编. 天津：南开大学出版社，1985：570.
④ 王希廉. 红楼梦回评 [M] //朱一玄. 红楼梦资料汇编. 天津：南开大学出版社，1985：585.
⑤ 王希廉. 红楼梦回评 [M] //朱一玄. 红楼梦资料汇编. 天津：南开大学出版社，1985：592.
⑥ 王希廉. 红楼梦回评 [M] //朱一玄. 红楼梦资料汇编. 天津：南开大学出版社，1985：634.
⑦ 陈其泰. 红楼梦回评 [M] //朱一玄. 红楼梦资料汇编. 天津：南开大学出版社，1985：719.

姑娘？不见到穿红的姑娘，袭人的狡计娇嗔又从何而出？"①

（五）补笔

王希廉的《红楼梦回评》第三十二回回评提到："借袭人向湘云道喜，补叙十年前情事，想见小女孩在一处无话不说，灵活可爱。"② 第五十四回回评："于极热闹时插入宝玉出席赴园，并袭人、鸳鸯闲话，既写宝玉疼爱袭人，且补出鸳鸯父母俱故，心中更无牵挂。"③

张笑侠在《读红楼梦笔记》第四章中借袭人问平儿月钱引出凤姐放债的补笔，"宝玉出北门祭祀，袭人一定着急，不明写，只由老妈妈口中略略一表。又不板，又省笔墨"④，"从凤姐开脱袭人不跟出宝玉之罪，引出鸳鸯之母死，省去许多笔墨"⑤。

（六）云山雾罩

王希廉的《红楼梦回评》第三十四回回评曰："借王夫人问贾环话，引出袭人一番说话。袭人固善于乘机，文笔亦不鹘突。贾环搬舌，袭人讳而不言，省却无数是非。袭人说黛玉、宝钗'在山色有无中'，妙极！"⑥

————————

① 哈斯宝. 新译红楼梦回批［M］//朱一玄. 红楼梦资料汇编. 天津：南开大学出版社，1985：779.

② 王希廉. 红楼梦回评［M］//朱一玄. 红楼梦资料汇编. 天津：南开大学出版社，1985：569.

③ 王希廉. 红楼梦回评［M］//朱一玄. 红楼梦资料汇编. 天津：南开大学出版社，1985：587.

④ 张笑侠. 读红楼梦笔记［M］//吕启祥，林东海. 红楼梦研究稀见资料汇编. 北京：人民文学出版社，2001：236.

⑤ 张笑侠. 读红楼梦笔记［M］//吕启祥，林东海. 红楼梦研究稀见资料汇编. 北京：人民文学出版社，2001：251.

⑥ 王希廉. 红楼梦回评［M］//朱一玄. 红楼梦资料汇编. 天津：南开大学出版社，1985：571.

第六章 与袭人相关的其他研究

（七）对比

　　王希廉在《红楼梦回评》第三十四回回评中提到："黛玉与宝玉段段不避嫌疑，密语私言；宝钗与宝玉往往正言相劝，毫无狎亵。二人举动不同，钟情无异。袭人虽心钦宝钗，而于防闲之处仍相提并及，不分重轻，立营得休。"① 第三十九回回评："袭人、鸳鸯、平儿实为丫头中出类拔萃之人，于此回中借李纨总写一番，彩霞是陪衬。"② 第四十回回评："宝玉提起彩霞老实，探春说他'心里有数'，即用李纨说'那也罢了'撇开，接入赞袭人，褒贬意在言外。""分送余肴给平儿、袭人，并不送赵、周二姨娘，于周到中形容出好歹心事"③。第五十九回回评："袭人见婆子央求，即便心软，平儿说'得饶人处且饶人'，两人慈厚存心，所以结果不同。晴雯偏说'打发出去'，心狠结怨，岂知后来婆子未逐而自己却遭撵逐。"④

190

　　姚燮的《红楼梦回评》第二十八回回评中说"写玉函、袭人汗巾之后，接写宝玉、宝钗赐物。若论吉兆皆吉，若论凶兆皆凶，事异而兆同也"，且"此回中，宝钗、袭人之终身已定矣"⑤。第三十六回回评："前段写分例银，是花姑娘，分未正而名已定也；此段写梦中语，是薛姑娘，名未正而分已定也。吾盖为颦儿、晴雯叹焉。"⑥

---

① 王希廉. 红楼梦回评 [M] //朱一玄. 红楼梦资料汇编. 天津：南开大学出版社，1985：571 - 572.

② 王希廉. 红楼梦回评 [M] //朱一玄. 红楼梦资料汇编. 天津：南开大学出版社，1985：575.

③ 王希廉. 红楼梦回评 [M] //朱一玄. 红楼梦资料汇编. 天津：南开大学出版社，1985：576 - 577.

④ 王希廉. 红楼梦回评 [M] //朱一玄. 红楼梦资料汇编. 天津：南开大学出版社，1985：592.

⑤ 姚燮. 红楼梦回评 [M] //朱一玄. 红楼梦资料汇编. 天津：南开大学出版社，1985：652.

⑥ 姚燮. 红楼梦回评 [M] //朱一玄. 红楼梦资料汇编. 天津：南开大学出版社，1985：654.

王若南在《〈红楼梦〉妾妇形象研究》① 一文中提到妾妇形象塑造艺术，在论及对比手法时，将袭人归为"同一人物前后阶段的对比"，认为"袭人成熟持重，在王夫人默许她为宝玉姨娘的前后，对宝玉的态度也有一个大的转变，为了顺利成为宝玉的妾室，更加自重起来"。

（八）断续（穿插）

王希廉的《红楼梦回评》第四十六回回评曰："鸳鸯正生气时，又间叙平儿、袭人互相取笑，不但文有生趣，且见鸳鸯胸中早认定一个'死'字。"② 第五十四回回评："凤姐借照应园中及预备宝玉回房等事，开脱袭人不来伺候，又引出鸳鸯母死不来伺候，灵变可爱。"③

（九）继承别的笔法

诚斋的《红楼琐记》认为《红楼梦》中描写人物是"脱胎于《水浒》"，"袭人、熙凤似吴用"，"晁盖中箭，宋江独哭；晴雯被逐，袭人独哭"；"李逵骂宋江"，"李妈妈骂袭人"，"皆为依样葫芦之笔"④。

（十）对话

韦士在《红楼梦里的对话》中提到《红楼梦》之所以以个性描写著称，是因为"它的对话"，"无论宝玉、黛玉、晴雯、袭人，皆能因几句单纯的对话，而显出各自的个性"⑤。

---

① 王若南. 《红楼梦》妾妇形象研究 [D]. 哈尔滨：哈尔滨师范大学，2017.
② 王希廉. 红楼梦回评 [M] //朱一玄. 红楼梦资料汇编. 天津：南开大学出版社，1985：581.
③ 王希廉. 红楼梦回评 [M] //朱一玄. 红楼梦资料汇编. 天津：南开大学出版社，1985：587.
④ 诚斋. 红楼琐记 [M] //吕启祥，林东海. 红楼梦研究稀见资料汇编. 北京：人民文学出版社，2001：658.
⑤ 韦士. 红楼梦里的对话 [M] //吕启祥，林东海. 红楼梦研究稀见资料汇编. 北京：人民文学出版社，2001：713.

第六章　与袭人相关的其他研究

二、探究袭人过程中所使用的笔法研究

研究者在研究袭人的过程中会选择不同的方法及角度，形成了不同的笔法。

（一）对比研究法

此法是众研究者使用频率最高的方法，前文袭人影子形象研究及纵深层次研究中已经论及，故本处只点明类别而不再赘述。

（二）纪年研究法

张笑侠在《红楼梦大事年表》中提及第十九回宝玉私自去袭人家的时间是壬子年正月十六，并将其换算成《红楼梦》的记事时间，为第十六年。尽管并未将袭人当成统筹全文纪年的主线条，但是对研究袭人颇具启发性，比如本文之前的袭人小传研究就是将元春省亲的时间脉络作为袭人年龄的参照线索的。

（三）谶文研究法

与袭人有关的谶文，主要有判词、谶图、花签、戏文及物品。

1. 与袭人相关的图、判词、诗文及戏文研究

化蝶在《金陵十二钗册》中分析十二钗又副册第二图及题词，认为"此图是写袭人。题词第一第二两句，是叹袭人的性情面貌。第三句是说袭人后来嫁蒋玉函，第四句是说没嫁与宝玉"[1]，合情合理。

周春的《阅红楼梦随笔》一文点明"千古艰难惟一死，伤心岂独息夫人"诗句选自杜牧的《桃花夫人庙》诗，虽然没有进一步论述，

---

① 化蝶. 金陵十二钗册［M］//吕启祥，林东海. 红楼梦研究稀见资料汇编. 北京：人民文学出版社，2001：334.

然一旦点明诗之出处，就能推断论者对袭人之态度了。众所周知，杜牧的这首诗是借绿珠坠楼的贞烈讽刺息夫人的软弱与苟且偷生，显然袭人也属苟且偷生之辈。

话石主人在《红楼梦精义》中提到戏文照应，认为"伯府戏，《花魁》应袭人"①。第九十三回，宝玉在贾赦的带领下去临安伯府吃酒，席上遇到蒋玉菡，蒋玉菡唱了一出《占花魁》的戏，戏中蒋玉菡所扮演的秦小官角色将对花魁的那种"怜香惜玉"之情做到了极致，且在戏中的"对饮对唱"尽现"缠绵缱绻"之情，此处"应袭人"是指对袭人与蒋玉菡婚后琴瑟和鸣生活的暗示。

赤飞在《红楼人物姓名谈》之《姓名与姓名谜》②中分析了袭人名字的"姓名画谜"，以第五回判词为据，认为"一簇鲜花，一床破席"是画面，"花袭人"是谜底，"'花'猜姓氏；'席'，谐音'袭'"。

2. 袭人所抽花签研究

王希廉在《红楼梦回评》第六十三回回评中提到"宝钗、探春、李纨、湘云、香菱、麝月、黛玉、袭人等所制花名俱与本人身分（份）贴切"③。王希廉只是对袭人和桃花的对应关系予以肯定，至于如何贴切，却无详细说明。由于桃花意象众多，本不好妄加推测，然结合王希廉在《红楼梦回评》中对袭人的肯定性评论，至少能断定不应是"无情桃花逐流水"之类的对照。

张庆善、刘永良在《漫说红楼》之《行酒令与刻画人物》篇中说"桃花又是一年春"之签是"以桃花来比喻袭人"，刻画了"签主的性格"，预示了签主的"命运与归宿"④。

① 话石主人. 红楼梦精义［M］//一粟. 红楼梦资料汇编. 北京：中华书局，1964：179.
② 赤飞. 红楼人物姓名谈［M］. 北京：新华出版社，2007：222.
③ 王希廉. 红楼梦回评［M］//朱一玄. 红楼梦资料汇编. 天津：南开大学出版社，1985：595.
④ 张庆善，刘永良. 漫说红楼［M］. 北京：人民文学出版社，2000：181.

何红梅①以桃花统领袭人的性格和命运，一是桃花花名，"有贴切身分（份）""薄命""轻薄"等解；二是题字"武陵别景"和附诗"桃红又见一年春"，有"袭人再嫁"及"文笔蕴藉"等解；三是签语"杏花陪一盏，坐中间同庚者陪一盏，同辰者陪一盏，同姓者陪一盏"，有"关乎群芳薄命"或"关乎特写芳官"之解。

刘霜将桃花定义为袭人的主花喻，并将"薄幸、轻佻"之寓意赋予袭人，喻袭人"谄媚其主的个性及改嫁他人的命运"②。

3. 与袭人相关的物品研究

哈斯宝在《新译红楼梦回批》第十一回（译自百二十回本第二十八回）回评中从语音的角度分析"汗巾"的用意，认为"汗巾"Kuriyeteng 之义就是要"像 Kuriye（围墙）一样恪守男女之间的大禁大忌"。由于"汗巾"经历了从北静王到琪官到宝玉到袭人的过程，故认为袭人等人是失去"大禁大忌"的。提及蒋玉菡在宴席上说到有关"花气袭人"的对子，认为是他俩联姻的"迷谶"③。

（四）调查问卷法

赵景深在《红楼梦测验》④中设计了一份两道题的调查问卷，向 53 人发放。第一道题："你觉得《红楼梦》中那（"哪"之误字）几个人的性格写得最成功？"结果为：袭人得 13 票，仅次于黛玉、宝钗、凤姐、宝玉及刘姥姥，排名第六。第二题："你觉得此书哪几段情节至今犹有深刻印象？"结果为："初试云雨"得 6 票，排名第六，同时"袭人发现宝玉""袭人劝宝玉"各得一票。

---

① 何红梅. 清代《红楼梦》评点论"桃花"与"袭人"［J］. 齐鲁师范学院学报，2015（3）：102－109.
② 刘霜.《红楼梦》"以花喻人"研究［D］. 西宁：青海师范大学，2017.
③ 哈斯宝. 新译红楼梦回批［M］//朱一玄. 红楼梦资料汇编. 天津：南开大学出版社，1985：786－787.
④ 赵景深. 红楼梦测验［M］//吕启祥，林东海. 红楼梦研究稀见资料汇编. 北京：人民文学出版社，2001：758.

（五）小传式研究法

阿英在《红楼梦书话》中对《红楼梦谱》进行介绍，各个人名之下系小传，如将袭人归为"宝玉房"，小传为"姓花，原名珍珠。有兄花自芳。本贾母房中人，分与宝玉。后宝玉出家，嫁与蒋玉函"①。

（六）从语言学角度进行研究

刘文琼以第十九回为例，通过对花袭人的拒绝言语行为进行研究，包括"事件、拒绝理由、拒绝方式、拒绝后有无建议及以何种态度提出建议和拒绝后对方的态度"等，得出"袭人是一个很会使用拒绝言语行为的人"②。

（七）从领导学角度进行研究

王晓春从领导科学的视角分析袭人的优势，说她"说话有分寸，行为守规矩，待人宽容，有良好的人缘，善于处理人际关系，具有大局意识，忠于领导，从不僭越，待人善始善终，对工作任劳任怨，尽心做好每份工作，把委屈留给自己"，有"良好的综合素养和大局意识"③，其实是侧重于袭人的意义探究。

（八）从生存角度进行研究

刘元东从生存视角对袭人进行研究，认为袭人具有"高瞻远瞩的战略眼光、委曲求全的处世态度、化险为夷的应变能力"，是一个成功者④。

① 阿英. 红楼梦书话［M］//吕启祥，林东海. 红楼梦研究稀见资料汇编. 北京：人民文学出版社，2001：696.
② 刘文琼.《红楼梦》中袭人的拒绝言语行为［J］. 文教资料，2021（4）：18，34.
③ 王晓春.《红楼梦》中"四大丫鬟"的处事之道及其借鉴［J］. 领导科学，2019（15）：109.
④ 刘元东. 生存视角下的袭人研究［J］. 黑龙江社会科学，2007（1）：131.

第六章 与袭人相关的其他研究

第二节　袭人的研究意义

一、审美性

袭人作为小说作品中的一位人物，其研究的意义首先体现在文学审美方面。

很多研究者跳出袭人好坏之论的思维圈，开始关注袭人文学审美上的价值。比如吴颖将袭人当作塑造得"非常成功的艺术典型之一"①；孙伟科在《〈红楼梦〉与诗性智慧》之《关于袭人形象的评价问题》中将袭人当作"《红楼梦》塑造得最成功的文学人物之一"②；黄志鸿、管乔中也将袭人看成是塑造得"最完整、最成功、最典型、最有代表性"之人物③。

杨全红认为袭人的丰富性在于她既"是一个灵魂高尚的女奴"，又是"诸多封建关系中有价值的人物之一"；她的复杂性在于"她的高尚是站在封建立场上的，便难免失去一些光彩"，"而她的封建思想又是依附于一个高尚的灵魂的，这种矛盾的统一便使得这一人物形象具有更深刻的意义"④。

白盾将袭人的研究意义上升到"更认识《红楼梦》""更认识艺术

---

① 吴颖. 论花袭人性格［J］. 红楼梦学刊，1985（1）：198.
② 孙伟科.《红楼梦》与诗性智慧［M］. 北京：北京时代华文书局，2015：194.
③ 黄志鸿，管乔中.《红楼梦》人物形象研究——袭人篇［J］. 韩山师范学院学报，2017（5）：59.
④ 杨全红. 花袭人形象的丰富性和复杂性［J］. 六盘水师专学报（社会科学版），1991（1）：37－40.

的本真"的审美新高度①。

马国权认为袭人"真实性和深刻性是前所未有的。她是一个思想与感情呈逆向运动的复杂人物,有着很大的审美价值"②。

李希凡、李萌从正反两面对袭人进行研究,认为袭人在艺术创造上是"写得最成功的人物之一"③。

其实一直以来有关袭人正面形象和反面形象的争论不休,正是袭人形象复杂性的反映,袭人作为小说中的一名小人物,"小"仅是之于地位和身份,论及其形象的内涵,不仅不"小",还很高大立体。

二、实践性

李辰冬曾提出,"我们喜欢一种花或一种果品",不能"只在欣赏这朵花的美丽或这样果品的滋味",还应该"进一层考究这样花果的根源,从怎样的土质,怎样的雨量,怎样的培养,才由种子而生根,由根而生干,由干而生枝,由枝而开花结果",如果"知道了他的根源","花果的成熟,也就自然地瞭(了)然了"④。所以学习袭人形象塑造的创作方法,应该是袭人研究的题中之义。

端木蕻良在《向红楼梦学习描写人物》⑤ 一文中提及《红楼梦》中描写人物的手法,"要配衬"写法中说"黛玉身畔有紫鹃,宝玉身旁有袭人……而这些角色,彼此又都互为生色","着力写宝钗、黛玉,也

---

① 白盾. 花袭人辨 [J]. 红楼梦学刊, 2003 (2): 78.

② 马国权. 晴雯袭人平儿简论——《红楼梦》人物论纲之二 [J]. 咸阳师范学院学报, 2007 (1): 76.

③ 李希凡,李萌. 传神文笔足千秋——《红楼梦》人物论 [M]. 上海: 东方出版中心, 2017: 390.

④ 李辰冬.《红楼梦》在艺术上的价值 [M] //吕启祥,林东海. 红楼梦研究稀见资料汇编. 北京: 人民文学出版社, 2001: 511.

⑤ 端木蕻良. 向红楼梦学习描写人物 [M] //吕启祥,林东海. 红楼梦研究稀见资料汇编. 北京: 人民文学出版社, 2001: 794 – 796.

着力写袭人、晴雯";"多态"写法中提及"写袭人也能用圈套,使手腕,讲道理,作文章,打通上下,收买人心,做面子,落落大方,假道学,占上风,打点手眼,攻击弱点,偷梁换柱,借刀杀人",认为袭人与宝钗在本质上是一样的。

王璜的《论红楼梦里的文学用语》① 从日常言语的角度指出作者塑造人物的高超技艺,如袭人的"佞巧"是通过将人物的个性"寄于个人的言谈之中"表现的。

袁圣时在《红楼梦研究》② 中认为《红楼梦》于人物性格之描写,是"超群拔众,艳绝群书",尤其针对比较重要的角色,性格更是"划然分明",绝不雷同,例证中提及袭人与芳官是"形则似矣而态不同也",袭人与宝钗"形态俱似而韵致复各殊"。

三、教育性

林文山认为袭人的悲剧意义在于揭示"封建主义制度的各个方面都是那样可恶",不仅"叛逆者、反对者"遭遇打击,"卫道者、笃信者"(袭人)也并无好结局③。

吴颖通过研究袭人的性格,认为袭人性格的历史意义在于揭示"封建社会的许多血淋淋、活生生的严峻而又残酷的生活真理和'斗争形式'"④。

白盾认为通过研究袭人,"更认识生活的丰美,人生的多样、深邃与芬芳,从而更加认识人、认识人性、认识人生"⑤。

① 王璜. 论红楼梦里的文学用语 [M] //吕启祥,林东海. 红楼梦研究稀见资料汇编. 北京:人民文学出版社,2001:1044.

② 袁圣时. 红楼梦研究 [M] //吕启祥,林东海. 红楼梦研究稀见资料汇编. 北京:人民文学出版社,2001:1403.

③ 林文山. 枉自温柔和顺——论袭人 [J]. 红楼梦学刊,1984 (4):175.

④ 吴颖. 论花袭人性格 [J]. 红楼梦学刊,1985 (1):198.

⑤ 白盾. 花袭人辨 [J]. 红楼梦学刊,2003 (2):78.

刘丽和谷春龙认为透过袭人的悲剧结局"要想获得平等的生活，要想摆脱不公正的命运，在那个社会里，是断然行不通的"①。

四、启发性

在袭人研究中，不少研究者也发现了一些漏洞或谬误，由这些漏洞或谬误又引发对《红楼梦》有关情节和版本等方面的思考。

（一）由有关袭人之谬误引发对某些情节合理性方面的怀疑

王希廉在《红楼梦总评》第三十回提出"袭人赴宝钗处，等至二更，宝钗方回来，会否借书，一字不提，竟与未见宝钗无异，似有漏句"②；第七十七回，晴雯遭撵病危，宝玉探望后互换衣物，袭人作为贴身伺候之人，"断无不见红袄之理，宝玉必向说明，嘱令收藏。乃竟未叙明，实为缺漏"③。张笑侠在《读红楼梦笔记》第四章中也提到袭人去宝钗处借书事"似有漏笔"④，同王希廉之说。

王希廉在《红楼梦总评》第三十六回中提及"袭人替宝玉绣兜肚，宝钗走来，爱其生活新鲜，于袭人出去时，无意中代绣两三花瓣。文情固妖媚有致。但女工刺绣，大者上绷，小者手刺，均须绣完配里方不露反面针脚。今兜肚是白绫红里，则正里两面已经做成，断无连里刺绣之

---

① 刘丽，谷春龙. 媸妍遭人妒，谋诟得恩宠——论晴雯与袭人形象的历史意蕴 [J]. 黑龙江省文学学会 2011 年学术年会论文集，2011：155.
② 王希廉. 红楼梦总评 [M] //朱一玄. 红楼梦资料汇编. 天津：南开大学出版社，1985：541.
③ 王希廉. 红楼梦总评 [M] //朱一玄. 红楼梦资料汇编. 天津：南开大学出版社，1985：542.
④ 张笑侠. 读红楼梦笔记 [M] //吕启祥，林东海. 红楼梦研究稀见资料汇编. 北京：人民文学出版社，2001：215.

理，似于女红欠妥"①。此细节处的漏洞，恰揭示了作者曹雪芹所存在的"常识盲区"。此等细究精神和怀疑精神并举的读书之法实在值得吾辈学习。

姚燮在《读红楼梦纲领》中提及"三十二回为壬子，袭人时十七岁，其与湘云十年前同住西边暖阁上，晚上你同我说那话儿，那会子不害臊，这会子怎么又臊了，按十年前袭人与湘云不过七岁上下，如何便解说此等言语"②。姚燮是假设袭人的年龄无误，从而推断出此处情节不合理。

话石主人在《红楼梦精义》中直接对袭人的年龄提出质疑，"袭人与宝钗同庚，非是。按袭人大宝玉两岁，若与钗同庚，则偷试时只十三，似不得便称大丫头。即此可见宝玉游幻当是十三，袭人偷试当是十五，钗、宝同庚，钗、袭不必同庚也"③。胡钦甫在《红楼梦摘疑》一文中质疑香菱的年龄时，提到袭人与香菱、晴雯、宝钗同庚，而宝钗比宝玉大一岁，香菱比宝玉大两岁，很明显存在冲突，故也对袭人的年纪存疑。

其实姚燮与话石主人、胡钦甫的怀疑有异曲同工之妙，本质上都可归为对袭人年龄的怀疑，而正是由于年纪的差错，造成某些情节不合理。

（二）由有关袭人之漏洞引发对《红楼梦》版本的探究

白衣香在《红楼梦问题总检讨》之《曹雪芹的本意》篇中提及"曹雪芹后四十回残稿之已成而散失者，据胡适氏根据脂本考定"有8

---

① 王希廉. 红楼梦总评 [M] //朱一玄. 红楼梦资料汇编. 天津：南开大学出版社，1985：541.
② 姚燮. 读红楼梦纲领 [M] //一粟. 红楼梦资料汇编. 北京：中华书局，1964：174.
③ 话石主人. 红楼梦精义 [M] //一粟. 红楼梦资料汇编. 北京：中华书局，1964：177.

条，其中第 6 条是"有花袭人有始有终一回正文"①，以与袭人有关的回目推测当时流行的版本为残本。

（三） 为解读隐含情节、其他人物形象提供密匙

有人的地方就会存在矛盾，书中也从不避讳，比如袭人与晴雯之类丫头间的矛盾，凤姐与尤二姐之类妻妾间的矛盾，都是显而易见的。其实还有很多矛盾作者也提及了，只是曲笔之下并不易被发现，比如贾母和王夫人之间的矛盾。对这些隐藏的矛盾的解读，对于人物形象的全面展示是很有裨益的。事实上，前文在袭人和晴雯的对比研究中提到袭、晴二人的伯仲情结本质上就是贾母和王夫人之矛盾的缩影，简单论之就是婆媳矛盾。

第三回，黛玉进贾府，通过黛玉的视角展现了一些有关贾母和王夫人的细节：宝玉情感上更加依恋贾母，迎春姐妹们也更加亲近贾母，凤姐尽管是王夫人的内侄女，但也似乎更与贾母投缘，总喜欢在贾母身边凑趣。尊重长者是一层面，贾母比王夫人更得人心也是不争的事实，这既是两人性格使然，也是地位之故。王夫人热衷吃斋念佛，她的婆婆贾母反而更加愿意享受天伦之乐。王夫人面冷言冷，小辈们不大敢亲近；贾母喜欢热闹和说笑，能接受并享受小辈们偶尔的放肆，小辈们能在贾母这里感受到来自长辈的宠溺。

我国历来尊卑、长幼有序，尽管王夫人所生的女儿贵为皇妃，但王夫人为媳，贾母为婆，在内闱的地位仍以贾母为尊，这些王夫人并无异议，让王夫人深感危机的是贾母对宝玉婚事的态度及不容置疑的决定权。贾母在情感上偏向黛玉，当事人宝玉也与贾母的心意不谋而合，这加重了王夫人的焦虑，因为王夫人显然更心仪宝钗，这是王夫人与贾母矛盾的焦点。袭为钗影，晴为黛影，王夫人扬袭贬晴，是对贾母态度的

---

① 白衣香. 红楼梦问题总检讨 ［M］//吕启祥，林东海. 红楼梦研究稀见资料汇编. 北京：人民文学出版社，2001：734－735.

初步试探及挑战。智慧如贾母，黛玉尽管是贾母心尖上的人，但在事关宝玉及贾府前途的大事上，贾母不会感情用事，她显然也看出宝钗比黛玉更适合荣府女主人的位置，故对王夫人先将晴雯逐出荣府再来跟她禀明的"先斩后奏"的行为给予颇为大度的理解。她先亮明自己选晴雯的初衷只为疼爱宝玉，故选中了样样比别人强的晴雯，然计划赶不上变化，"谁知（晴雯）变了"①，既是对王夫人一开始找的驱赶晴雯的理由——"病不离身""比别人分外淘气，也懒"② 的回应，也是主动给自己找台阶下，又用"既是你深知的，岂有大错误的"③ 将王夫人抬到很高的地位，潜台词是"宝玉的婚事还是你做主"；然后用袭人"是没嘴的葫芦"和宝玉"原是个丫头，错投了胎"④ 进行打岔和玩笑，既活跃了气氛，又表明自己不是忍气为之，而是真心诚意为之；最后又结合宝玉不听妻妾劝的特点，赞同王夫人以往不将袭人身份挑明的做法。简单的婆媳间的话家常，贾母的回复中既有开诚布公的陈述事实，又有诙谐有趣的插科打诨，更有对王夫人明里的"抬高"和暗中的敲打，看似赞许王夫人所有行为的背后也宣告了暂时不能将袭人正式抬举为姨娘的决定。王夫人想将袭人扶为姨娘的心思久矣，之前也悄悄把袭人的月银提到姨娘的标准，之所以不公开，既有宝玉年纪小之故，也有"开了脸"后袭人不能放开劝谏的原因，更有贾政不允许之故，且贾政不允许才是主要原因。贾政曾因为袭人的名字就训斥过宝玉不认真读书，单在这些事上用功夫，王夫人便不敢贸然开口。王夫人这次省晨，本想趁着贾母"喜欢"，回明晴雯等一干人事情之机来试探贾母对袭人的态度，

① 曹雪芹著，脂砚斋批评，大江校点. 脂砚斋批评本红楼梦 [M]. 南京：凤凰出版社，2010：617.
② 曹雪芹著，脂砚斋批评，大江校点. 脂砚斋批评本红楼梦 [M]. 南京：凤凰出版社，2010：617.
③ 曹雪芹著，脂砚斋批评，大江校点. 脂砚斋批评本红楼梦 [M]. 南京：凤凰出版社，2010：618.
④ 曹雪芹著，脂砚斋批评，大江校点. 脂砚斋批评本红楼梦 [M]. 南京：凤凰出版社，2010：618.

然后借贾母之力将袭人的名分坐实，这样领着贾母的"旨意"，打着贾母的旗号，也好跟贾政开口。贾母对她的抬袭贬晴行为并不反对，也认可袭人其人，但在抬举袭人的问题上明着赞同，实则反对，顺着王夫人的话头，不主动提将袭人转为姨娘的话题，其实就是她的态度，这也是对王夫人"先斩后奏"行为四两拨千斤式的反击。

王夫人选中老实本分的袭人本无错处，但是晴雯曾经是贾母身边的人，王夫人没有提前与贾母商量并经过贾母首肯就把晴雯打发出去了，这种目无尊长、一意孤行及操之过急的行为才是错处。贾母理解王夫人的"关心则乱"，更担心王夫人被别有用心之人利用。贾母深知王夫人的品行，原是"天真烂漫之人，喜怒出于心臆"，她的"不比那些饰词掩意之人"① 的直言直性，既是她的优点，又很容易被"那些饰词掩意之人"利用。在撵走晴雯的事件中，尽管王夫人的意志坚决，但是也不能忽略王善保家的煽风点火式的鼓动力量。王善保家的本是王夫人的妯娌邢夫人的陪房，也是邢夫人的得力心腹，书中在王夫人见到王善保家的时特交代一句"王夫人向来看视邢夫人之得力心腹人等原无二意"②，大有深意，反过来说，邢夫人的得力心腹乃至邢夫人看王夫人却是有"二意"的。因贾母偏心小儿子贾政，连带偏心王夫人之故，大儿子贾赦及大儿媳邢夫人早有不满，这种不满连带身边伺候的人都有察觉，王夫人却浑无觉察。王善保家的既得了王夫人之命进园照管，那么自己及主子的新仇旧恨就连带牵扯出来了，加之她善于挑唆、生事，公报私仇更是不在话下。她将矛头直指晴雯，说园子里头一个不妥的便是晴雯，"一句话不投机，他就立起两个骚眼睛来骂人，妖妖趫趫"③，她的言辞

---

① 曹雪芹著，脂砚斋批评，大江校点. 脂砚斋批评本红楼梦［M］. 南京：凤凰出版社，2010：582.
② 曹雪芹著，脂砚斋批评，大江校点. 脂砚斋批评本红楼梦［M］. 南京：凤凰出版社，2010：581.
③ 曹雪芹著，脂砚斋批评，大江校点. 脂砚斋批评本红楼梦［M］. 南京：凤凰出版社，2010：581.

猛然触动了王夫人的心事和往事，真是听者无心，说者有意。晴雯固有千般错，但她本是贾母赏赐的人，理应交给贾母发落，王善保家的抓住王夫人护子心切的心理，挑唆王夫人迫不及待地越过贾母处置了晴雯，她这一招"借王夫人之刀"成功泄己之愤后还趁机为离间王夫人与贾母的关系做铺垫。一旦王夫人与贾母的关系有隙失和，邢夫人便有机可乘，可谓一箭多雕。贾母比王夫人看得深远，既不能遂了这些隔岸观火的主子、奴才们的愿，还要体面地维护自己的脸面，妥善安抚王夫人的情绪，进而维系两人的和谐关系，故她暂忍委屈，用插科打诨的方式将此事"混"了过去，而"大家笑了"的一团和气的结果就是按着贾母预设的思路进行的。贾母既有从善如流的胸怀，也有赏罚分明的手段，该听的意见会听，该引起警惕之处也会借机敲打，王夫人还在混沌不知时，贾母已为她解决了被人利用的隐患。所以贾母在荣府至高无上的地位及看似纵享天伦之乐诸事不管的背后是一颗明察秋毫之心，她既有看透世事人心的高智商，又有化解矛盾的高情商，而王夫人"爽利""简单"形象背后的"考虑不周"和"不计后果"也得以展示，那么理家之权越过王夫人旁落凤姐之手也就容易理解了。透过袭人身份定而又未"确"定的情节，不仅贾母和王夫人的形象丰富和细腻起来，同时一些看似不太合情的情节，如荣府明明有王夫人一代女主人，却是低一辈的凤姐理家，也有了部分依据。

而袭人和晴雯的命运在大家的笑声里"一锤定音"了。袭人足够老实，也足够聪明，既能忍辱负重，又能顾全大局，白填了贾母与王夫人的"嫌隙"。晴雯明明是被人冤枉的，贾母为了大局，对她的被撵并不打算追究，那么连带她的死也就无人在意了。晴雯生前聪明伶俐、才貌双全的优点便被所谓的"不稳重""淘气""能说惯道""掐尖要强"掩盖了，对晴雯的盖棺定论就是妖媚惑宝玉。晴雯先被别人暗算遭撵，后于病愤中离世，她的靠山不可谓不强，她本人也足够优秀，仍难逃悲剧的命运。在向来待下人"恩多威少"的诗书礼仪之荣府，她们这些丫头们的处境尚且如此，可见"小"人物们的生存大环境本质上是恶劣的，那么我们就更该对袭人的"争荣夸耀"之心和行为予以理解。尽管成为姨娘仍是奴才身份，但至少算半个主子了，尤其如果有儿女傍身，像赵姨娘那样，只要不主动寻事，平安度日是不成问题的；退一步讲，像周姨娘那样既无贾政宠爱又没有生养之人，只要安分守己，也能落个"不见人寻他"的平淡、安稳。袭人既无赵姨娘"歪心邪意"式的狐媚霸道，又比周姨娘多一份来自宝玉的怜爱，所以做宝玉的姨娘是袭人最好的选择。

（四）展现荣府生活画卷

透过袭人，荣府生活的方方面面也得以呈现。

1．衣着打扮

袭人作为贴身服侍宝玉的丫头，全权负责宝玉的穿衣打扮等生活琐事，根据不同的季节、活动和场合，为宝玉选择合适的服饰。比如，居家可穿日常居家服，有客来访要换见客服，外出有外出服，拜访不同身份的主人，服饰隆重程度也有所不同。第三十六回就有袭人劝宝玉去给薛姨妈拜寿，而宝玉不想去的情节。宝玉不愿去的理由之一就有另穿衣服之顾虑，穿衣之繁琐程度可见一斑。同样在第三十六回，宝玉睡午觉，透过袭人和宝钗的对话可知宝玉睡觉时还有防着凉的肚兜，其作用类似今之睡衣：

> （宝钗）一面又瞧他（袭人）手里的针线，原来是个白绫红里的兜肚，上面扎着鸳鸯戏莲的花样，红莲绿叶，五色鸳鸯……宝钗笑道："这么大了，还带这个？"袭人笑道："他（宝玉）原是不带……如今天气热，睡觉都不留神，哄他带上了，便是夜里总盖不严些儿，也就不怕了……"①

---

① 曹雪芹著，脂砚斋批评，大江校点．脂砚斋批评本红楼梦［M］．南京：凤凰出版社，2010：285．

宝玉身份贵重，自然在穿衣上谨慎，但其实在荣府，连派出去办事的仆人在穿戴上都格外仔细，如第三十七回袭人派宋妈妈给湘云送东西，宋嬷嬷且要"另外穿戴"。

如遇丧事，还有专门的配饰，如第六十四回有袭人为宝玉打结子的情节：

> 只见袭人坐在近窗的床上，手中拿着一根灰色绦子，正在那里打结子呢……宝玉笑着挨近袭人坐下，瞧他打的结子，问道："……打这个那里使？"袭人道："我见你带的扇套，还是那年东府里蓉大奶奶的事情上做的。因那个青东西，除族中或亲友家，夏天有丧事方带得着，一年遇着带一两遭，平常又不犯做。如今那府（宁府）里有事，这是要过去天天带的，所以我赶着另做一个。等打完了结子，给你换下那旧的来。"①

2. 养生

在荣府，茶不仅是日常饮品，也是养生佳品，根据不同的身体情况，选择不同的茶类，如遇积食，可饮普洱茶，其中女儿茶又为上选。第六十三回：

> 宝玉忙笑道："……今儿因吃了面，怕停住食，所以多顽一回。"林之孝家的又向袭人等笑说："该沏些个普洱茶吃。"袭人、晴雯二人忙笑说："沏了一铫子女儿茶，已经吃过两碗了……"②

在荣府过酷暑是可以用冰的，只是像宝玉身体较弱的人不用，甚至连"冰镇"水也不大用，只敢用井水"凉镇"，取点凉意而已。具体情节在第二章第二节已出现，此处不再赘述。

---

① 曹雪芹著，脂砚斋批评，大江校点. 脂砚斋批评本红楼梦［M］. 南京：凤凰出版社，2010：504.
② 曹雪芹著，脂砚斋批评，大江校点. 脂砚斋批评本红楼梦［M］. 南京：凤凰出版社，2010：493.

3. 生病

然即便如此重视养生，也难免生病。荣府中的下人们如遇小病小痛，是可以享受传医问诊之待遇的，一般以发汗和清淡饮食为主要治疗手段，如第十九回、二十回提及袭人偶感风寒的治疗：

> 至次日清晨，袭人起来，便觉身体发重，头疼目胀，四肢火热……宝玉忙回了贾母，传医诊视，说道："不过偶感风寒，吃一两剂药疏散疏散就好了。"开方去后，令人取药来煎了。刚服下去，命他盖上被渥汗。①
>
> ……
>
> 至次日清晨起来，袭人已是夜间发了汗，觉得轻省了些，只吃些米汤静养。②

但是下人们如果病得比较严重，就得离开荣府回家养病，以免传染给主子们。如第五十一回，晴雯生病，就被告知吃药不好的话便得出去养病：

> 晴雯果觉有些鼻塞声重，懒怠动弹。宝玉道："快不要声张！太太知道了，又叫你搬了家去养息……"③

还是宝玉找了"袭人又不在家，他若家去养病，这里更没有人了"的借口才免去晴雯出去养病的麻烦。即便如此，李纨也让人捎话，强调"吃两剂药好了便罢，若不好时，还是出去为是。如今时气不好，恐沾带了别人事小，姑娘们的身子要紧的"④。

---

① 曹雪芹著，脂砚斋批评，大江校点. 脂砚斋批评本红楼梦 [M]. 南京：凤凰出版社，2010：153.
② 曹雪芹著，脂砚斋批评，大江校点. 脂砚斋批评本红楼梦 [M]. 南京：凤凰出版社，2010：159.
③ 曹雪芹著，脂砚斋批评，大江校点. 脂砚斋批评本红楼梦 [M]. 南京：凤凰出版社，2010：401.
④ 曹雪芹著，脂砚斋批评，大江校点. 脂砚斋批评本红楼梦 [M]. 南京：凤凰出版社，2010：402.

4. 出行

比如第九回，宝玉去私塾读书，恰逢冬季，他的随身物品相应也较多，不同的物品由袭人分配给不同的小厮负责：

> 袭人又道："大毛衣服我也包好了，交出给小子们去了。学里冷，好歹想着添换，比不得家里有人照顾。脚炉手炉的炭，也交出去了，你可逼着他们添。那一起懒贼，你不说，他们乐得不动，白冻坏了你。"①

5. 规矩礼节

长辈身体不适，晚辈要专门过去问候。如第二十三回，贾赦生病，袭人向宝玉传达贾母要求宝玉过去请安的指示：

> 只见袭人走来，说道："……那边大老爷身上不好，姑娘们都过去请安，老太太叫打发你去呢。快回去换衣裳去罢。"②

下人见了主子也有很多礼节，如第六十四回，正在专心打结子的袭人见到宝玉进来，"连忙站起"。

贾府男主子在娶妻之前可以先有"屋里人"。如第三十六回，王夫人相中袭人将来长久侍奉宝玉，凤姐就曾向王夫人建议道："既这么样，就开了脸，明放他（袭人）在屋里，岂不好？"③ 可见，袭人的"屋里人"身份其实是可以光明正大的，只是王夫人顾虑较多，所以没有公开。

丫头们回家探亲时要随身携带在府中用的私人物品。如第十九回，袭人回家去过年，用自己的"坐褥""脚炉""茶杯"招待看望自己的宝玉："一面将自己的坐褥拿了铺在一个杌子上，宝玉坐了，用自己的

---

① 曹雪芹著，脂砚斋批评，大江校点. 脂砚斋批评本红楼梦 [M]. 南京：凤凰出版社，2010：75 - 76.

② 曹雪芹著，脂砚斋批评，大江校点. 脂砚斋批评本红楼梦 [M]. 南京：凤凰出版社，2010：187.

③ 曹雪芹著，脂砚斋批评，大江校点. 脂砚斋批评本红楼梦 [M]. 南京：凤凰出版社，2010：284.

脚炉垫了脚……又将自己的手炉掀开焚上，仍盖好，放于宝玉怀内，然后将自己的茶杯斟了茶，送与宝玉。"① 第五十一回，作为准姨娘的袭人回家礼节就更多了，第二章已经介绍过袭人奔丧时在穿衣打扮上的隆重及生活用度上的讲究，其实除了匹配袭人准姨娘身份的考量外，也有一些涉及个人卫生习惯：

（凤姐）又嘱咐袭人道："……我再另打发人给你送铺盖去。可别使人家的铺盖和梳头的家伙。"又分付周瑞家的道："你们自然也知道这里的规矩的……"周瑞家的答应："都知道。我们这去到那里，总叫他们的人回避。若住下，必是另要一两间内房的。"②

不用别人的铺盖及梳头的家伙，其实是讲究个人卫生；"另要一两间内房"则是为了保护隐私和不乱身份。

下人中如有近亲属去世，荣府会给予恩典，比如袭人母亲去世时王夫人给了四十两的赏银。赏银数目不定，因人、事而异，比如赵姨娘的兄弟去世，就只给了二十两赏银，但依然有据可循。一般来说，家生的奴才比外头买来的奴才得到的赏赐要少，如第五十五回由袭人母丧的赏银引出了有关赏银的规格、等级问题：

探春便问李纨。李纨想了一想，便道："前儿袭人的妈死了，听见说赏了银子，是四十两，这也赏他四十两罢了。"吴新登家的听了……接了对牌就走。……探春道："你且别支银子。我且问你：那几年，老太太屋里的几位老姨奶奶，也有家里的也有外头的这两个分别。家里的，若死了人，是赏多少？外头的，死了人，是赏多少？你且说两个，我们听听。"……

---

① 曹雪芹著，脂砚斋批评，大江校点. 脂砚斋批评本红楼梦 [M]. 南京：凤凰出版社，2010：147 – 148.
② 曹雪芹著，脂砚斋批评，大江校点. 脂砚斋批评本红楼梦 [M]. 南京：凤凰出版社，2010：399 – 400.

一时，吴新登家的取了旧帐来。探春看时，两个家里的赏过，皆是二十四两，两个外头的，皆赏过四十两。外还有两个外头的，一个赏过一百两，一个赏过六十两。这两笔底下皆注有原故：一个是隔省迁父母之柩，外赏六十两；一个是现买葬地，外赏二十两……探春便说："给他二十两银子。把这帐留下，我们细看看。"①

遇有节日、生日等特殊日子，礼节颇多。如第六十二回，宝玉过生日，除了穿戴上的讲究外，还有一些其他的规矩：首先要给天地上香，去宗祠、祖先堂行礼，然后给长辈们行礼，颇为正式；其次才接受平辈、丫头们的行礼，形式就比较自由和灵活：

> 宝玉清晨起来，梳洗已毕，冠带出来。至前厅院中，已有李贵等四五个人在那里设下天地香烛。宝玉炷了香，行毕礼，奠茶焚纸后，便至宁府中宗祠、祖先堂两处行毕礼，出至月台上，又朝上遥拜贾母、贾政、王夫人等。一顺到尤氏上房，行过礼，坐了一回，方回荣府。先至薛姨妈处，薛姨妈再三拉着。然后又遇见薛蝌，让一回，方进园来。晴雯、麝月二人跟随，小丫头夹着毡子，从李氏起，一一挨着所长的房中到过。复出二门，至李、赵、张、王四个奶妈家，让了一回，方进来。虽众人要行礼，也不曾受。回至房中，袭人等只都来说一声就是了。王夫人有言，不令年轻人受礼，恐折了福寿，故皆不磕头。歇一时，贾环、贾兰等来了，袭人连忙拉住，坐了一坐，便去了……一群丫头笑了进来，原来是翠墨、小螺、翠缕、入画，邢岫烟的丫头篆儿，并奶子抱着巧姐儿，彩鸾、绣鸾八九个人，都抱着红毡，笑着走来，说："拜寿的挤破了门了，快拿面来我们吃。"刚进来时，探春、湘云、宝琴、岫烟、

---

① 曹雪芹著，脂砚斋批评，大江校点. 脂砚斋批评本红楼梦 [M]. 南京：凤凰出版社，2010：431.

惜春也都来了……平儿也打扮的花枝招展的来了……袭人早在外间安了坐,让他坐。平儿便福下去,宝玉作揖不迭。平儿便跪下去,宝玉也忙还跪下,袭人连忙搀起来。又下了一福,宝玉又还了一揖。袭人笑推宝玉道:"你再作揖。"宝玉道:"已经完了,怎么又作揖?"袭人笑道:"这是他来给你拜寿。今儿也是他的生日,你也该给他拜寿。"宝玉听了,喜的忙作下揖去……①

6. 娱乐

荣府娱乐项目众多,除看戏外还有第六十二回、第六十三回袭人等人为宝玉过生日时提到的弹词、酒令、划拳等项目。酒令也包括诸多项目,如射覆、拇战、占花名等,射覆最难,占花名有趣。

尤氏、李纨,又拉了袭人、彩云陪坐……两个女先儿要弹词上寿……宝玉便说:"雅坐无趣,须要行令才好。"……宝钗笑道:"把个酒令的祖宗拈出来了。射覆从古有的,如今失了传,这是后人纂的,比一切的令都难。这里头倒有一半是不会的,不如毁了,另拈一个雅俗共赏的。"……说着,又着袭人拈了一个,却是"拇战"。史湘云笑着说:"这个简断爽利,合了我的脾气。我不行这个射覆,没的垂头丧气闷人,我只划拳去了。"……探春道:"我吃一杯,我是令官,也不用宣,只听我分派。"命取了令骰、令盆来,"从琴妹妹掷起,挨下掷去。对了点的,二人射覆。"……"三次不中者,罚一杯。"……宝钗和探春对了点子。探春便覆了一个"人"字。宝钗笑道:"这个'人'字泛的很。"探春笑道:"添一个字,两覆一射也不泛了。"说着,便又说了一个"窗"字。宝钗一想,因见席上有鸡,便射着他是用鸡窗、鸡人二典了,因射了一个

① 曹雪芹著,脂砚斋批评,大江校点. 脂砚斋批评本红楼梦 [M]. 南京:凤凰出版社,2010:481-482.

第六章 与袭人相关的其他研究

"埘"字。探春知他射着，用了"鸡栖于埘"的典，二人一笑，各饮一口门杯。湘云等不得，早和宝玉"三""五"乱叫，划起拳来……平儿、袭人也作了一对划拳，叮叮当当……一时湘云赢了宝玉，鸳鸯赢了尤氏，袭人赢了平儿，三个人限酒底、酒面，湘云便说："酒面要一句古文，一句旧诗，一句骨牌名，一句曲牌名，还要一句时宪书上有的话，共总凑成一句话。酒底要关人事的果菜名。"……听黛玉说道："落霞与孤鹜齐飞，风急江天过雁哀，却是一只折足雁，叫的人九回肠，这是鸿雁来宾。"说的大家笑了，说："这一串子，倒有些意思。"黛玉又拈了一个榛穰，说酒底道："榛子非关隔院砧，何来万户捣衣声。"

令完，鸳鸯、袭人等皆说的是一句俗话，都带一个"寿"字的……大家轮流乱划了一阵……大家又该对点的对点，划拳的划拳……①

第六十三回：

宝玉道："……咱们占花名儿好。"晴雯笑道："正是，早已想弄这个顽意儿。"袭人道："这个顽意虽好，人少了没趣。"……袭人等都端了椅子，在炕沿下一陪。黛玉却离桌远远的靠着靠背，因笑向宝钗、李纨、探春等道："你们日日说人夜聚饮赌，今儿我们自己也如此，往后怎么说人?"李纨笑道："这有何妨。一年之中，不过生日、节间如此……"说着，晴雯拿了一个竹雕的签筒来，里面装着象牙花名签子，摇了一摇，放在当中。又取过骰子来，盛在盒内，摇了一摇，揭开一看，里面是五点，数至宝钗。宝钗便笑道："我先抓，不知抓出个什么来。"说着，将筒摇了一摇，伸手掣出一根，大

---

① 曹雪芹著，脂砚斋批评，大江校点. 脂砚斋批评本红楼梦［M］. 南京：凤凰出版社，2010：484-486.

家一看，只见签上画着一支牡丹，题着"艳冠群芳"四字，下面又有镌的小字一句唐诗，道是：任是无情也动人。又注着："在席共贺一杯，此为群芳之冠，随意命人，不拘诗词雅谑，道一则以侑酒。"众人看了，都笑说："巧的很，你也原配牡丹花。"说着，大家共贺了一杯。①

7. 人情交际

袭人作为怡红院的大丫头，在差遣人后会发给被差遣人赏钱，如第三十七回：

> 袭人听说，便命他们摆好，让他们在下房里坐了，自己走到自己房内，秤了六钱银子封好，又拿了三百钱走来，都递与那两个婆子道："这银子赏那抬花来的小子们，这钱你们打酒吃罢。"那婆子们站起来，眉开眼笑，千恩万谢的不肯受，见袭人执意不收，方领了。……"顺便出去叫后门上的小子们雇辆车来。回来，你们就往这里拿钱，不用叫他们又往前头混碰去。"②

袭人对不同的人群给予不同数额的赏钱，可见赏钱亦有定例。

8. 日常服侍人员、数量及现状

宝玉身为当时荣府的第三代主子，身边侍奉的人不可谓不多，在内室多为女性丫头，如在第三十六回，因月钱引出宝玉身边侍奉的丫头们为八个大丫头加八个小丫头：

> 凤姐道："……那一个是袭人。""就是晴雯、麝月等七个大丫头……佳蕙等八个小丫头……"③

---

① 曹雪芹著，脂砚斋批评，大江校点. 脂砚斋批评本红楼梦 [M]. 南京：凤凰出版社，2010：494 – 495.

② 曹雪芹著，脂砚斋批评，大江校点. 脂砚斋批评本红楼梦 [M]. 南京：凤凰出版社，2010：294.

③ 曹雪芹著，脂砚斋批评，大江校点. 脂砚斋批评本红楼梦 [M]. 南京：凤凰出版社，2010：284.

第六十二回，宝玉过生日，内室的袭人等众丫头只是过来问候一声就可以。提及宝玉出门行礼时，有"至前厅院中，已有李贵等四五个人"及"复出二门，至李、赵、张、王四个奶妈家，让了一回"① 的情节，可知在前厅伺候宝玉的男性仆人有四五个，宝玉年幼时还配有四位乳母。除此之外，在后门听差的男性仆人也随时供宝玉等主子们使唤，如第三十七回提到每天安排四个人预备差遣。贾府下人众多，免不了"躲懒""脱岗"，甚至"捧高踩低"，如第四十一回，大观园开宴请刘姥姥时怡红院的小丫头们就有集体"脱岗"之现象：

> （袭人）一面想着，一面回来，进了怡红院便叫人，谁知那几个房子里的小丫头已偷空顽去了。②

第五十五回，由袭人母亲去世引发赏银之疑，探春、李纨等主子们想要弄清楚以往的惯例，免不了受吴新登的媳妇等这些"得脸"仆人们的"敷衍"：

> 刚吃茶时，只见吴新登的媳妇进来回说："赵姨娘的兄弟赵国基昨日死了。昨日回过太太，太太说知道了，叫回姑娘、奶奶来。"说毕，便垂手旁侍，再不言语。彼时来回话者不少，都打听他二人办事如何。若办得妥当，大家则安个畏惧之心，若少有嫌隙不当之处，不但不畏伏，一出二门还要编出许多笑话来取笑。吴新登的媳妇心中已有主意，若是凤姐前，他便早已献勤，说出许多主意，又查出许多旧例来，任凤姐儿拣择施行；如今他藐视李纨老实，探春是年轻的姑娘，所以只说出这一句话来，试他二人有何主见。③

---

① 曹雪芹著，脂砚斋批评，大江校点. 脂砚斋批评本红楼梦 [M]. 南京：凤凰出版社，2010：481.

② 曹雪芹著，脂砚斋批评，大江校点. 脂砚斋批评本红楼梦 [M]. 南京：凤凰出版社，2010：327.

③ 曹雪芹著，脂砚斋批评，大江校点. 脂砚斋批评本红楼梦 [M]. 南京：凤凰出版社，2010：430 – 431.

仆人们之间的矛盾错综复杂，春燕姑妈等年长仆人们与袭人等年轻居"高位"的大丫头们之间就发生过争斗，如第五十九回：

> 那婆子深妒袭人、晴雯一干人，已知凡房中大些的丫环都比他们有些体统权势，凡见了这一干人，心中又畏又让，未免又气又恨……①

大、小丫头们之间也存在"倾轧"现象，如第六十一回发生玫瑰露、茯苓霜失窃事件，彩云借机挤兑玉钏儿，平儿只得通过寻访袭人查找真相：

> 袭人便说："露却是给芳官，芳官转给何人，我却不知。"……晴雯走来，笑道："太太那边的露，再无别人，分明是彩云偷了给环哥儿去了……"
>
> 平儿笑道："谁不知是这个原故！……可恨彩云不但不应，他还挤玉钏儿，说他偷了去了……"②

下人中派系林立，有些下人专打小报告，或者本就是被指派来的眼线，如第七十七回袭人就明示宝玉说身边有"别人"：

> 宝玉道："这也罢了。咱们私自顽话，怎么也知道了？又没外人走风，这可奇怪。"袭人道："你有甚忌讳的，一时高兴了，你就不管有人无人了。我也曾使过眼色，也曾递过暗号，被那别人已知道了，你反不觉。"③

9. 待遇

荣府的仆人们也分等级，等级不同，月钱便不同，如从第三十六回凤姐和王夫人的对话可知，大丫头袭人的月钱是一两，其他几位如晴

---

① 曹雪芹著，脂砚斋批评，大江校点. 脂砚斋批评本红楼梦 [M]. 南京：凤凰出版社，2010：465.

② 曹雪芹著，脂砚斋批评，大江校点. 脂砚斋批评本红楼梦 [M]. 南京：凤凰出版社，2010：478.

③ 曹雪芹著，脂砚斋批评，大江校点. 脂砚斋批评本红楼梦 [M]. 南京：凤凰出版社，2010：611.

雯、麝月等大丫头的月钱是一吊钱，佳蕙等小丫头的月钱是五百钱。

王夫人……又问："老太太屋里，几个一两的？"凤姐道："八个。如今只有七个，那一个是袭人。"……晴雯、麝月等七个大丫头，每月人各月钱一吊，佳蕙等八个小丫头，每月人各月钱五百……①

姨娘和丫头们的月钱相差很大，正妻和姨娘的月钱差别更大。如第三十六回，从王夫人叮嘱凤姐的言语可知，提前给袭人执行姨娘的月钱标准，是二两银子一吊钱，而王夫人作为贾政的正妻，月钱是二十两。

王夫人想了半日，向凤姐儿道："……把袭人的一分裁了。把我每月的月例二十两银子里，拿出二两银子一吊钱来，给袭人。以后凡事有赵姨娘、周姨娘的，也有袭人的。只是袭人的这一分，都从我的分例上匀出来，不必动官中的就是了。"②

得宠或者有头脸的丫头会得到额外赏赐，比如前文提到王夫人单独赏给袭人吃食和衣服。在别处，像袭人类人物也同样能得到额外的赏赐，如第四十回，鸳鸯和凤姐就有"私发"吃食之举；第五十回，李纨特意为袭人送芋头：

（第四十回）鸳鸯道："……挑两碗给二奶奶屋里平丫头送去。"……凤姐儿道："袭人不在这里，你倒是叫人送两样给他去。"③

（第五十回）李纨命人将那蒸的大芋头盛了一盘，又将朱橘、黄橙、橄榄等盛了两盘，命人带与袭人去。④

---

① 曹雪芹著，脂砚斋批评，大江校点. 脂砚斋批评本红楼梦 [M]. 南京：凤凰出版社，2010：283－284.

② 曹雪芹著，脂砚斋批评，大江校点. 脂砚斋批评本红楼梦 [M]. 南京：凤凰出版社，2010：284.

③ 曹雪芹著，脂砚斋批评，大江校点. 脂砚斋批评本红楼梦 [M]. 南京：凤凰出版社，2010：317－318.

④ 曹雪芹著，脂砚斋批评，大江校点. 脂砚斋批评本红楼梦 [M]. 南京：凤凰出版社，2010：392.

到第五十一回，袭人以准姨娘身份回家看望重病的母亲时，其待遇就更加不同了：

> 又分付周瑞家的："再将跟着出门的媳妇传一个，你们两个人，再带两个小丫头子，跟了袭人去。外头派四个有年纪跟车的。要一辆大车，你们带着坐。要一辆小车，给丫头们坐。"①

男性主子们的月钱也是有定额的，像宝玉、贾环、贾兰的月钱是二两银子，上学还有另外的待遇，如第五十五回所提：

> （探春）一面说，一面叫进方才那媳妇来问："环爷和兰哥儿家里这一年的银子，是做那一项用的？"那媳妇便回说："一年学里吃点心，剩者买纸笔，每位有八两银子的使用。"探春道："凡爷们的使用，都是各屋里领了月钱的。环哥的是姨娘领二两，宝玉的是老太太屋里袭人领二两，兰哥儿的是大奶奶屋里领……"②

袭人作为小说中贯穿始终的人物，其作用是多方位的。袭人又是小说中塑造得十分传神的人物之一，所以她的形象分析历来是诸多研究中的"重头戏"。其实在探究袭人形象的同时，也是对其美学特性持续性深挖，袭人的形象因其丰富的研究意义而"不朽"。当然，与之"不朽"形象相对照的还有其悲剧结局的深刻内涵。

---

① 曹雪芹著，脂砚斋批评，大江校点. 脂砚斋批评本红楼梦［M］. 南京：凤凰出版社，2010：399.
② 曹雪芹著，脂砚斋批评，大江校点. 脂砚斋批评本红楼梦［M］. 南京：凤凰出版社，2010：433.

第三节　袭人的结局研究

　　根据《红楼梦》前八十回作者曹雪芹所留伏笔及与袭人相关的一系列意象、袭人名字的由来、袭人"花解语"别称的典故等，可以推知一百二十回本《红楼梦》中有关袭人嫁给蒋玉菡的结局是正确的，但是不完整的；再根据袭人的形象及成长经历可以推测袭人嫁给蒋玉菡不会是喜剧式的结束，而是另一段悲剧的开始，袭人应遭遇与蒋玉菡或生离或死别后才能为其一生画上不完美但完整的句号，同时这也是作者"伏线千里"的题中之意。尤其袭人无法脱离她的那个时代而独存，故袭人的悲剧结局因带有时代烙印而更具代表性意义。

　　《红楼梦》的版本归纳起来主要有抄本和刻本两个系统，二者最明显的不同是抄本只有八十回，刻本有一百二十回。刻本是在抄本的基础上经后人增补、整理完成的，当今通行的版本一般以一百二十回刻本为蓝本。经过增补、整理的一百二十回本，尽管在保持小说情节的完整性方面做出了卓越贡献，但在某些情节上存在的"顾此失彼""丢三落四"等的纰漏也是显而易见的，如有关袭人的结局，仅在袭人嫁给蒋玉菡后便戛然而止，显然是欠妥的。

　　研究袭人结局的文章并不是很多，但研究者都是红学领域的大家，其研究成果也十分具有代表性，如白先勇①从宝玉与蒋玉菡的特殊关系出发，认为袭人和蒋玉菡的结合"最后替贾宝玉完成俗缘俗愿，对全书产生重大的平衡作用"，着重于解读袭人结局的意义；梁归智则从原著和续书的角度，通过后二十八回佚稿之袭人结局"汗巾子姻缘嫁优伶，

---

① 白先勇. 贾宝玉的俗缘：蒋玉菡与花袭人——兼论《红楼梦》的结局意义 [J]. 红楼梦学刊，1990（1）：95–104.

不忘旧主情义深"和后四十回续书之袭人结局"通房丫头未守节，无聊比附息夫人"进行对比，得出原著和续书是"雅俗之别，仙凡之异"的结论。尽管二者研究的重点不同，但都以《红楼梦》前八十回作者所留伏笔为据，认可蒋玉菡与袭人喜结连理的结局，只是都未对袭人结局的完整性有进一步探究。周汝昌、吴世昌及刘心武等人重点探究了袭人离开贾府的原因。袭人作为贯穿全书的一个重要人物，也是作者倾注笔力尤多的"心头之爱"，在塑造袭人的形象方面，既有浓墨重彩的正面渲染，更不乏轻描淡写而又别具匠心的伏笔，故欲对袭人的结局有客观且全面的认识，应重视作者所留的伏笔"隐线"，同时也应重视袭人形象的隐喻和象征意义。

一、一百二十回本中袭人结局的合理性

据统计，前八十回中提及袭人结局的伏笔共有三处，分别为第五回"金陵十二钗又副册"中关于袭人的判词、第二十八回蒋玉菡所行酒令及第六十三回袭人抽到的桃花签。

第五回"金陵十二钗又副册"对袭人的判词：枉自温柔和顺，空云似桂如兰。堪羡优伶有福，谁知公子无缘。①

第二十八回蒋玉菡所行女儿令：女儿悲，丈夫一去不回归。女儿愁，无钱去打桂花油。女儿喜，灯花并头结双蕊。女儿乐，夫唱妇随真和合。②

第二十八回蒋玉菡所唱酒面：可喜你天生成百媚娇，恰便似活神仙离云霄。度青春，年正小。配鸾凤，真也着。呀！看

---

① 曹雪芹著，脂砚斋批评，大江校点. 脂砚斋批评本红楼梦［M］. 南京：凤凰出版社，2010：43.
② 曹雪芹著，脂砚斋批评，大江校点. 脂砚斋批评本红楼梦［M］. 南京：凤凰出版社，2010：232.

天河正高，听谯楼鼓敲，剔银灯同入鸳帏悄。①

第二十八回蒋玉菡所唱酒底：花气袭人知昼暖。②

第六十三回袭人所抽桃花签签题及签语："武陵别景""桃红又是一年春"。③

判词中"公子"指宝玉，"优伶"指蒋玉菡，"优伶有福""公子无缘"暗示袭人离开宝玉，与蒋玉菡喜结连理。蒋玉菡所行的女儿令，本是一首诉说平常女儿悲欢的应景行酒令，因为酒底诗句含有"袭人"二字，被薛蟠道破后便成了袭人的身世之曲；"灯花"句后"佳谶"的"脂批"即暗示袭人别嫁的事实；"夫唱妇随真和合""活神仙离云霄""同入鸳帏悄"之句是对袭人嫁给蒋玉菡后美好生活的描述。其实第二十八回中除了有蒋玉菡在宴会上所行酒令暗示与袭人的缘分外，宴会间隙，一见如故的宝玉和蒋玉菡私下互赠礼物松花汗巾和茜香罗大红汗巾，更加明确了袭人与宝玉、蒋玉菡之缘。松花汗巾原是袭人送给宝玉之物，因蒋玉菡赠给宝玉茜香罗大红汗巾之故，宝玉自作主张将袭人赠与自己的松花汗巾转赠蒋玉菡；之后面对袭人的盘问，宝玉又感不妥，第二次自作主张将蒋玉菡所赠的茜香罗大红汗巾转赠袭人。汗巾本是寻常物品，借助宝玉之手，无意间便成了袭人和蒋玉菡姻缘的信物。尽管袭人将无奈收下的宝玉转赠的茜香罗大红汗巾随手掷在一个空箱子里，但很明显袭人依旧没有掷掉这段姻缘，因为袭人信手抽到的"又是一年春"的桃花签再次印证了袭人不能从一而终的婚姻。故一百二十回本中对袭人的别嫁及别嫁对象为蒋玉菡的推测是合理的。

---

① 曹雪芹著，脂砚斋批评，大江校点. 脂砚斋批评本红楼梦［M］. 南京：凤凰出版社，2010：232.

② 曹雪芹著，脂砚斋批评，大江校点. 脂砚斋批评本红楼梦［M］. 南京：凤凰出版社，2010：232.

③ 曹雪芹著，脂砚斋批评，大江校点. 脂砚斋批评本红楼梦［M］. 南京：凤凰出版社，2010：496.

二、一百二十回本中袭人结局的不完整性

第二十八回除了文中有对袭人的"脂批"外，回首也有"茜香罗、红麝串写于一回，盖琪官虽系优人，后回与袭人供奉玉兄、宝卿得同终始者，非泛泛之文也"① 的"脂批"，茜香罗影射蒋玉菡、宝玉及袭人三人，红麝串影射宝钗，琪官是蒋玉菡的小名，从以上批注中可知后续的情节中还应有蒋玉菡和袭人共同供奉宝玉和宝钗的内容，而现通行的一百二十回本中只在最后一回袭人嫁与蒋玉菡后便匆匆收尾，这样的结局合理，但不全面。

另外，判词中提到袭人的美好品德之前所用的"枉自""空云"这样的修饰语及判词前的鲜花配着一床破席的意象，也是袭人悲剧命运的伏笔，袭人与蒋玉菡的美好婚姻只是插曲，而不是结局。"堪羡优伶有福，谁知公子无缘"，表面之意是写袭人与宝玉无缘，与蒋玉菡有缘，实为互文手法，暗示袭人与宝玉、蒋玉菡都将是先"有福"后"无缘"。"又是一年春"的签语似乎在暗示袭人的命运会有转折，然"武陵别景"的题词将"桃花"意象代入"桃花源"的意象，"桃花源"是"不足为外人道"，且"不复得路"，终"无问津者"的虚拟世界，"桃花源"易逝，暗示袭人与蒋玉菡看似和谐美满的婚姻也将是"镜中月，水中花"式的虚幻存在。另"桃花源"还有避秦乱的一层功用，可以合理推测袭人离开贾府的又一可能缘由是为避祸。

通过以上线索可以断定，袭人的结局不会止于别嫁，应该还有后续，且定以悲剧收场，因为即使没有前文所论及的伏笔，袭人也属薄命司中的人物，不会凭借别嫁就完成命运突变，这样也是有违曹雪芹本意的。

---

① 曹雪芹著，脂砚斋批评，大江校点. 脂砚斋批评本红楼梦 [M]. 南京：凤凰出版社，2010：225.

三、袭人结局的可能性探究

（一）意象对结局的暗示

1. "桃花源"意象对结局的暗示

第六十三回中袭人所抽到的桃花签签语"桃红又是一年春"出自南宋著名爱国诗人谢枋得的《庆全庵桃花》，全诗为："寻得桃源好避秦，桃花又见一年春。花飞莫道随流水，怕有渔人来问津。"诗人饱受战乱及杂事纷扰，渴望能有如桃花源般的避难场所为其身心提供庇护，过一种"不知有汉，无论魏晋"的洒脱、逍遥的日子，然一句"怕有渔人来问津"直接将诗人从幻想中拉回现实，即便诗人自己可以放下民族责任与担当，主动约束自己不去过问世事，奈何总有多事的"渔人"前来骚扰，此处"渔人"代指"元人"。换言之，"危巢之下，安有完卵"？不安定的时局下，怎会有这样的乐园呢？

将"桃花源""避秦""渔人"三者结合分析，具体到袭人，本书中的"桃花源"既可指曾经为所有美好生命提供庇护的大观园，也可指后来接纳她的蒋玉菡家；"避秦"指"避贾家的反对派们"；"渔人"指"贾家反对派的爪牙们"。贾府"忽喇喇似大厦倾"后，正如"树倒猢狲散"的谶语所示，贾府上下都开始了颠沛流离的生活，女子大多被卖为人奴或妾。袭人因为准姨娘的尴尬身份，在宝玉离家后，便被早一步安排嫁给蒋玉菡，也算因祸而暂得福，免去被卖的命运。但是好景不长，贾家败落后，"反对派们"为防止贾家死灰复燃，开始了对贾家斩草除根式的赶尽杀绝，下人们在贾家发达时也不过在较少打骂的氛围中受人驱使，在贾家蒙难时却要作为罪家之奴与主家"一损俱损"，袭人作为贾府曾经能排上号的丫头自然不能幸免，只能在担惊受怕中讨生活。

据此推断，袭人嫁给蒋玉菡的一种可能是本就为避祸，这在书中也有伏笔。第三十三回，忠顺王府长史官来贾府找宝玉索要当时还是叫琪官的伶人蒋玉菡，宝玉从听见琪官那一刻开始就跟长史官打起了马虎眼，说自己不知"琪官"为何物，还用哭的行为来转移长史官的注意力，奈何长史官并不好哄，先借别人之口指出琪官与宝玉相交甚厚，然后又用宝玉有琪官的茜香罗大红汗巾作为物证，逼宝玉就范。宝玉为避免他说出更多的事情来，只好说琪官在东郊还有房子，将长史官打发走。宝玉一听琪官的表现首先是"唬"了一跳，这是比较反常的行为，而他说不认识琪官更让人生疑，除非他确实知道琪官的下落。琪官的出走应与宝玉有关系，甚至是他伙同冯紫英等人为琪官提供了藏身之处，故才会有以上不合常理且欲盖弥彰的行为。而且可以确定，宝玉为长史官提供了假信息，琪官并不在东郊的紫檀堡，所以宝玉并没有出卖琪官。然此处宝玉提到的紫檀堡，绝非闲笔，为贾府落败后袭人避难埋下伏笔。宝玉曾倾力相助蒋玉菡逃离火海，那么最为宝玉看重的身边人袭人蒙难，蒋玉菡绝不会袖手旁观，定有回报之举。为掩人耳目，蒋玉菡假借与袭人有名无实的夫妻关系，以紫檀堡为据点，先为袭人提供庇护，后与袭人一起供奉过前来投奔的宝玉夫妇。此推测既是对第二十八回回首"脂批""供奉玉兄、宝卿"之文的印证，又是对后四十回未提到情节的补充。相聚时间不长，宝玉再次离家，直至出家，袭人苦等宝玉无望，又念及蒋玉菡对之体贴之情，才终与蒋玉菡喜结连理。

蒋玉菡乃低贱的伶人出身，伶人在"三教九流"中排名末九流，犹不及娼的地位。第二十八回蒋玉菡的出场与唱曲儿的小厮、妓女云儿并列，第二十二回黛玉因为湘云说她长得像伶人龄官而大动肝火，都是伶人地位低的明证。一般人家不到万不得已是不会让自己的后代踏上伶人这条路的，因为一旦有人做了伶人，其本人及子孙是不能参加科举考试的，故伶人之职实是祸及子孙的行当。照此推断，袭人嫁与这样的男子本身就是悲剧，不仅不能改变自己的奴才身份，反而更比奴才往下了一个层次。但以上也只是印证了作者对袭人"桃红又是一年春"的签语之谶，而袭人的悲剧远不止于此。

2. 袭人其名对结局的暗示

袭人之名源于陆游的《村居书喜》中"花气袭人知骤暖"句，由诗句论及诗人，陆游不仅为我们留下了积极抗金、誓死保卫国家的精神财富以及忧国忧民、满怀爱国情怀的大丈夫诗篇，还为我们留下了他与表妹唐婉凄美哀怨的爱情故事以及缠绵悱恻的小儿女篇章。陆游与唐婉本为郎才女貌的一对璧人，因陆游之母厌弃唐婉，两人被迫分离。由袭人名字之典到陆游与唐婉的爱情悲剧，可推测袭人所嫁蒋玉菡或是良人，但婚姻难以长久。

袭人还有一个别称是"花解语"，源自唐玄宗和杨贵妃的典故，他俩也曾海誓山盟，然不免马嵬坡之别。无论是陆游和唐婉，还是唐玄宗与杨玉环，他们的共同点都是先甜后苦，在客观阻力的介入下被迫生离死别，暗示袭人与蒋玉菡的婚姻也会在外力的作用下悲惨结束。"花气袭人知昼（骤）暖"的酒尾是蒋玉菡在看到席上木樨花后的灵感之作，木樨花即桂花，花香浓郁，叶片四季常绿，是崇高美好、忠贞不屈、富贵吉祥的象征。袭人的象征花是桃花，显然此桂花并不指袭人，而是暗伏薛蟠之妻夏金桂，夏金桂的品行显然有悖于桂花的品行，故本处桂花的香气除了引出陆游和唐婉的典故外，正如桂花对夏金桂的反衬作用那样，又用桂花的忠贞不屈与袭人不得已"嫁二夫"形成对比，用桂花的富贵美好与袭人的婚姻并不能善终形成对比。

（二）袭人多病形象对结局的暗示

袭人位列"金陵十二钗又副册"第二，初次在书中亮相就已经是宝玉的大丫头。她温柔可人，深受宝玉喜爱；她老实本分，尽职尽责，提前被王夫人内定为姨娘；她宽容友善，温柔敦厚，在贾府有着良好的口碑和人缘。但正如吴宓所论"至善之人，不免有短处"①，袭人看似稳妥可靠、安分守己的美好形象背后也有身体并不十分健康的不足之处，这也埋下了她悲剧结局的伏笔。

1. 袭人身体有恙早逝

有关袭人的身体状况，作者多处设置伏笔，如第十九回、二十回、三十回及三十二回都提及袭人生病，单从生病的频率来论，仅居最体弱多病的黛玉和年高体弱的贾母之后，具体论之，袭人的病势除了身体上的病痛外，还有心理所遭受的不可承受之重创。第十九回，袭人劝谏宝玉到三更，不过比往日睡得晚些，使了些心力，次日清晨便"身体发重，头疼目胀，四肢火热"②，可见袭人本身体质并不好。接着因卧床养病怠慢李嬷嬷而遭谩骂，李嬷嬷的"哄宝玉""妆狐媚""配小子"之骂不仅将袭人弄得又愧又委屈，连"批书人"都"吓杀了"；不仅惊动了宝钗、黛玉，还惊动了凤姐、平儿；不仅宝玉左右为难，晴雯还趁机"落井下石"。本应静养的病中袭人遭受无妄之气，她内心的委屈和压力可想而知。袭人一向宁愿委屈自己换得息事宁人，但往往事与愿违，这些都与病体无益。第三十回，袭人遭宝玉误踢，着实伤得不轻，"肋下疼的心里发闹"，睡梦中痛醒后还吐了一口血痰出来，然袭人念及宝玉不是"安心踢他"③，怕宝玉羞愧难当，又怕事情闹大，让宝玉落个苛待下人的不是，并没有正经请医问药，只是要求宝玉"打发小子问问王太医去，弄点子药吃吃就好了"④。而所问的王太医并没有对袭人进行望、闻、问、切的仔细诊治，只是根据宝玉的描述，认定"不过

---

① 吴宓. 红楼梦新谈 [M] //吕启祥，林东海. 红楼梦研究稀见资料汇编. 北京：人民文学出版社，2001：31.

② 曹雪芹著，脂砚斋批评，大江校点. 脂砚斋批评本红楼梦 [M]. 南京：凤凰出版社，2010：153.

③ 曹雪芹著，脂砚斋批评，大江校点. 脂砚斋批评本红楼梦 [M]. 南京：凤凰出版社，2010：248.

④ 曹雪芹著，脂砚斋批评，大江校点. 脂砚斋批评本红楼梦 [M]. 南京：凤凰出版社，2010：249.

是伤损", 说了个丸药的名字, 让自行简单调治了事。此处便已埋下影响袭人身体健康的"定时炸弹"。紧接着爆发了晴雯舌战宝玉和袭人的事件, 伶牙俐齿的晴雯以袭人的尴尬身份攻击袭人, 将袭人说得"又是恼""又是愧", 不留情面的言语使病中的袭人多添一层心病。第三十二回又有袭人说自己"身上不好"的情节, 尽管人吃五谷杂粮, 生病实属平常, 但作者多次强调袭人的病, 也不能简单以闲笔视之。第七十七回还提到袭人"且有吐血旧症虽愈, 然每因劳碌风寒所感, 即嗽中带血"① 的细节。对比第五十三回晴雯生病, 尽管病症很重, 但因晴雯素来"使力不使心", 清淡饮食结合服药调理, 不几日病便好了。而袭人惯于"使心又使力", 本就容易积劳成疾, 加之隐忍又惯于委曲求全的性格特征, 不良情绪不能发泄, 更易"积气成疾"。宝玉离家, 袭人遭弃, 又给袭人心灵带来致命一击。既然袭人的身心在嫁与蒋玉菡之前就备受摧残, 那么嫁给蒋玉菡之后早亡也在情理之中。故袭人身体有恙早逝是对袭人与蒋玉菡生离死别结局之死别的一种推测。

2. 无子嗣被逐

第三十一回, 袭人遭宝玉误踢吐血, 她望着自己吐的鲜血, 当时的表现就是冷了半截, 再想到"少年吐血, 年月不保, 纵然命长, 终是废人了", 更有了"争荣夸耀之心尽皆灰"② 的痛苦醒悟。"争荣夸耀"的心思是袭人的精神气, 然此处却成了灰, 这定是受了致命的打击。结合第六十三回袭人抽到的桃花花签, "桃花"作为中国古典文化中的传统意象, 除了"美人面"的象征意义外, 桃花之后还有桃"子", 《诗经·国风·周南·桃夭》"桃之夭夭, 有蕡其实。之子于归, 宜其家室"中就借助桃多子的意象表示对新嫁娘的祝福, 而袭人只与桃花意象

---

① 曹雪芹著, 脂砚斋批评, 大江校点. 脂砚斋批评本红楼梦 [M]. 南京: 凤凰出版社, 2010: 615.

② 曹雪芹著, 脂砚斋批评, 大江校点. 脂砚斋批评本红楼梦 [M]. 南京: 凤凰出版社, 2010: 249.

发生关联，与桃子并无干系，所以桃花意象还有反衬袭人无子之用。袭人在宝玉身边立足的资本暂时是貌与德，然想要长久，还要有子嗣。一口鲜血吐出后，袭人之绝望可想而知。女人没有好的身体，怎么能绵延子嗣？没有子嗣，就没有依靠，更哪堪荣耀？政老爷身边毫无存在感的周姨娘便是典型的例子，"不见人欺他，他也不寻人去"① 已然就是没有子嗣的周姨娘的最好生存状态。反观赵姨娘，因为生育了贾环，即便其所言所行总不叫人敬服，只要她没有大错，也能在贾府比较体面地生存，所以要做宝玉姨娘的袭人也不能没有子嗣。而嫁作蒋玉菡之妻的袭人更不能没有子嗣，毕竟不孝有三，无后为大，蒋玉菡及家人凭此一条就可以将袭人逐出家门。凤姐也算女中豪杰，也还生有一女，不也因没生育男丁而不得不对贾琏偷腥、偷娶行为忍气吞声？何况是一向温柔和顺、识大体顾大局的袭人，一旦因子嗣问题而被蒋家人质疑，相信她既没有应对的勇气，也没有应对的策略，唯有遵长者或蒋玉菡之命一走了之，这是对袭人与蒋玉菡生离结局的第一种推测。

（三）袭人成长经历对结局的暗示：缺乏理家之才被弃

退一步思考，袭人作为当家主母，不能生育也有很多解决办法，比如纳妾，但是所有的办法都不免触动袭人无处安放的心灵，触发她被自己半生经历反复捉弄的回忆、验证及认命，袭人不想再次体验失败的感觉，她在任何一点困难面前都选择缴械投降。她半生的痛苦经历不仅摧垮了她的身体，也摧毁了她的心理，随之产生的"习得性无助"行为更加让她失去了自救的能力。"习得性无助"不仅有对过去经验的总结，也包含对未来的态度，而且两者之间还有一种直接的因果关系，因为过去一直遭受失败，习惯性推测出将来也必将遭受失败，故将来就不必继续努力改变；既然失败是注定的，那么不管将来的条件如何变化，

---

① 曹雪芹著，脂砚斋批评，大江校点. 脂砚斋批评本红楼梦 ［M］. 南京：凤凰出版社，2010：470.

任何努力都是徒劳。多次努力而不得，袭人的无助心理就会转化为失望，进而自我放弃。袭人的以上行为源于其成长经历，又在屡次失败的经历中不断验证和固化。

年少被卖，由贫苦女儿变为被剥夺自由的奴婢；为奴多载，几经易主，终见弃于主，由地位颇高的心腹大丫头、准姨娘到荣府中无法容身的"尴尬人"，及至被迫离开荣府的"弃子"。在努力—失败—努力—失败的循环中，袭人看不到"生"的希望，故选择了无所谓地"活"，"习得性无助"成了袭人的生活常态。蒋玉菡迎娶袭人时的阵势只是感动了本性善良的她，并不足以唤醒限于"习得性无助"中的她。相反，婚后任何一点不利因素都将继续加深袭人"习得性无助"的信念，袭人会顺从于命运的安排而不去怀疑，甚至她早就预设好失败而静候结果。对于未来，她不存任何幻想，更莫说斗志，袭人已然是一个废人了。这也是袭人的悲剧本质，由悲剧的被动接受者变成了悲剧的无意制造者，并不自知而沉溺其中。袭人的丫头出身决定了她在荣府所能企及的最高目标便是姨娘，于是乎服侍好宝玉及应付荣府的人际关系便是她生活的全部，而她可亲可敬的性格及恪守本分的形象也确实令她在荣府过得如鱼得水。但是嫁给蒋玉菡，成了当家主母后，随着生活环境和身份的改变，她在宝玉身边养成的不善理财的生活习惯和老实的本性，不善辖治下人，就成了她的致命缺陷。传统"男主外，女主内"的观念要求女主人在家庭生活中不仅能与男主人并肩作战，最好还能独当一面。蒋玉菡在戏台上是通过反串唱旦角"卿卿我我"式地讨生活，现实生活中，他势必比常人更急于改变这种状态。如何才能改变？趁着年轻积累更多的财富，并完成财富的升值。所以蒋玉菡需要一位能和他一起撑得起门面的管家奶奶，而非一味做小伏低式的姨娘姿态，袭人一旦离开荣府这特殊环境，她的大部分生活经验竟无用武之地。蒋玉菡完成财富的积累后，袭人却起不到贤内助应有的作用，久之袭人便会陷于诸如不善理财、无力辖治下人及经营婚姻生活等琐事产生的家庭矛盾中无法自拔，于是夫妻间忿怨横生，最终两人走向貌合神离、离心离德的结局。或者婚后蒋玉菡对袭人或许会一如既往地体贴，但是周围的人不一定会"爱屋及乌"，袭人本身又有很多供人指摘的"硬伤"，如果袭人拥有健康的身心，这些中伤尽管诛心，但也不足以压垮她，恰袭人已被命运折磨得毫无还手之力，内心早已接受甚至认定自己的人生只有失败，所以这种指责无疑会成为压垮袭人的最后一根稻草。蒋玉菡或许会更加疼惜和理解袭人的悲痛，但是蒋玉菡愈是护着袭人，就愈添周围人尤其是长辈们对袭人的一分不满，进而愈加速二人的"生离"。这是对袭人与蒋玉菡生离结局的第二种推测。

四、袭人悲剧结局探因

可惜一朵艳丽的桃花就这样凋零；可叹一个能奋斗、知进退的充满活力的生命，终不免黯然收场；可怜一朵伶俐的解语花，却无法解释自己的宿命。那么袭人的悲剧结局是如何造成的呢？

（一）原生家庭之故

第十九回通过袭人之口交代了自己被卖为奴的经历，"脂批"概括为可见袭人"幼时艰辛苦状"。尽管无法见到袭人的卖身契，但是从北京历史博物馆馆藏的一张清代道光十三年的卖身契可见端倪，大意是父亲左有库和嫡子左邦德将十二岁的四儿子左群儿卖与徐国定家为奴，其中提到"自卖之后任凭徐宅管教，如不受训，只至打死无谕，左有库并不找扰尸骨，如若逃跑拐骗财物舛错等情，自有左有库同长子左邦德、中保人三面承管。恐后无凭，立此卖字为证"①，足见被卖之人之惨状，被卖之人全面与家里人脱离关系，不仅没有自由，没有生命权，一旦犯

---

① 北京历史博物馆藏. 一张卖身契 ［J］. 文物参考资料，1958（10）：51.

错，生杀予夺之权都在新主人手中。该契文也从侧面印证了"脂批"所提袭人的不易。袭人本卖的是死契，而袭人的家人在看到贾府的慈善宽厚后，竟又动了把袭人再赎回来赚"身价银"的歪心思，实属贪得无厌。原生家庭是造成袭人悲剧结局的直接原因。

（二）荣府主子之故

袭人的原生家庭如此不堪，袭人只能凭借自己的努力换得活下去的资本，而且她也从未放弃过努力——遭父母抛弃后，她凭借言少能忍、恪尽职责赢得了贾母的青睐；被贾母赏赐给宝玉，她凭借"柔媚姣俏"和"心中眼中只有一个宝玉"，成为宝玉身边第一得意大丫头；受王夫人恩典，又坐稳了宝玉的准姨娘之位。宝玉决然离家，给予袭人致命一击；王夫人、宝钗、薛姨妈安排袭人离开贾府，更是她不可承受之重。随着宝玉的出家，别的丫头都好打发，唯独袭人这个没过明面的"屋里人"尴尬——继续留下于理不合，政老爷也不允许，袭人成了烫手的山芋。在王夫人看好袭人之时，就能背着政老爷停了袭人丫头的月钱，偷偷从自己的体己钱中拨出二两银子抬举袭人；袭人失去利用价值后，政老爷就成了王夫人的挡箭牌，袭人断不可留，冷情冷意的嘴脸显露无遗。王夫人的手段雷厉风行，与薛姨妈、宝钗简单商量，叫来袭人的嫂子做进一步安排后，袭人的归宿就这样决定了。荣府主子们是造成袭人悲剧结局的次直接和重要原因。

（三）袭人自身之故

袭人之错首先是高估自身的价值，其次是错付宝玉，最后是错信王夫人。袭人在接受了王夫人的恩典后，倾心为王夫人的儿子而不仅仅是宝玉付出，以此来巩固准姨娘地位。她以为的双保险，其实经不起推敲。她曾用心揣摩王夫人的心思，将自己的言行举止及衣着打扮都向王夫人喜欢的类型靠拢。她不遗余力地劝宝玉读书，但只是依葫芦画瓢，并不知晓读书对一个男子的真正意义。她只知政老爷不喜宝玉的原因是宝玉懈怠学业，这一点连同王夫人也在贾政面前无光，故袭人死劝宝玉读书，此行为既有朴素的真心为宝玉的一面，又有复杂的讨王夫人、政老爷欢喜的一面。当袭人过多在意王夫人等上层的"真意"时，便渐渐忽略了对宝玉的初心。袭人真心为宝玉，却从未用心揣摩过宝玉的真心在何处。宝玉并不是不喜欢读书，只是不喜欢读所谓的圣贤书罢了，宝玉对那些不登大雅之堂却富有真趣的书也是可以废寝忘食的，可叹宝玉挑灯夜读"不正经"之书时，袭人殷勤空欢喜的样子。袭人不曾见过宝玉和黛玉共读《西厢记》时的沉迷、流连与妙语连珠，故宝玉的精神角落她无法窥视，更莫谈企及。宝玉未曾要求身边的袭人能跟自己吟诗作对，他只贪恋袭人的温柔与偶尔的娇憨，袭人自从与王夫人达成默契后，面目便成了王夫人喜欢的样子，再不见装睡哄宝玉玩的娇俏、活泼的模样。从这一点来看，袭人竟是先于宝玉生了贰心了。

袭人从为奴时便一直努力生存，然在屡败屡战、屡战屡败中，袭人终于对自己的生存状态形成了一种无可奈何、失望乃至绝望的消极心理状态，尤其袭人始终找不到自己失败的原因，不仅失去了努力的方向，更使自己陷入了自我怀疑和否定的死循环。宝玉误踢的那一脚给袭人的身体以重击，宝玉离家、荣府本质上的抛弃又摧毁了袭人原本充满追求、积极向上的精神世界，袭人陷入"习得性无助"无法自拔，最终放弃与命运斗争，所以袭人悲剧结局的本质原因还在她自己。

（四）时代之故

有研究者指出，袭人作为一个奋斗者，是无法逾越社会阶层的严格界限与鸿沟的，可见袭人之不幸正是时代之不幸，那个时代鲜有逆袭者。正如尽管平儿有勇有谋，也只有"扶正"一条路；晴雯敢于反抗，难逃被诬遭遣屈死的结局；鸳鸯刚直，有贾母庇护，贾母去世后，终不免自杀的命运。时代原因也是造成袭人悲剧结局的根本原因。

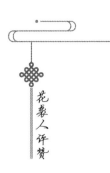

结　语

  袭人作为宝玉身边第一得意的大丫头，也是作者心中的"白月光"。作者眼见袭人越努力越不幸，越上进越堕落，无力感与幻灭感油然而生。作者在悲叹袭人不幸命运的同时，也试图寻找这种破坏袭人福祉的非常之力，终究发现是徒劳，作者既不能为袭人的不幸提供注脚，又徒增一层抱憾之情。近代大家王国维曾对悲剧有过精彩分析，他所述的第三种悲剧，"由于剧中之人物之位置及关系而不得不然者，非必有蛇蝎之性质与意外之变故也，但由普通之人物、普通之境遇，逼之不得不如是，彼等明知其害，交施之而交受之，各加以力而各不任其咎"①。且这种悲剧，"则见此非常之势力，足以破坏人生之福祉者，无时而不可坠于吾前；且此等惨酷之行，不但时时可受诸己，而或可以加诸人，躬丁其酷，而无不平之可鸣，此可谓天下之至惨也"②，正中袭人悲剧命运之核心，可谓曹雪芹旷古一知音。

---

①　王国维.《红楼梦》评论［M］//三大师谈红楼. 南京：译林出版社，2015：23.
②　王国维.《红楼梦》评论［M］//三大师谈红楼. 南京：译林出版社，2015：23.

图书在版编目 (CIP) 数据

花袭人评赞 / 郭帅著 . — 太原：三晋出版社，2023.6
ISBN 978-7-5457-2712-8

Ⅰ. ①花… Ⅱ. ①郭… Ⅲ. ①《红楼梦》人物—人物研究 Ⅳ. ① I207.411

中国国家版本馆 CIP 数据核字（2023）第 094519 号

花袭人评赞

著　　者：郭　帅
责任编辑：秦艳兰
责任印制：李佳音
封面设计：段宇杰
出 版 者：山西出版传媒集团·三晋出版社
地　　址：太原市建设南路 21 号
电　　话：0351-4956036（总编室）
　　　　　0351-4922203（印制部）
网　　址：http://www.sjcbs.cn
经 销 者：新华书店
承 印 者：山西印美文化科技有限公司
开　　本：720mm×1020mm　1/16
印　　张：15
字　　数：220 千字
版　　次：2023 年 6 月　第 1 版
印　　次：2023 年 6 月　第 1 次印刷
书　　号：ISBN 978-7-5457-2712-8
定　　价：48.00 元

如有印装质量问题，请与本社发行部联系　电话：0351-4922268